목화

소설 문익점

목화 소설 문익점

1판 1쇄 발행 2014년 3월 31일

지은이 표성흠
펴낸이 강수걸
편집주간 전성욱
편집 윤은미 권경옥 손수경 양아름
펴낸곳 산지니
등록 2005년 2월 7일 제14-49호
주소 부산광역시 연제구 법원남로15번길 26 위너스빌딩 203
전화 051-504-7070 | 팩스 051-507-7543
홈페이지 www.sanzinibook.com
전자우편 sanzini@sanzinibook.com
블로그 http://sanzinibook.tistory.com

ISBN 978-89-6545-247-8 03810

*책값은 뒤표지에 있습니다.
*이 도서의 국립중앙도서관 출판시도서목록(CIP)은 e-CIP 홈페이지
(http://www.nl.go.kr/ecip)에서 이용하실 수 있습니다.
(CIP 제어번호: CIP 2014008536)

목화

소설 문익점

표성흠 장편소설

산지니

차례

1
황소바람과 마파람

기나긴 겨울밤이 손톱만큼씩 짧아지기 시작한다.

2월 초하루는 영등날이다. 영등 할멈은 바람신으로 12월 초가 되면 딸들을 데리고 지상에 내려와 이곳저곳을 두루 살피고 다니다가 이날 하늘로 올라간다는 속설이 있다.

사람들은 첫닭이 울기 전에 뜬 우물물로 잡곡밥을 지어 소지를 올린다. 제일 먼저 우물물을 긷는 집 농사가 으뜸이라 앞다투어 물을 길어간다. 그리고 첫닭이 울면 쪽배기에 정화수를 담아 장독대 위에 올려놓고 치성을 드린다. 공부하는 학동이 이 정화수를 세 번 마시면 재주가 있다 하여 남의 물을 훔치러 다니기도 했다.

영등 할멈의 기분에 따라 한 해 농사가 판가름난다. 지상을 두루 살펴보고 하늘로 올라간 영등 할멈은 그날의 날씨로써 자신의 기분을 나타낸다. 이날 비가 오면 그해 풍년이 들고 바람이 불면 흉년이 점쳐지는 것도 이 때문이다.

어른들은 이날 날씨에 따라 그해 할 일들을 결정한다. 풍년이 점쳐지면 대사를 치를 계획을 세우고 흉년이 점쳐지면 세웠던 계획도 뒤로 미룬다. 그렇지만 아이들은 영등바람을 타고 하늘 높이 올라가는 연을 띄우고 노는 재미로 길흉에는 상관없이 바람을 기다린다.

연을 띄우는 한 무더기의 학당 아이들이 강가에 모였다.

"오늘도 익첨이는 정화수를 세 바가지나 마셨대."

"하인들이 훔쳐다 주는 치성물이야 그 누가 못 마셔. 갖다 주는 물이라면 열 바가지라도 마시겠다."

이렇게 말하던 아이가 문득 생각난 듯 말한다.

"언제지?"

"뭐가?"

"익첨이 생일 말이야."

두류산 자락에 엎드린 진주목 강성현은 천왕봉에서 내려오는 덕천강과 백두대간 덕유산 자락의 물을 모은 경호강이 합해 남강을 이루는 합수머리다.

이 물머리가 보이는 양지바른 곳에 터를 잡아 사는 한 촌락이 있었으니 남평 문씨 일가와 그 하속들이 집성촌을 이룬 배양 마을이다.

그중에서도 문숙선의 집은 마을 한편에 덩그러니 올라앉아 집현산의 하늘 금이 울처럼 바람을 막아섰고 산 중턱 옹달샘으로부터 흘러내리던 도랑물이 바깥마당을 지나면서 실개천을 이룬다. 그야말로 동분서출의 명당수라 그 이름을 도천(道川)이라 불렀고 이 안동네를 따로 오리(悟里)라 하였다.

방금 또래들로부터 익첨(益瞻)이라 불린 아이는 이 오리 마을의 토호 문숙선(文淑宣)의 둘째 아들이다. 익첨의 형은 익겸이었고 아래로 동생들이 있어 익부, 익하라 불렸다.

문숙선은 과거에 올랐으나 벼슬길에 나서지 않은 인물이었지만 익첨의 어머니는 평장사 조진주의 딸로 삼한국대부인의 칭호를 받고 있는 귀부인이다.

평장사는 정 2품 관직으로 나랏일을 도맡아 하는 중서문하성의 중임을 띤 자리다. 이러한 귀족 중의 귀부인이 강촌 강성현까지 내려와 살다니 필시 무슨 사연이 있어 보인다.

본시 강성현은 단계-강성 두 현이 합해서 만들어진 이름이다. 신라 초엔 궐지현이었던 것이 통일신라 경덕왕 대에 내려와 궐성군으로 불리었다. 다시 고려로 내려오면서 강성군으로 불렸던 것을 공양왕 때 와서 강성현으로 강등되었다. 군이 현으로 강등된 데에는 조정에 그만큼 불충했기 때문이었을 것이다. 이 불충을 다스리기 위해 감무를 두었다.

지방에 내려와 있는 귀족들은 대개가 그러한 중책을 띠고 사는 토호들이다. 나라에서는 이들에게 땅을 주어 중임에 대한 보상을 한다. 대개의 농민들이 한 가구당 1결의 토지를 소유한 데 비해 이들은 그 수십 배 혹은 수백 배가 된다.

일한 대가로 땅을 주는 것을 전시과라고 한다. 관료는 1등급에서 18등급까지 있는데 1등급은 전지(田地) 100결에 땔감을 해서 땔 수 있는 시지(柴地) 50결을 준다. 가장 낮은 18등급이 전지 17결이다. 지방에 파견된 감무는 7품 이하지만 그 고을에서는 최고의 권력자가 된다.

이 귀부인은 이월 여드레, 익첨의 생일이 되면 학당 선생님은 물론이고 이웃 학동들까지 불러 생일잔치를 베풀어 푸짐하게 대접하였음으로 영등 바람이 불 무렵이 되면 너나 할 것 없이 그날이 기다려지는 것이다.

"그런데 올해는 생일잔치를 할지 몰라?"

"왜? 해마다 하던 일인데."

"익첨이 개경으로 간대잖아. 너 못 들었어?"

익첨은 머잖아 학당을 떠나 이곡(李穀) 선생 문하로 들어간다. 이곡은 원나라 제과에 급제하여 정동행중서성 좌우사원의랑이라는 높은 벼슬자리에 있다가 돌아와 장차 나라의 기둥이 될 동량들을 모아 공부를 시키는 일을 맡고 있는 대학자다.

중앙에서는 각 지방 토호들의 배신행위를 막기 위해 그 자녀들을 개경으로 불러 모아 공부를 시킨다는 명목으로 붙잡아두기도 하는데 두 마리 토끼를 잡는 셈이다. 지방 토호 세력의 중앙 권력에 대한 절대 복종과 인재 발굴이 그것이다. 이는 끊임없이 일어나는 반역과 원활한 조세 징수를 위한 자구책의 하나이기도 하였던 것인데 다행히 익첨은 거기 해당이 되어 더 큰 공부를 할 기회를 얻었다. 익첨은 이미 아홉 살 때 경북 영해에 내려와 있던 선생에게서 학문을 배운 인연이 있었던 고로 이번 개경행은 자연스러운 행보였다.

"그래? 난 금시초문인데."

"학당 선생님께서도 그리 말씀하셨단 말이야."

"설마 그렇다고 생일잔치를 안 할까? 송별 잔치라고 더 푸짐하게 해줄지도 모르지."

학동들의 관심사는 오로지 생일상에 오르는 맛있는 음식물이다. 부잣집 잔칫상에나 앉아야 떡과 고기와 과일을 맛볼 수 있다.

익첨은 한 떼거리의 아이들 속에 둘러싸여 꼬리 연을 들고 냅다

뛰고 있다. 마파람을 받아 연 꼬리가 뱅글뱅글 돈다. 이월에 마파람이 불면 왜구가 쳐들어온다는 이야기가 있지만 아이들은 그저 노는 일에 바쁘다.

"도련님, 도련님."

연 꼬리에 매달리듯 뒤따라가며 부르던 금용이 벗겨진 당혜를 주워 챙기느라 막상 자기 짚신짝이 벗겨지는 줄도 모른다. 나이는 열두 살, 익첨이보다는 훨씬 많아 보이는데 하는 짓은 똑같다.

"큰 마님께서 속히 들어오시라는 전갈입니다요."

말은 그렇게 하면서도 저도 함께 연 꼬리를 잡고 뛴다. 심부름 나온 종자 같지 않다. 그 뒤로 아이들이 우르르 몰려 함께 뛴다.

많은 아이들 중에 연을 날릴 수 있는 형편은 학동들 중에 그저 한둘 정도다. 연을 만들자면 우선 종이가 있어야 되고 연줄도 있어야 한다. 보통 집에서 종이와 실이 있을 턱이 없다. 그러니 하늘을 나는 이 신기한 물건을 보겠다고 함께 뛰는 것이다.

연은 원나라 병사들이 날리는 것을 보고 배워 알았다.

호마를 탄 저 오랑캐들이 경상도 땅 강성현을 휩쓸고 지나간 것은 바람처럼 빠른 일순의 일들이었지만 저들이 남기고 간 여러 가지 흔적들은 아직 남아 아이들의 놀이가 되었다. 다 큰 사내들은 소를 타고 놀며 활쏘기와 격구 같은 격렬한 운동을 즐기게 되었고 아직 어린애들은 비석치기며 연날리기를 하는 풍습이 생겼다.

"도련님, 도련니임! 큰 마님께서 찾으신다니깐요?"

"왜, 뭣 때문에?"

하면서도 이제 막 바람을 타고 오르려는 연줄을 거둬들이는 익첨이다. 익첨은 아무리 재미난 일이 있어도 어머니가 찾으면 그 놀이를 중단할 정도로 효심이 깊다.

"사돈어른께서 와 계세요."

사돈어른이라면 배양촌 상서 주세후를 일컫는 말일 테다. 상서란 당나라 관직을 본떠 온 제도로서 선관, 병관, 민관, 형관, 예관, 공관 등 어사 6관에 해당하는 벼슬이다.

익첨이 주 씨의 딸 초희와 정혼한 것은 이미 태중에서부터였다. 두 어른들은 막역지우였을뿐더러 하는 일마다 잘돼 두 집안 모두 가세가 번창일로에 있었다. 이러한 혼사를 두고 부러워하지 않는 이들이 없었다.

호사다마라고 했든가? 익첨이 이제 막 처가살이를 끝내고 돌아올 무렵, 처제 앵두가 실종되는 사건이 일어났다. 언니에 뒤이어 혼사 치를 준비를 하던 신붓감이 어느 날 밤 쥐도 새도 모르게 사라져버린 것이다. 사람들은 틀림없이 왜구들의 소행일 거라 했다. 한번 왜구의 손에 잡혀가면 그 생사를 알 길이 없는 게 보통이다.

그러나 왜구가 잡아간 사람이 부잣집 여식일 경우 가끔씩은 인질과 재물을 맞바꾸자는 은밀한 제의가 들어오기는 한다. 소문처럼 그런 가능성을 막연하게 기다리고 있는 중이었으니, 장인어른이 사돈집을 찾아왔다면 필시 그 일이 아닐까 짐작을 해보는 익첨이다.

그러나 아직 어린 터라 연놀이에 마음이 더 연연하다.

"또 그 연놀이냐?"

문숙선은 일방 나무라는 듯하면서도 사돈 앞에 인사를 올리고 있는 자식의 이마에 시종 인자한 눈빛을 보내고 있다.

"사돈어른이 좋은 소식을 갖고 왔다."

"……."

"재희를 찾았다는구나."

"앵두를요?"

도둑맞은 처제를 찾았다는데 기뻐해야 할 익첨이건만 아직 집안 관계나 여자 정을 잘 모르는 익첨으로서는 생각 외로 덤덤하다. 여자 정을 모른다기보다는 아직도 아내를 함께 뛰놀던 학당 글동무 외에 별 다른 상대로 여겨지지 않는 나이라 처제라는 말보다는 이름 그대로의 앵두가 불쑥 튀어나오는 익첨이었다.

'앵두가 뭐냐?'

평소 같았으면 이렇게 나무랐을 문숙선도 이날은 아무 말이 없다.

"절에 불공을 드리러 갔던 사람들이 산 속에서 길을 잃고 헤매는 여자 하나를 발견했는데……."

그게 바로 재희였다는 것이었다.

그렇지만 얼마나 고생을 했으면 몸과 마음이 핍진해 실성을 해 있다는 것이다. 주세후는 저간의 사정을 띄엄띄엄 설명하고 있었고 문숙선은 가만히 듣고만 있다.

"그래서 하는 말인데 왜구한테 잡혀가 죽은 셈 치고 부처님 전에나 바칠까 하고요……."

주세후의 말은 이왕 돌아와 사람 구실 못할 바에는 절에 그대로 머물게 하여 속세를 떠난 중이라도 되도록 놔두는 것이 낫지 않겠느냐는 이야기였다.

"데려다가 뭘 하겠습니까? 게다가 정신마저 온전치 못하니 그저 죽은 셈 치고 부처님 전에 맡겨버릴까 하는 생각을 해봤습니다. 물론 저 혼자의 몹쓸 생각이었지만……. 마, 사돈어른께서도 보시면 저와 똑같은 생각을 하게 될 겝니다."

주세후는 기별을 듣고 급히 그곳을 다녀왔다 한다.

"경황이 없어 혼자 다녀오긴 했습니다만……."

함께 가보자는 이야기인 듯하다.

"……."

주세후가 문숙선을 데리러 온 데에는 이유가 있었다. 앵두와 혼사를 정했던 혼처가 바로 문숙선의 진외가였던 것이다. 그러니 그 혼사를 그만둘 수 있도록 매듭 지어달라는 부탁인 모양이다. 이 꼬락서니로는 여자 구실을 할 수 없을 테니, 그 댁 어른들께 말씀을 잘 사뢰어 파혼에 따른 누가 되는 일이 없게 해달라는 청이다.

익첨은 잠자코 어른들 이야기를 듣고 있다.

어느 지경에 이르렀기에 장인어른이 저렇게 노심초사하는지 알 길이 없다.

익첨은 죽어가는 개를 떠올렸다. 감나무 가지에 목을 걸어 도살하는 개 잡는 광경이 눈에 떠오른다. 복날 개 잡는 광경이 익첨이 본 가장 끔찍한 기억이다. 그 정도일까? 아니면 늑대에게 팔다리가 찢겨져나간 도참 영감 같은 모습일까? 도참 영감은 산에 나무하러 갔다가 늑대한테 물려 팔이 찢겨진 채로 구사일생 살아났다. 얼굴엔 쭉 째진 흉터가 생기고 한쪽 눈도 퀭하니 애꾸가 되었다. 살아 목숨 부지한 것만도 다행이라고들 했지만 사람 구실을 옳게 못 했다.

"어지간하면 제가 이러겠습니까? 데려와도 사람 구실 못할 게 뻔합니다."

"어쨌거나 한 번 가보기나 합시다. 너도 길 떠날 채비를 하거라."

문숙선은 아들에게 이렇게 이르고는 사랑방을 나간다. 이 일을 부인에게 알릴 생각인 모양이다.

한 번 맺어지면 쉽게 끊을 수 없는 게 인연이다. 하물며 백년가약을 허한 혼사에 있어서랴. 그렇지만 세상이 하 어수선해 그게 지켜지지 않는 요즘이기도 하다. 끊이지 않는 북쪽 오랑캐들의 침략과 왜구들의 노략질 때문에 한시도 조용할 날이 없는 세상이다.

이 난시를 견디기 위해 결혼하는 연령층이 더욱더 낮아졌다. 일단 전쟁에 끌려나가 죽기 전에 후손을 빨리 봐야 한다. 요행히 전장을 피해 후방에 있다손 치더라도 어디서 어떻게 나타났는지 모를 도적떼와 신출귀몰 한다는 왜구들 등살에 한시도 조용할 날이 없는 세월이다.

배양 마을 같은 곳은 바다에서도 거리가 먼 산골짜기인데도 한밤중만 하여 거룻배를 타고 남강을 거슬러 올라오는 왜구들의 뱃길이 되기 때문에 침탈의 대상이 되었다. 거루는 어미 배에 딸린 부속 배로, 사람이나 물건을 싣고 나르는 돛을 달지 않는 작은 배다. 몸집이 날렵하고 노를 저어 움직이기에, 바다는 물론이고 강에서도 이용된다. 줄을 매어 끌고 올라갈 수도 있고 장정들 몇이면 들 수도 있어 웬만한 수량이라면 좁은 강에서라도 쉽게 다닐 수 있는 장점이 있다. 왜구들의 이 거룻배 침탈이 이번 한 번만은 아닌 일이었지만 너무나 감쪽같이 당한 일이었다.

"그런데 왜 그 아이가 쌍계사에서 발견되었다고 합니까?"

"아마 그 간 큰 놈들이 다대포로 나갔다가 다시 섬진강을 타고 올라가 전라도 땅에 가서 분탕질을 계속하려들었던 게지요."

왜구들은 배를 몰 수 있는 물길이 있는 곳이면 어디든지 가 노략질을 한다. 이 도적질도 이제 조직화돼 훔친 물건을 내다 나르는 놈 있고 전문적으로 훔치기만 하는 패거리들이 있다. 보물이며 양곡은 물론이고 가축이며 아녀자들까지 납치한다.

"그래도 석연찮은 점이 있어요. 왜구들이 사람을 납치했으면 빨리 왜국으로 보낼 것이지 왜 그 오랜 시간 동안……. 그리고 뭣 때문에 전라도 땅까지 데리고 다녔을까요?"

그건 그렇다. 무엇 때문에 짐스럽기만 할 아녀자를 데리고 다녔을 것인가? 그리고 데리고 다니던 사람을 무엇 때문에 산 속에 유기해 버렸을 것인가?

"그렇다면 저 되놈들 소행이라 여긴단 말씀이신가요?"

"그럴 가능성도 있질 않겠습니까?"

감히 입 밖에 내어 말할 성질의 것이 못 되기에 이들은 잠시 주변을 살핀다. 고려는 원나라의 속국이 된 지 이미 오래다. 하여 방방곡곡 저들의 귀가 되고 눈이 된 앞잡이들이 득시글거린다. 자칫 말 한마디 잘못했다간 쥐도 새도 모르게 잡혀가는 세상이다. 그런 판국에 원나라 군인인 회족들이 아녀자를 납치해 유린했다는 말을 공공연히 입 밖에 낼 수는 없는 일이다. 더군다나 배양촌 사람들처럼 나라의 공덕을 입어 녹봉을 먹고 사는 입장에서는 더욱더 입조심을 해야 할 일이다.

아무리 개경환도를 하고 원나라의 강압을 못마땅하게 생각하는 이들의 불만이 늘어나고 동녕부를 철폐하였다고 할지라도 지금은 그저 입조심 몸조심이다. 아직도 왕이 원나라 공주를 왕비로 맞고 있는 상황이고 저들의 직할지인 총관부가 남아 있는 이상 조심해야 할 일은 조심하지 않으면 안 된다.

충혜왕은 원의 관서왕 초팔의 딸 덕녕공주를 왕비로 맞았다. 선왕 충숙왕은 그 어머니 자체가 몽골의 의비이고, 원나라 영왕의 딸 복국공주와 홍규의 딸 명덕태후, 위왕의 딸 조국장공주, 몽골의 바이일후두의 딸 경화공주를 왕비로 맞았다.

충숙왕은 원나라에서 자라 고려보다는 원나라의 문물에 더 익숙해 왕위에 실증을 느껴 억지로 그 아들 충혜왕에게 왕위를 넘기고 원나라로 돌아갔으나 충혜왕 역시 허랑방탕하여 재위 3년 만에 옥새를 빼앗기는 수모를 당했다. 하는 수 없이 다시 충숙왕이 복위를 했지만 7년 만에 세상을 떠나고 말았으니 이번 역시 충혜왕이 다시 재복위 하는 일이 일어났다.

그러나 충혜왕은 서모였던 경화공주를 범하는가 하면 수비 권 씨 역시 억지로 욕보이는 패륜을 저질렀다. 고려 왕실은 이제 그 패덕함이 하늘에 닿을 지경이었다. 그럼에도 불구하고 왕위가 이어져나가는 데에는 그만한 이유가 있었으니 저들의 혈통이 이미 원나라 황실과 뒤섞여버렸기 때문이다.

원나라에서는 해마다 처녀 공출을 강요해 고려 처녀들을 끌고 가 공녀로 삼았다. 그런가 하면 고려인들을 황성으로 불러들여 벼슬자리를 주기도 하고 딸들을 내주어 혼사를 시켰다. 혼인을 통한 식민지화였다. 그러면서도 철저한 감시의 눈길을 떼지 않았다.

이런 시국에, 원나라 병사들에 의한 납치가 확실하다 하더라도 왜구의 짓이라고 우회해서 말할 수밖에 없는 게 봉록을 먹는 어른들의 입장이다.

그러나 익첨은 바른 곡달이다.

"그러니까 앵두를 해한 게 뙤놈들 짓이라는 거 아녜요?"

"낮말은 새가 듣고 밤 말은 쥐가 듣는다."

어른들이 주의를 주지만 익첨은 한 마디 더 한다.

“내 이놈들을 그냥 두지 않을 거야.”

익첨은 단도를 꺼내 허리에 차기까지 한다.

드디어 세 사람이 집을 나선다. 종자들을 거느리고 가야 할 길이었겠지만 아무에게도 앵두의 험한 꼴을 보여줄 수 없다는 주세후의 뜻에 따라 세 사람만 길을 떠나기로 한다.

앞장선 두 어른은 입을 꾹 다물고 그저 앞만 보고 말을 달린다. 그 뒤를 익첨이 뒤따랐다. 명주옷 바깥에 털가죽으로 만든 조끼를 겉옷으로 걸친지라 온몸에 땀이 흥건히 젖는다. 대부분 사람들은 겨울철에도 베옷밖에 입질 못한다. 누에고치에서 실을 뽑은 명주옷을 입을 정도라면 상당한 벼슬에 있어야 한다. 이런 특권을 누릴 만큼 전답을 받자면 세세토록 전해 내려오는 재산이 있어야 한다. 재산을 모으자면 공신이 아니면 안 된다.

공신의 후손이 나라를 욕한다는 것은 있을 수 없는 일이다. 그렇지만 한쪽에서는 원을 경원시하고 자주국방을 모색하고 있는 움직임이 있는 이상, 호족에 대응하는 게 오히려 정의로운 일이라 생각하는 사람들도 있다.

그러나 아직까지 확실한 건 하나도 없는 안개정국이다. 때문에 어른들은 어느 편에 서야 할지 결정을 못 내리고 있고 익첨이 같은 신진 학동들은 그 판단이 상당히 진보적인 쪽으로 돌아서고 있다. 때문에 어른들 기분에 상관없이 원에 대한 반감을 솔직히 드러낼 수 있는 익첨이다.

총명함이란 무엇인가? 남다른 총명함은 이미 타고 난다.

익첨은 호마를 타고 있다. 호마는 몽고 벌판을 내달리던 야생마의 피를 그대로 이어받아 날쌔기 이를 데 없다. 호족들은 이 기마병 덕분에 온 세계를 점령하는 데 성공했고 섬나라 왜구까지 침략하려 하였었다.

호족들이 세운 원나라는 본시 몽골에서 일어난 테무진의 후예들이다. 테무진은 부족들이 모여 가축이나 기르며 살던 부족사회를 개혁해 기동력이 막강한 기병대를 중심으로 군사조직을 만들어 사방으로 그 영토를 확장해나가기 시작했다.

테무진은 스스로 원의 태조가 되어 그 칭호를 칭기즈칸으로 고쳐 부르게 하였다.

칭기즈칸은 초원을 따라 방랑하던 유목민들을 이끌고 남쪽으로 더 남쪽으로 그 영토를 넓히며 한족이 일구어놓은 농토를 침탈하여 부를 축적했다. 뿐만 아니라 해 지는 서쪽 아라비아까지 그 영역을 확장하여 동서양을 정복하는 데 성공했다.

국호를 원으로 정한 이들은 칭기즈칸의 아들 대인 세조 쿠빌라이 때에 이르러 수도를 대도로 옮기고 몽골 지상주의를 실현시키려 하였다. 몽골족을 제1계급으로 몽골인 아래 제2계급인 색목인을 두어 관리를 맡겼다. 한족과 여진인 거란인 고려인 등은 제3계급으로, 남송인과 남중국인을 제4계급으로 노예화하였다.

이들은 정복지를 통치함에 있어 각 관서의 장에 '다루가치'를 두고 그 밖에 몽골식 관직명을 사용하였다. 또한 몽골이 가장 자랑으로 여기는 병제인 만호부 천호부 같은 것을 두어 다스리게 하고, 집단 조직을 통한 상명하달의 조직체계를 유지함으로써 일사불란하게 명령을 수행케 하였다.

그들은 요소요소에 가장 큰 전투 병기의 하나인 말을 먹이는 목장을 두어 이를 관리케 하였다. 섬나라 제주에는 물론이고 이곳 두류산 일대에도 말 사육장을 두고 관리사를 두었다. 우수한 종마를 기르는 종축장이었다.

칭기즈칸은 점령지의 물자 수송과 정보를 전달하는 수단으로 역참제를 실시하였다. 요소요소에 말을 두고 필요할 땐 그 말을 이용하여 쉽게 달리게 하는 것이다. 칭기즈칸식 정보전달 체계다.

지금 탄 말도 그런 호마다. 평상시에는 집안에 두어 사육을 하고 유사시에는 나라에서 공출을 해 간다. 말을 공출해 갈 뿐만 아니라 이들을 전투병으로도 징발한다. 일종의 예비군인 셈이다.

그 대신 이들은 나라의 녹봉을 먹고 산다. 관리들이 받는 전답이란 게 바로 이런 것이다. 이 녹패를 잃지 않으려면 일단 국가를 위해 몸을 바쳐야 한다. 나라를 위해 몸과 신명을 바친 자들만이 이러한 혜택을 입어 부를 누릴 수 있다.

국가로부터 녹패를 받은 사람들은 다 이런 식의 선택을 받은 이들이다.

익첨은 아직 나이 어리다 하나 나이에 걸맞지 않게 이미 많은 것을 배워 알고 있다. 주어진 지위와 부를 잃지 않기 위해서는 적을 적이라 부르지 못하는 어른들이 불쌍하다. 이제 자기는 할 말은 하고 사는 인물이 되어야 한다고 생각한다.

중간에서 하룻밤을 자고 하루를 더 달렸다.

"워어, 워……."

이제 말을 달릴 수 있는 길이 아니다.

화계장터가 있는 사하촌에서 잠시 요기를 한 것이 이렇게 날이 저물었다.

계곡을 따라 산그늘이 깊게 내렸다.

산문에 들어서자 말 잔등에 흘러내린 땀이 허연 김으로 피어오르다가 서리로 변한다.

쌍계사는 신라 도선국사가 창건한 큰 가람이다.

"어서 오십시오."

산문에는 〈삼신산 쌍계사〉라는 글자가 새겨져 있고 법당 앞 석등엔 이미 불이 밝혀져 있다.

내방객들은 일단 법당 안에 안치돼 있는 불상 앞에 엎드려 절을 하였다.

'관세음보살 나무아미타불.'

촉대에서 타오르는 향초 냄새가 독특하다. 거기다가 처마 끝에서 울리는 풍경소리 또한 드맑게 들려온다.

스님은 목탁을 치며 일단 이들의 내방을 부처님 전에 고하고 축복을 빌었다.

"옴마니반메훔."

고려의 불교는 '관세음보살'을 염하는 대승불교가 주종을 이루었다. 그러나 언제부터인지 몰라도 '옴마니반메훔'이 법당 안에서 흘러나오기 시작했다.

관세음보살이란 말은 산스크리스트어의 아바로키테슈바라에서 온 말로 중국에서는 광세음, 관세음, 관자재, 관세음자재 등으로 불렸고 고려인들은 이를 관세음보살로 불렀다. 그런데 원의 영향을 받으며 라마교를 등에 업고 들어온 옴마니반메훔으로 차츰 바뀌어가는 중이었다.

옴마니반메훔이란 관세음보살의 보배스런 호칭이다. 옴마니반메훔을 자꾸 외우면 육도윤회에서 벗어난다. 이는 학문에 능한 중국인들에 비해 글을 모르는 사람이 많은 회족들에겐 적극적인 환영을 받을 만한 일이었다. 몽골 사람들은 글자를 모르는 문맹이 많기 때문에 경전을 두루마리로 만들어 넣은 '마니차'를 돌림으로 경전 읽기를 대신한다.

당나라에서 공부를 하고 온 진감선사의 대공탑비가 서 있는 이곳 쌍계사에까지 라마교의 영향이 미쳤다는 것은 이미 온 나라가 속속들이 원나라의 문화에 잠식당했다는 것을 여실히 증명하는 일이다.

라마교는 원나라 세조 이후 황실의 보호를 받으며 그 세권을 넓혀 온 나라가 승려들의 힘에 의해 좌우될 만큼 극성스러워졌다. 세조가 처음 토번을 공략했을 때 라마교 승려 파사파는 나라와 교권을 맞바꾸었다. 하여 그 스스로 황제의 스승인 제사로 군림하게 되어 권세를 휘두르게 되었다.

이게 그 옴마니반메훔이 삼신산 쌍계사에까지 전파된 연유다.

익첨은 말로만 듣던 원나라의 영향이 어느 정도까지 미쳤는가 하는 것을 눈으로 똑똑히 보고 귀로 들을 수 있는 계기가 되었다. 어머니 손을 잡고 불공을 드리러 가던 단속사 같은 작은 절에선 아직 '관세음보살'을 염원한다. 그런데 이미 큰 절에선 관세음보살이 옴마니반메훔으로 바뀌어 있다. 신동에 가까운 재능으로 일찍이 시서경은 물론 천문지리역사서까지를 뗀 익첨으로서는 학식으로서만 알고 있던 현실세계를 경험으로 실제 체득하는 새로운 날이 아닐 수 없다.

익첨에게는 그저 모든 것이 새롭게만 느껴지는 날이다.

"안으로 드시지요."

일단의 예불이 끝나자 승방으로 안내되어 갔다.

스님은 절 앞을 흐르는 두 줄기 물에서 그 이름을 쌍계사라 칭하였다는 이야기와 두류산 일대에 중국으로부터 차나무를 갖다 심었다는 범패종장 진감국사의 이야기를 그저 지나가는 말처럼 설명한다. 그러면서 차를 따른다.

"우선 차나 한 잔 들고 이야기들 나누세요."

스님은 진감국사가 손수 심은 차나무에서 거둔 햇차라 맛이 별다르다며 찻주전자와 찻잔을 닦아 다각을 하고는 물러난다.

다시 침묵이 흘렀다.

이제 곧 앵두를 만나볼 시간인 것이다. 과연 어떤 모습으로 변해 있을 것인가? 대체 어느 정도이기에 차라리 중이 되도록 내버려두자고 했을까?

익첨은 말을 몰던 앵두의 모습이며 강가에서 고기를 잡던 모습 그리고 언니의 이불자락 속을 함께 파고들며 불장난을 하던 모습들을 떠올려본다. 익첨은 그게 그렇게 재미있지 않았지만 앵두는 너무 너무 재미있어했다. 남녀가 부부가 되어 나누는 결합의 이치에 대해 학문적으로는 알고 있었지만 실제로 그렇게 해보기는 처음이었던 익첨은 그저 부끄럽다는 생각이 앞섰고 초희 역시 그랬었다. 그러한 두 사람 사이에 끼어 앵두는 부끄러움 없이 어른들의 장난을 즐기는 대담함을 보였다. 언니보다 형부를 더 좋아해 때로는 누가 진짜 아내인지 모를 지경일 때도 있었다. 그렇게 명랑하고 순하고 장난스럽던 처제였다.

'도련님……. 아이 참, 형부님……. 아이 참, 난 형부란 말 어렵다…….'

글동무에서 형부로 그 처지가 바뀌었을 때 앵두는 형부란 말이 어렵다 했다. 여전히 소꿉동무로 지내길 원했고 그 역시 그렇게 대했었다. 그럴 수밖에 없는 철부지들이었다.

'차라리 나, 언니 따라 서방님! 이렇게 부르면 안 될까?'

깔깔거리며 웃던 앵두…….

초희와 재희는 쌍둥이였고 어느 날은 진짜 누가 누군지 모를 일이 생기곤 했다. 언니는 선천적으로 병약한 몸이었고 동생이 건강했으니, 어른들은 일부러 이 둘을 하나로 묶어 꼬마신랑 익첨에게 일임했는지도 모를 일이었다. 좀 야릇한 일이긴 했지만 주 씨 집안에선 한동안 그렇게 두 자매를 방임하듯 던져놓았다가 초희가 먼저 회임을 하자 재희의 혼처를 정하였던 것이다.

'난 시집가도 형부하고 살 거야.'

도대체 알 수 없는 일들이었다. 그러한 앵두가 갑자기 실종되고 지금은 이 절의 보호를 받고 있다니, 일이 어떻게 돌아가는지 모를 익첨이다.

잠시 후에 스님이 앵두를 데리고 들어온다. 앵두는 걸음을 제대로 걸을 수 없어 스님의 팔에 부축돼 왔다. 얼른 보니 팔다리가 없다. 자세히 보니 팔이 없는 것이 아니라 손가락이 빠져 달아났고 다리 역시 발가락 있는 곳이 모두 잘려나갔다. 귀까지도 보이지 않는다. 게다가 아직 아물지 않은 손발의 상처 부위에서 진물이 흘러나오고 있었다.

"동상에 걸려 이렇게 되었습니다."

스님의 말이다.

동상에 걸려 손발의 뼈마디가 빠져나가고 귓불이 떨어져나갔다. 그런데도 죽지 않고 목숨이 붙어 있었다는 것은 천행이 아니고서는 있을 수 없는 일이라고 한다.

"기적입니다. 그날은 눈 진서까지 내려 추위가 더했으니까요."

처음 죽은 시신을 들춰 업고 올 때만 해도 살아나리라고는 꿈에도 생각지 못했다는 스님의 말이다. 그나마 옷이 좀 두터워 살아남았다는 설명인데 그런 옷감은 고려에는 없는 것이라 했다.

"옷 안에 솜을 넣었어요."

솜옷은 원나라 군사들이나 입는 옷이었다. 원나라 군사들은 면으로 된 천에다가 솜을 넣어 누빈 누비옷을 입고 다녔다. 고려는 이런 면 자체가 아직 없을뿐더러 옷 속에 넣는 솜 같은 것은 구경도 못해 본 복식이었다.

가끔 들리는 소문에 황제께서 내린 하사품 중에 이러한 것들이 있다고는 했었지만 그런 옷을 입을 수 있는 사람은 궁중이나 개경 사람들에 한한 것이었고 지방 관직에 있는 사람치고는 솜을 넣은 면 옷을 만져본 사람조차 없다. 그러니 이건 분명히 호복이라는 이야기였다.

"그러니 아무래도……."

"호족이 저지른 소행이라는 말씀이지요? 저도 스님 생각에 동감입니다."

주세후는 이미 딸의 이러한 용태를 본 후라 스님과의 대화가 가능했지만 이 처참한 모습을 처음 대하는 문숙선과 익첨은 아무 말도 할 수가 없다. 도대체가 사람의 형색이라고는 할 수 없는 몰골이다. 한마디로 목불인견이다.

익첨은 아직 뭐가 뭔지 잘 알 수가 없다. 단지 말로 표현할 수 없는 처참한 모습으로 앞에 누워 있는 이가 앵두라는 것과 한때 한 지붕 아래 한솥밥을 먹고, 가끔 장난처럼 한 이불 밑을 파고들던 식솔이었단 생각이 머리를 어지럽힐 뿐이다.

"너를 이렇게 만든 자가 도대체 누구란 말이냐?"

주세후가 몇 번이나 같은 말을 되풀이하였지만 앵두는 들은 척도 않는다.

"듣지를 못하는 것은 아닙니다."

말귀는 알아듣는데 대답은 못한다는 이야기다. 그러니 더 이상 힘든 질문을 하지 말아달라는 스님의 염려 부탁이다.

"아마도 마음 충격이 컸던 것 같습니다."

그래서 실어증이 걸린 것 같으니 시간을 두고 보자는 이야기다. 주세후는 문숙선을 찾아오기 전에 이미 스님에게 딸의 치료를 부탁했던 모양이고 절에서 살 수 있도록 해달라고 청을 넣은 모양이다.

"이런 앨 누가 보살피겠습니까? 그러니 사돈께선 제가 하는 대로 두고 봐주시길 바랍니다."

그래도 일단 시집을 보내기로 했던 딸이니까 사돈네의 허락을 맡을 요량으로 이렇게 현장으로 달려온 주세후로서는 달리 더 양보가 없다. 문숙선도 마찬가지다. 달리 더 있을 방도가 없다. 그 누구라도 이 지경에 이른 여자를 데려다가 며느리로 맞을 사람이 있을 것 같지는 않다.

"하늘의 뜻이라 생각하고……."

파혼을 해달라는 것이다.

두 어른들은 일단 일을 이렇게 마무리 지었다.

"살펴 가십시오."

딸을 거두어주는 대신에 시주를 넉넉히 하겠다는 말에 스님은 산문 밖까지 따라 나오며 넙죽이 절까지 했다.

아직 뭐가 어떻게 돌아가는지를 잘 모르는 익첨은 가장 아끼던 동무 하나를 잃어버렸다는 감정 외엔 별다른 생각이 없었다. 그렇지만 한 가지 분명한 사실이 있다면 앵두를 이렇게 만든 자들이 뙤놈들일 거라는 막연한 짐작과 그에 따른 증오심에 불씨가 일고 있다는 것이었다.

그리고 스님에게 들은 말 한 마디 '솜옷 덕분에 얼어 죽지 않고 살았던 것 같아요.'였다. 어디서 어떻게 얻어 입은 옷인지는 잘 모르겠지만 솜옷을 입은 덕으로 얼어 죽지 않았다. 고려인들은 겨우 갈옷이나 삼베옷이 고작이고 누에고치에서 뽑은 실로 짠 옷이나 모시풀에서 나온 모시옷 같은 것은 아무나 입을 수 있는 옷감이 아니었다. 겨울철이 되면 추위를 가리려고 짐승의 털을 벗겨 털옷을 입긴 하였지만 그나마도 일반 백성들에게 돌아갈 수 있는 옷감은 아니었다.

솜옷이라? 면이나 솜이 원나라에는 있는데 왜 고려에는 없을까.

익첨은 이날 앵두를 절에 두고 떠나오면서 내내 이 생각을 했다.

그러나 이내 환상에서 벗어나 자신의 앞날을 그려보는 현실로 돌아온다.

나라를 위해 할 수 있는 일은 여러 가지가 있다. 학문을 닦아 덕행을 펼 수도 있고 힘을 길러 무장이 될 수도 있다. 그렇다면 어느 길을 택해야 할 것인가. 궁극적으로는 백성들을 위하는 길이 되겠지만 이 선택의 문제는 쉽게 풀리지 않았다. 이미 무인의 시대는 끝났고 지금은 다시 문인들의 시대로 돌아오고 있다. 그러면서도 힘이 필요한 시대이기도 하다.

익첨은 돌아오는 길 내내 이 문제로 고심했다. 학문을 닦아 문인이 될 것인가 무예를 익혀 무장이 될 것인가? 어느 길을 택하든 결국이 나라 이 백성을 위한 일이 되겠지만 앵두를 저렇게 처참하게 짓밟은 놈들을 색출해 원수를 갚자면 힘을 길러 무장이 되어야 한다는 생각이 절실하다.

지금까지의 공부와는 길이 다르다.

"차마 내 입으로는 다 말 할 수가 없어요."

집으로 돌아온 익첨은 초희에게 쌍계사에서 본 일들을 이야기했다.

"앵두가……. 앵두가……."

초희는 말문을 잇지 못했다.

충격으로 초희는 조산을 했고 건강은 악화일로를 걸었다.

며칠 사이 주세후가 몇 차례 다녀갔고 모종의 일이 꾸며지는 것 같았다.

이들은 마침내 집안 하속들 중에 힘꼴깨나 쓰는 장정들을 모아 두류산 종축장을 향해 길을 떠났다. 이들의 행패에 대한 응징이 있어야 된다고 믿는 어른들인 것 같았다. 이에는 이, 눈에는 눈이다.

이에 앞서 익첨은 서둘러 개경으로 올려 보내졌다.

2

청자에 새겨진 연꽃잎처럼

개경은 참으로 아름다운 곳이다.

풍수지리설에 따라 계획된 수도로, 이보다 더 완벽할 수 없는 명당의 조건을 갖추었다. 명당의 조건은 사신사를 모두 갖춘 것을 뜻한다. 사신사란 사방에서 보호해주는 네 마리 짐승을 비유해 일컬음이다. 좌청룡, 우백호, 전주작, 후현무다.

고려의 왕궁은 주산인 북녘의 송악산이 현무, 동녘의 지남산 부흥산 덕암봉이 청룡, 서녘 오공산이 백호, 남녘의 용수산이 주작에 해당한다. 사방을 지키고 보호해주는 지형만 가지고는 명당의 조건으로 완벽하다 할 수 없다. 물이 있어야 한다.

개경은 서쪽으로 예성강이 흐르고, 동쪽으로는 임진강, 남쪽으로는 한강의 하류가 모여 해상교통의 요지가 된다. 가히 풍수지리에 통달한 도선 국사가 잡은 터전이라 할 만하다. 이러한 자연조건에 인공을 가미해 성을 둘러쌓았으니 자연과 인간의 힘이 만든 조화로움이 충분히 살아난 도성이다.

이 도성을 송악산 정상에서 내려다볼라치면 커다란 한 송이 연꽃잎처럼 보인다.

이 나성은 그 둘레만 해도 육십 리에 이르는데 고려 초기에 거란의 침입을 막기 위해 쌓기 시작한 것이 이제는 웅장한 궁성이 되었다. 송악산 남녘 양지바른 곳에 궁궐이 있고 이 궁궐의 안팎을 연결하는 통로로 통덕문, 성도문, 탄현문, 숭인문, 장패문, 회빈문, 앵계문, 선엄문, 선의문, 영평문 같은 성문이 있다.

연꽃잎 같은 나성이 사방을 두르고 성 안을 두 줄기로 감돌아치는 가운데 가느다란 물줄기들이 햇빛을 받아 반짝이는데, 오천과 배천이다. 이 물줄기들이 만나 사천을 이룬다.

사천은 다시 큰 물줄기를 이루며 예성강으로 흘러 황해로 빠진다.

장패문 밖 사천 강가에 고려 개국을 기념하기 위해 세운 개국사가 자리 잡았다. 다시 눈을 궁성 안으로 끌어들이면 오천 가에 보제사, 봉은사 같은 절이 자리 잡고 궁성의 앞뒤로 흥국사와 안화사 같은 호국사찰들이 있다.

모두가 그림 같은 풍경들이다.

다시 강줄기를 따라 내려가면 예성강 임진강 한강의 물줄기가 합해지는 지경에서 물결이 잔잔한 예성강 하구 깊숙이 그림 같은 섬이 하나 떠 있는 것이 보이니, 벽란도다.

벽란도는 해상무역의 첫 관문이다. 이 항구는 사방에서 모여든 상인들로 북적댄다. 삼남의 상인들은 물론이고 멀리 중국에서 온 상인들이 있는가 하면 대식국에서 온 상인들도 닻을 내린다.

대식국은 아라비아로, 바다 건너 저 멀리에 있다. 이들은 가지고 오는 교역물도 다양해 상아 수정 호박 같은 보물은 물론이요, 양털과 낙타털로 짠 융단도 있다. 뿐만이 아니었다. 때로는 사람의 말을 따라 하는 앵무새도 가져왔고, 꼬리에서 찬란한 무지개가 돋아나오는 공작새 같은 애완동물들도 선보였다.

이들의 배는 앞이 뾰족하고 돛도 삼각형이다. 중국배가 앞이 넓적하게 들려 있고 돛도 사각형인 데 비해 이러한 삼각형에 가까운 배는 새로운 눈요깃거리가 아닐 수 없었다. 뿐인가? 대식국 사람들은 머리에 터번이라는 것을 쓰고 있었는데 천을 둘둘 감은 것 같은 모자라, 이 또한 구경거리가 되었다.

고려의 물산은 모두 이 벽란도를 통해 거래가 되었으므로 벽란도는 누구나 꼭 한번 가 구경하고 싶은 장터였다.

이날도 익첨은 영숙에게 벽란도 구경을 시켜달라고 조르고 있었다.

"오늘 내일은 노는 날이잖아?"

"그래서? 또 그 벽란도 타령이냐?"

영숙은 이름이 이색(李穡)으로 본관은 한산이다. 스승 이곡의 아들로, 익첨이보다는 세 살 위다. 오늘도 이들은 동무들과 송악산 기슭에 올라 저 멀리 보이는 황해를 바라보며 마음껏 꿈을 키우고 있는 중이었다.

영숙은 아버지를 따라 벌써 몇 번씩이나 벽란도 구경을 하였다고 한다.

"나도 한번 바다를 보고 싶단 말이야."

익첨은 아직 바다를 본 일이 없다. 그 바다가 보고 싶은 것이다. 영숙은 바다 가까이 서천이란 곳에 살다가 와서 바다에 대해선 훤하다.

"바다는 말이야……."

익첨은 영숙이 말을 더 잇기 전에 토막을 친다.

"밀물과 썰물이 있어서 물이 들어왔다 빠졌다 한다. 이거지?"

벌써 수십 번도 더 들은 이야기였다. 바닷물이 한 번 빠져나가기 시작하면 수십 리 길이 육지로 변하고 밀물이 들어오면 다시 이 땅이 바닷물로 뒤덮인다. 물이 들고 나기를 하루에도 두 차례……. 그 개펄에 조개는 물론이고 집게발을 가진 게나 긴 발을 가진 낙지 같은 것들이 기어 다닌다고 했다.

익첨으로서는 상상이 안 되는 이야기들이었다.

영숙은 한 지붕 밑에 기거를 하고 있는 익첨을 아우같이 생각해 온갖 이야기들을 들려준다. 익첨은 그중에서도 바다 이야기가 제일 좋다. 그렇지만 이제 새로울 것이 없는 이야기들이다. 너무 많이 들어 훤히 외우고 있는 내용들이다. 때문에 직접 두 눈으로 보고 확인하고 싶은 것이다.

"익첨이 너, 노래 한 곡조 불러보면 다시 생각해볼게."

영숙은 시큰둥해 있는 익첨을 향해 노래를 한 곡조 불러보라 한다.

"그래, 그래. 익첨이 너 노래 잘하잖아?"

동무들도 좋아했다.

익첨은 목청을 가다듬어 노래를 뽑기 시작한다.

가시리 가시리잇고 나는
버리고 가시리잇고
위증즐가 태평성대

날러는 엇디 살라하고
바리고 가시리잇고 나는
잡사와 두어리마는
선하면 아니올세라

설운님 보내옵나니 나는
가시는 듯 도셔 오소서
위증즐가 태평성대

한창 유행하는 노래였다. 노래가 2절, 3절로 넘어가면서 후렴곡은 학동들 모두가 함께 불러 메아리가 울릴 정도였다.

이 노래에는 이런 사연이 있다. 하두강이라는 송나라 상인은 바둑을 잘 두었는데 벽란도에서 만난 한 부인에게 넋을 빼앗겼다. 그 부인의 남편이 바둑을 잘 둔다는 소문을 들은 하두강은 일부러 그에게 접근하여 바둑을 둔다. 그러다가 내기 바둑을 두어 일부러 몇 차례 져주었는데 나중에는 짐짓 큰돈을 걸면서 그에게는 부인을 걸 것을 요구했다. 재물에 탐이 난 남편은 결국 이 제안을 받아들여 아내를 걸고 내기 바둑을 두었다. 결과는 뻔해서 상대방의 참 실력을 모르고 덤빈 부인의 남편은 내기바둑에서 지고 말았다.

하두강은 내기 바둑에서 딴 그 부인을 배에 싣고 뱃길을 떠났다.

이 노래는 나중에야 자기 잘못을 깨닫고 부른 그 남편의 한탄곡이다.

상인은 배를 타고 가며 그 부인을 범하려 했지만 부인은 완강히 거절했다. 이윽고 바다 한가운데 이르렀는데 배가 더 이상 나아가지 않고 멈춰버리는 이변이 일어났다. 점치는 이가 있어 말하기를 '이 부인의 정절이 하늘을 감동시킨 것이오. 그러니 이 부인을 돌려보내야 합니다.'라고 했다.

하는 수 없이 하두강은 부인을 돌려보냈다.

이 기막힌 노래 사연은 벽란도뿐만 아니라 고려 전체에 퍼져 유행하고 있는 중이었다. 언제 어디서나 노래는 민심을 대변하고 바람처럼 떠돌았다.

생각 없이 시작한 노래였는데 막상 노래를 하고 나니 앵두가 생각나는 익첨이다. 눈에 눈물이 글썽해진다. 이를 본 영숙은 익첨의 그 기분을 알아차리고 저도 노래를 한 곡조 하겠다고 자청해서 나선다. 이미 익첨의 신상에 대해선 알 만큼 알고 있는 영숙이다.

"일신이 노래를 했으니 나도 한 곡조 뽑지."

동무들이 박수를 치자 이번에는 영숙이 노래 한 곡을 뽑는다. 이번에는 그 부인이 돌아오는 뱃길에서 불렀다는 노래다.

그러자 이번에는 또 한 아이가 노래를 시작한다.

이번에는 금지곡이다. 어른들은 물론 아이들은 절대 따라 하면 안 될 상스런 노래다.

쌍화점에 만두 사러 갔더니만
회회아비 내 손목을 쥐더이다
이 소문이 가게 밖에 나며 들며 하면
다로러거디러 조그만 새끼 광대 네 말이라 하리라
더러둥셩 다리러디러 다리러디러 다로러거디러 다로러
그 잠자리에 나도 자러 가리라

위위 다로러 거 디러 다로러
그 잔 데 같이 답답한 데 없다

쌍화점은 원나라 사람들이 하는 가게다. 거기 만두집에 만두를 사러 갔더니 회회아비가 손목을 잡는다. 회회아비는 회족이라 불리는 몽골 사람을 뜻한다. 회회아비는 점령군이다. 점령군이 손목을 잡아끄는 목적은 재미를 보자는 것이다. 그것도 반 강제로 아녀자를 능욕하려는 짓거리이다. 이를 태연하게 그 새끼가 보고 있다. 만약에 이 일이 소문나면 새끼 광대 네가 퍼뜨린 소문이라 그냥 두지 않겠다는 다짐이다. 그런데 막상 이 소문이 나, 돈 많은 상인이 아녀자를 꼬인다 하니까 나도 그 회회아비와 함께 잠자리를 같이 해보고 싶다는 여인네들이 생겨난다. 상대가 누구든지 간에 그건 상관없으니 돈만 많이 준다면 몸값을 받고 자신을 팔겠다는 이야기인 것이다. 이 얼마나 해괴망측한 이야기인가?

삼장사에 불을 켜러 갔더니
그 절 지주가 내 손목을 쥐더이다
이 소문이 절 밖에 나며 들며 하면
다로러거디러 조그만 새끼 상좌 네 말이라 하리라
더러둥셩 다리러디러 다리러디러 다로러거디러 다로러
그 잠자리에 나도 자러 가리라
위위 다로러 거 디러 다로러
그 잔 데 같이 답답한 데 없다

이번에는 삼장사라는 절에 불공을 드리러 갔더니 그 절의 주지 스님이 손목을 잡는다는 이야기다. 점령군도 아닌 절의 주지가 신도를 능욕한다는 내용이다. 나라의 정신적 지주인 승려가 아녀자를 희롱하고 나도 그와 함께 잠자리를 해봤으면 하는 여자들이 생겼다는 이야기다. 이게 다 무엇 때문인가? 돈 때문이다. 모든 돈이 절에 모였기 때문이다.

고려는 불교 나라다. 불정토를 이루기 위해 막대한 국가 예산을 들여 절을 짓고 승려를 기르는 데 온갖 정성을 바쳤다. 보조국사 지눌 같은 큰스님은 인간의 마음이 곧 부처의 마음이라 하고 이를 깨닫기 위하여 수양하며 노력해야 한다고 가르쳤다. 나라에서는 이러한 정신을 계승 보급하기 위하여 팔만대장경을 만들어 각처에 보관까지 하였다.

그러나 원나라의 침입으로 대장경은 불타 없어지고 이들 병사들에 의해 전수된 미신적 라마불교가 성행해지면서 절은 병역을 기피하기 위한 장소로 둔갑하였다. 일부 욕심 많은 스님들은 국사니 왕사니 하여 궁중 권력의 비호 아래 재물을 모으고 노비를 거느리는 신흥세도가로 둔갑하고 말았으니 절간 주지가 상좌가 보는 앞에서 아녀자의 손목을 잡아끄는 것은 조금도 이상한 일이 아닐 터였다.

이러한 타락상은 거기서 끝나는 것이 아니었다.

두레우물에 물 길러 갔더니만
우물용이 내 손목을 쥐더이다
이 소문 우물 밖에 나며 들며 하면
다로러거디러 조그만 새끼 두레박아 네 말이라 하리라

더러둥셩 다리러디러 다리러디러 다로러거디러 다로러
그 잠자리에 나도 자러 가리라
위위 다로러 거 디러 다로러
그 잔 데 같이 답답한 데 없다

이번에는 두레우물을 길러 갔더니만 우물용이 손목을 쥔다. 용은 누구를 상징하는가? 왕을 뜻한다. 고려 왕 씨들은 스스로를 겨드랑이 밑에 비늘이 달린 용이라 자칭했다. 세상에나! 그러한 왕의 음탕함을 이처럼 노골적으로 노래할 수 있는가? 당연히 금지되어야 마땅할 노래다. 그런데도 고관대작들의 자제들이 모여 이러한 금지곡들을 부르고 있다. 왕실에 반대하는 세력이 생겼다는 이야기다.

그러나 왕에게도 할 말은 있다. 정사에 너무 시달려 이제는 달리 마땅한 놀이가 없다. 왕들에게도 위안이 필요하다. 그도 그럴 것이 몽골 회족들의 공격을 받아 수도 그 자체를 강화도로 옮겨 가는 위기를 겪어야 했다. 이제 겨우 화친조약을 맺고 더욱 더한 충성을 맹세한 나머지 환궁을 했지만 두 차례에 걸친 왜구 징벌을 강요받아 나라 창고는 텅 비게 되었고 병사들은 수없이 죽어나갔다.

이 혼란 속에서 사랑하는 왕비마저 잃어버렸으니 왕인들 국사가 눈에 들어올 리 없을 터, 맑은 정신으로는 세상을 똑바로 볼 수가 없다. 정신을 더욱 혼미하게 다스리는 데는 술과 여자밖에 없다. 우리도 좀 놀자는데 무슨 말이 그렇게 많으냐? 왕실의 변이다.

전국 각처에서 얼굴 반지르르한 계집애들은 다 모아 궁중으로 불러들였으니 남장별대다. 여자아이들에게 남자 옷을 입히고 목소리 고운 아이는 노래기생, 얼굴 잘생긴 아이는 얼굴기생, 춤 잘 추는 아이는 춤기생으로, 각기 그 주특기대로 나눠 놀게 하였으니 말 그대로 주지육림이 따로 없는 상황이었다.

원의 간섭을 받기 시작하면서 고려는 계속해서 이런 형편이었다. 그렇다면 상류층에서만 이런 행태가 벌어졌던가?

술 파는 집에 술 사러 갔더니만
그 집 아비 내 손목을 쥐더이다
이 소문이 집 밖에 나며 들며 하면
다로러거디러 조그만 새끼 시궁쥐야 네 말이라 하리라
더러둥성 다리러디러 다리러디러 다로러거디러 다로러
그 잠자리에 나도 자러 가리라
위위 다로러 거 디러 다로러
그 잔 데 같이 답답한 데 없다

이러한 황음은 위로 점령군에서부터 나랏님이 계시는 궁중은 물론 정신적 지주인 절간까지 그리고 일반 백성들이 즐겨 찾는 술집에까지 팽배해 있다는 이야기다.

장차 이 나라를 짊어지고 나아갈 동량인 학동들이 학문을 배우던 틈을 타 산속에 숨어 이러한 노래를 불러대는 것은 단순한 놀이에 그치는 것이 아니다. 어떻게 보면 우국충정의 발로일 수도 있고 또 어떻게 보면 자포자기를 한 젊은이들의 체념이기도 하다.

이 중에 큰 아이들은 이미 과장에 급제한 사람도 있고 장가를 들어 아이들을 가진 가장도 있었다. 과장을 통과했다고 해서 다 벼슬이 내려지는 것도 아니고 현직에 나아가 일하는 것은 아니다.

과거에 합격해도 동정직(同正職)이라 하여 관료 대우는 받았으나 실제 벼슬길에 오르지는 못하고 대기발령 상태로 지내는 사람들이 많았다. 이들 중에는 이러한 동정직에 있는 아이들도 있었다. 운이 없으면 과거 합격을 하고서도 평생 관직에 오르지 못할 수도 있다. 뒷줄이 없으면 그렇다. 그런가 하면 과거를 치르지 않고서도 남 먼저 벼슬길에 오르기도 한다. 세도가의 자제들은 과거 시험을 치르지 않고서도 벼슬길에 나아가 주요 요직에 앉았는데, 이런 경우를 일컬어 '음서'라고 불렀다. 특별채용의 경우다.

이에 대한 불만이 오늘 이 같은 노래를 부르게 하는 것이리라. 이들은 산을 내려오면서 자신들은 이러한 부정부패에 물들지 않는 향도가 되리라 마음속으로 다짐한다. 향도란 신라 시대부터 전해져 내려오는 젊은이들의 수행 단체다. 삼국을 통일한 김유신 장군도 젊어 한때는 이 향도였다. 이들은 한결같이 그러한 포부에 부풀어 기개가 넘친다. 그렇지만 이들에게도 서로에 대한 배신을 경계하는 조심성을 요하는 시대였다.

"오늘 이런 노래 부르고 놀았다고 아무에게도 말하지 마."

솟을대문을 들어서면서 영숙은 익첨에게 다시 한 번 다짐을 준다.

"알았어. 그러면 내일은 틀림없이 벽란도 구경시켜주는 거지?"

"그래, 별일 없으면."

익첨은 제 방으로 들어가 책장을 펼쳐 든다.

그러나 글이 제대로 눈에 들어올 리가 없다. 마음은 벌써 벽란도로 향하고 있다. 억지로 마음을 다잡아 책장으로 눈을 돌린다.

시 한 편이 눈에 들어온다.

비 개인 빈 둑에 풀빛이 진한데
남포에서 그대를 보내니 노랫가락 구슬프라.
대동강 물은 어느 때나 마를 것인가
해마다 이별의 눈물만 푸른 물결을 더하거니

정지상의 「님을 보내며」라는 시다.

'시는 구체적인가 추상적인가?'

오늘 학당에서 배운 시다. 시는 구체적이라기보다는 어느 정도 추상적이라야 한다. 고려의 관료들은 대부분이 다 시인들이다. 과거 자체가 시를 짓는 과제이고, 시를 모르면 과장에 합격할 수 없다. 실질적 지식보다는 시를 짓는 능력이 중시되어 시 짓는 일을 게을리하면 안 된다.

공자는 '시 삼백 편이면 사무사라' 하여 시 삼백 편을 외면 생각함에 사특함이 없다 하였다. 이는 시를 정신의 정화작용으로 보았기 때문이다.

이 시 공부를 위하여 천리타향에 홀로 떨어져 있는 익첨이다.

익첨은 오리 주둥이를 한 청자연적에서 물을 따라 벼루에 먹을 간다.

고려 먹은 멀리 중국 황실에서도 상찬받는 상품으로 그 향기가 그윽하다. 벼루 역시 남포 벼루는 일품이다. 사그락사그락 먹 갈리는 소리와 묵향에 취해 시심을 가다듬으면 어느덧 고향 마을 앞에 핀 복숭아꽃이 눈에 삼삼 떠오른다. 그 복숭아꽃과 함께 떠오르는 얼굴, 초희와 앵두……. 그러나 앵두의 얼굴은 곧 짓뭉개진 모습으로 뒤바뀐다.

익첨은 잡았던 붓을 놓는다.

시심이 헝클어져 달아난다.

"앵두……."

마음을 진정시키지 못하고 있는 익첨의 귀에 가느다랗게 또 하나의 목소리가 들려온다.

"서방님."

초희다. 아내의 얼굴이 나타나자 앵두의 모습은 바람에 흩날리는 꽃잎처럼 날아간다. 날아갔다간 커다란 회오리바람을 타고 내려오는 흙먼지가 되어 초희의 얼굴을 사정없이 갈겨댄다. 동생에게 얻어맞은 언니는 비틀비틀 쓰러질 수밖에 없다. 요즘 들어 이런 환상이 부쩍 늘어났다. 거기다가 또 한 사람의 얼굴이 겹쳐진다. 송이였다.

"서방님."

송이는 배양촌 판서 정천익(鄭天益)의 딸이다. 판서란 전리사, 군부사, 판도사, 전법사, 전공사 등 육조를 관장하는 중앙행정관서의 장관을 말한다. 각 지방에는 또 그 지방을 관장하는 지방판서가 있다. 정천익은 배양촌을 관장하는 판서라는 이야기겠다.

정천익은 진양 정씨로 본관이 진주인 사람이다.

독실한 독농가로 호를 퇴헌이라 했고 익첨의 스승이기도 했다.

익첨이 개경으로 올라온 후 집안 사정이 어떻게 변했는지 자세히는 알 수 없었지만 정천익의 딸 송이를 계배부인으로 맞이하게 될 것이라는 이야기를 전해 들었다. 전갈을 가지도 온 금용은 이렇게 말했다.

"저 같은 놈이 감히 어떻게 알겠습니까요?"

금용은 아는 게 전혀 없다 하였다. 그가 알고 있는 것은 다만 주세후가 두류산 종축장 뙤놈들을 응징하러 갔다가 되레 당했다는 것이고, 집안이 폭삭 내려앉았다는 이야기였다.

"그 때문에 도련님께서는……."

다시 아내를 맞아들여야 한단 말인가? 집안의 영화를 위해서는 든든한 인맥을 형성해야 한다는 것쯤은 알고 있었지만 너무나 갑작스런 통고인지라 익첨은 머리가 어수선하다. 왜 갑자기 송이의 목소리가 귓가를 맴돌았을까? 그것도 아직 혼사를 치르기도 전인데 '서방님'이라고 부르는 소리가 왜 들렸을까?

어디선가 날 부르는 소리
바람 편에 전해오는 소리

익첨은 붓을 들어 이렇게 적어나가다가 멈추고 천정을 올려다본다. 앵두의 모습이, 처참하게 짓뭉개진 모습이 거기 매달려 있는 것이 보인다. 흡사 박쥐처럼 거꾸로 매달린 앵두가 하소를 한다. 앵두의 모습은 다시 초희로 바뀐다. 요즘은 계속해서 앵두가 초희고, 초희가 앵두다.

"서방님 전 어떻게 하라구요."

아직 어려 별다른 운우지정을 못 느끼고 살았던 사이라 할지라도 그동안 든 정이 또 따로 있다. 그러한 초희를 두고 또 다른 아내를 맞이해야 한다는 것은 있을 수 없는 일이었다. 한쪽 집안이 몰락했다고 해서 또 다른 권세가의 아내를 맞아야 한다면 그건 지나친 욕심이 아닐까. 도대체가 어른들의 생각은 이해할 수가 없다.

"공출을 면하려고 정판서 댁에서 서둘렀는지도 모르지요."

금용은 불쑥 처녀공출 이야기를 했다. 원나라에 처녀공출을 한다는 이야기는 익첨도 잘 알고 있는 사실이다. 거기 잡혀가지 않으려고 후처로라도 넣는 것이 아니냐는 금용의 추측은 맞는 말인지도 모른다. 아무 집에나 딸을 주느니 잘 아는 익첨에게 주는 것이 더 나을 것이란 생각을 했는지도 모를 일이다. 어릴 때부터 익첨의 사람됨을 잘 알고 있는 정천익으로서는 주세후와 문숙선 두 집안 간의 태중혼약이 없었던들 마땅히 송이와 익첨을 맺어주는 일에 앞장섰을 사람이다. 사실 익첨은 초희나 앵두 못잖게 송이와도 친했다. 명절이나 특별한 절기 때마다 서로가 드나들던 집안이기도 했지만 그 발랄함을 함께 나누고 있었던 사이이다. 송이는 꾀꼬리 같은 목소리를 가졌다. 특히 노래를 할 때는 더욱 도드라지는 목소리였다. 송이와 어울려 놀면 초희 자매와 놀던 때와는 또 다른 즐거움이 있었다. 송이는 초희 자매에게선 느낄 수 없는 여인의 향기가 났다. 생각이 여기에 미치자 그는 다시 붓을 들어 이렇게 적는다.

어찌 할 것인가 가늠 할 수 없는
두 얼굴과 목소리 원앙과 꾀꼬리

익첨은 이제야 비로소 예전에 미처 몰랐던 여인들에 대한 그리움을 느끼기 시작한다. 그런데 그 그리움의 대상이 앵두, 초희, 송이로 마구 뒤섞여버린다. 이제 누가 누구인지를 분간할 수가 없다. 앵두는 죽어서 그립고 초희는 버림받은 것 같아 가여워서 그립고 송이는 장차 어떻게 대해야 할지 몰라 두려움 속에서 그립다.

"앵두……. 초희……. 송이……."

익첨은 세 여인의 이름을 되뇌다 기어이 방을 뛰쳐나온다.

개경에 온 지 벌써 이 년, 그동안 학식이 넓어진 만큼 몸도 건장해졌다.

집을 나온 익첨은 저도 모르게 광통보제사(廣通寶濟寺)로 발길을 옮겨 갔다. 보제사는 성내에서도 가장 큰 절로 개경 한복판에 자리 잡고 있는데다가 1천여 채의 집들을 가지고 있는 대사찰이다. 정전인 나한보전 서쪽에 하늘 높이 솟은 5층 석탑이 있어 여기 오면 마음의 안정을 찾을 수 있다.

익첨은 전에도 그랬던 것처럼 탑을 돌며 두 손을 모아 간절히 기도한다.

"관세음보살나무아미타불. 관세음보살……."

탑을 돌고 있으면 두류산 웅석봉 자락에 위치한 단속사에 와 있는 듯 느낌이 상쾌해진다. 거기 갈 땐 언제나 어머니 손을 잡고 따라갔다.

"이 탑은 네 윗대 할아버님께서 시주 공양해서 세운 거란다."

단속사에는 동서 양편으로 아담한 3층 석탑이 서 있었는데 그리 우람하진 않았지만 주변 경관과 잘 어울려 신심을 북돋우는 데는 그만이었다. 때문에 탑돌이를 하고 소원을 빈 아낙네들이 아들을 점지 받고 가는 영험이 있다 하여 인근 각처에서 몰려들었다. 그도 성혼식을 올리고 상투를 틀고 난 얼마 뒤 초희와 나란히 절을 찾은 일이 있었다.

"간절히 빌어라. 그러면 소원이 이루어질 것이야."

어머니는 당신의 며느리에게 하루 속히 아들을 낳게 해달라고 빌라 하였다. 그렇지만 아버지는 이렇게 웃어넘겼다.

"아직 애가 애를 어떻게 낳누?"

그러면 어머니도 따라 웃으시며 이렇게 말했다.

"그러시던 당신도 이렇게 아들 낳고 손주 녀석 기다리시잖아요?"

아련히 떠오르는 일들이 머릿속을 넘나든다.

그때가 엊그제 같은데 벌써 애 아비가 되었다. 그런데 또 한 명의 아내를 더 맞이해야 한단다. 이제 꼬마 신랑이 아니라 어엿한 청년으로서 한 여인을 더 맞게 된다. 다시 그때 같은 실수는 없겠지? 그는 첫날밤을 어떻게 지냈는지도 모를 만큼 술 한 잔에 곯아떨어졌다. 신부는 족두리를 쓴 채로 첫날밤을 지새워야 했고 그는 오줌을 쌌다.

이 온갖 번잡한 생각을 떨쳐버리려고 익첨은 더욱 간절히 관세음보살을 왼다. 관세음보살나무아미타불 관세음보살. 그러다 그는 문득 몽수를 두르고 탑을 도는 한 여인네를 본다. 여인도 탑돌이를 하며 무언가 소망을 빌고 있다. 덮어 쓴 몽수에 가려 얼굴은 잘 보이지 않았지만 길게 드리운 너울 아래로 드러난 수수한 색깔의 치맛자락으로 미루어 봐서 부잣집 여인네는 아닌 것 같다.

개경의 여인네들은 사치가 극심하다. 성 내에 사는 여인네들은 아무리 못살아도 외출을 할 때는 비단옷을 입고 화장을 한다. 시골에서 자란 그로서는 도무지 상상할 수 없을 정도로 화려한 옷차림들이다. 그런데 이 여인은 그런 사치는 찾아보려야 찾아볼 수 없이 수수하다.

익첨은 돌던 탑돌이를 그만두고 한편으로 비켜서 여인네를 가만히 살펴본다. 아무래도 그 입고 있는 옷의 감이 눈에 익다. 저런 옷감을 어디서 봤더라? 그렇지……. 무명옷이었다. 앵두가 그 덕분에 살았다던 면직이다.

부자들은 누구나 비단이나 채색옷을 입고 서민들은 삼베옷을 입는다. 그새 중간층들이 입는 옷감으로 면포가 가끔씩 눈에 띄는 이유는 원나라 군수품에서 흘러나왔거나 약삭빠른 상인들의 손을 통해 수입되었을 것인데 그 옷의 수수한 결이 지금 익첨의 눈을 사로잡고 있다. 회색빛이 나도록 염색을 한 천이었지만 무명옷을 입은 여인을 보자 갑자기 앵두가 떠올라 여인으로부터 눈길을 거둘 수가 없다.

탑을 돌던 여인이 두 손을 공손히 모아 탑을 향하여 마지막 합장을 하고 나한보전을 향하여 또다시 절을 한다.

'어째서 저 옷감에 눈이 팔리지?'

익첨은 자신도 모르는 사이 사문을 나서는 여인네를 뒤따라가기 시작한다.

여인네는 뒤도 안 돌아보고 오천 다리를 건너 십자가(十字街)를 지나 남대가로 들어선다. 이 일대는 개경 제일의 번화가로 종이 · 기름 · 차 · 만두 등을 파는 상점들이 들어선 저자거리다. 거리 중간 중간에 영통 광덕 홍선 통상 같은 동네 이름이 붙은 표지판이 서 있었지만 워낙 긴 행랑들이 연이어 있어 어디서 어디까지가 그 동네인지 분간이 가지 않는 번화가다.

여인은 광덕동에 이르러 어느 행랑채 안으로 사라져 들어갔다.

'내가 여기를 왜 왔지?'

익첨은 무심결에 이 여인네를 뒤쫓아온 자신의 실없음을 깨닫고는 발길을 돌려 선죽동을 향한다. 선죽동은 남산 밑을 감돌아 흐르는 배천을 건너 성균관 쪽으로 한참을 올라가야 한다. 이곡 선생의 집은 거기 있었다.

선생은 청렴하여 시전거리를 피해 일부러 부흥산 자락에 집을 지었는데 거기선 남산이 잘 보인다. 왕궁은 물론 남산 너머 북쪽에 자리 한다. 스승은 '오천은 이미 고려 왕궁에서 흘러나오는 온갖 쓰레기들이 모이는 곳'이라며 부정부패를 피해 맑은 물이 흐르는 배천에 손을 씻으며 살기를 고집했다.

배천은 송악산의 동남쪽 허리에 있는 선비 바위 밑에서 솟아나는 옹달샘에서부터 발원해 서녘의 도성으로 흘러드니 동분서출의 개울이다. 흡사 배양 마을의 도천을 떠올리게 하는 지형이다.

선지교에 이르자 익첨은 발걸음을 멈추고 다리 아래를 내려다본다. 맑은 물이 졸졸 흐르며 내는 물소리가 마치 배양 마을 앞을 흐르는 도천의 물소리 같다는 착각을 하게 만든다. 선지교는 잘 다듬은 화강석으로 만든 튼튼한 돌다리로 아무리 개울물이 넘쳐나도 끄떡없는 실한 다리다.

이 돌다리를 건너 궁성 안으로 출입하는 관료들이 많다. 주로 저자거리를 피해 나온 신흥사대부들이 많이 모여 사는 동네라 오며 가며 쉬기 위해 다릿목에 아예 정자를 세워놓기까지 하였다.

'언젠가는 나도 이 다리를 건너 입궐하는 날이 있겠지?'

익첨은 정자에 올라 나직이 중얼거린다. 그러자면 공부를 더욱 열심히 해야 한다. 무엇보다도 먼저 과거에 급제해야 하고 그 일이 무엇이건 실무를 익혀야 한다. 그리고는 한 단계 한 단계 밟아 올라가는 것이다. 그러다 보면 언젠가는 이 선지교의 상판 위에 수레바퀴 자국을 남기게 될 날이 있으리라. 젊은 선비들은 말을 타고 다니지만 고관대작이 되면 수레를 탄다. 익첨은 이 돌다리 위에 자신이 탄 수레바퀴가 깊게 패는 날을 꿈꾼다.

'꼭 성공하고 말 거야.'

익첨이 한참 먼 훗날을 기약하고 있는데 한가로운 말발굽소리가 들린다. 멀리서부터 딸각딸각하며 가까워지고 있는 말발굽 소리다. 그리 급하지 않은 듯 말도 주인도 취했는지 딸가닥거리는 소리가 불규칙하다. 아마 선지동 어느 한량이 저자거리에 나가 술 한 잔 마시고 기분 좋게 취해서 오는가 보다 하는데 벌써 말은 다리 위에 당도했다.

"이 보오. 거기 정자 위에 있는……."

마상에 앉은 이는 뜻밖에도 포은(圃隱) 정몽룡이었다. 술이 거나하게 돼 기분이 몹시 좋은 듯하다. 아니면 그 반대인지도 모른다.

"아니, 포은이 아닌가?"

익첨은 저도 모르게 정자 아래로 내려선다.

"어허, 이게 누구야……. 일신이 아니야?"

포은은 평소 깍듯하던 존댓말도 버렸다.

"취했네 그려?"

"촌놈은 뭐, 취하면 안 되라는 법 있나?"

포은은 호기롭게 말에서 풀쩍 뛰어내려 다리 난간에 손을 짚고 물빛을 내려다보며 혼자 중얼거린다.

"물은 흐르는 대로 가는 게야."

물은 자기 갈 길이 따로 정해져 있지 않다. 바위를 만나면 바위를 돌고 흙을 만나면 흙 속으로 스며들고 나무를 만나면 나무뿌리를 통해 꽃이 된다. 물은 매순간 그때그때 환경에 따라 변화한다. 그러면서 낮은 데로 흐른다. 낮은 곳을 다 채워야 흘러넘친다. 그게 물의 기운이다. 이러한 물의 흐름을 통해 자연의 이치를 설명하고 자연의 이치를 통해 인간의 길을 깨닫게 한다는 게 맹자의 '관수법'이다.

포은은 지금 술 취한 척하면서도 이 관수법에 대한 이야기를 하고 있다. 익첨이 그 숨은 속내를 모를 리 없다.

"고이면 썩기도 하지요."

익첨은 일부러 존댓말을 붙여 포은의 수작을 돋운다.

포은은 곧 이 사람 앞에서는 객기를 부릴 상대가 아니란 걸 깨달았는지 본심을 찾는다.

"으하하하……. 고이면 썩는다? 제법이란 말이야……. 우리 일신이 형이 내 맘을 알아주네."

영숙이가 포은은 자기보다 몇 살 아래라고 했으니까 익첨이보다는 한두 살 아래가 될 것이다. 그런데도 포은은 치기를 부리고 있다. 일부러 술 취한 척 주사를 부리는 것인지 아니면 본시 성질이 패악한 것인지 모르겠지만, 고깝지가 않음은 어쩐 일인가.

포은은 영천 출생으로, 본관은 연일이다. 본관이 연일이라는 것은 쉽게 말해 촌놈이라는 뜻이다. 이미 개경에서 멀리 떨어진 지방 출신들은 왕도에서 난 아이들에 비해 상대적으로 손해를 보고 있다. 왕도에 부모를 둔 자녀들은 부모들끼리의 거래로 일찍 관직에 나갈 수 있지만 촌사람들은 저절로 기회가 오기를 기다릴 수밖에 없는 현실이었다. 때문에 포은은 이미 향시에 합격을 했으면서도 아직 관직을 못 받고 대기 중인 동정직에 머물고 있다.

"나 오늘 한잔했어요."

"……."

포은은 개경에 올라온 지 오래되었으므로 이미 관직에 나가 있는 친구들이 많다. 비록 연배는 달랐지만 아래위 많은 친구들과도 교우하였고 요즘은 특히 김영후(金永煦)와 절친하게 지내는 중이었다.

"오늘은 균헌이 날 부르더군."

김영후는 호가 균헌(筠軒)으로, 본관이 안동 사람이다. 충혜왕이 원나라로 잡혀갈 때 백관들이 모두 도망갔으나 혼자 왕을 호종한 인물이다. 심양에 있으면서도 심양왕 고(暠)의 모반에 따르지 않고 홀로 왕을 시종했다. 그 덕분으로 추성보절동덕익찬공신(推城保節同德翊贊功臣)이란 커다란 공훈을 받고 삼사좌사(三司左使)가 되었다가 충혜왕이 복위하자 다시 찬성사(贊成事)로 승진한 전설적 인물이다.

익첨도 그에 대한 이야기는 여러 번 들은 적이 있었다.

오늘 포은이 함께 술을 마신 사람이 바로 이 균헌이라는 말에 익첨은 가슴 벅찬 감회를 느끼지 않을 수 없다. 아버님 문숙선이 늘 하는 말 가운데 하나가 '좋은 친구 사귀기'였다. 친구를 보면 그 사람 됨됨이를 알 수 있다고 하였다. 이렇게 좋은 사람 만난 것을 가슴 벅차하고 있는데 포은이 손을 내밀어 말을 함께 타고 가기를 권한다.

"함께 타고 가요."

"난 걸어서……."

"어허, 사람 그러는 게 아니오. 겸손도 떨 때 뜨는 것이지."

익첨은 동구 앞에 다다라 말에서 내릴 때까지도 무슨 이야기를 나누며 술을 마셨는지 물어보지 못했다. '형아'라고 가볍게 부를 수 있는 영숙이와는 달랐다. 비록 나이는 아래였지만 그 기품에서 풍겨 나오는 근엄함 때문에 함부로 아무 말이나 하기엔 거리가 먼 '아우'라는 느낌이다.

포은이 간간이 정세에 대한 이야기를 했다.

균헌이 그렇게 지키려고 애썼던 충혜왕은 결국 원나라에 의해 귀양을 가다 죽었고 그의 아들 충목왕 역시 여덟 살 어린 나이로 등극을 하였지만 후사도 없이 재위 4년 만에 죽었다. 지금의 충정왕은 충혜왕의 서자로, 열두 살 어린 나이로 덕녕공주의 수렴청정을 받기는 마찬가지다.

덕녕공주는 원나라 영서무정왕의 딸로 몽골 이름이 '이렌첸빤'이다. 남편과 자식을 잃은 이 몽골의 여인이 사실상 고려를 다스리는 판국이니 온 나라가 살얼음판 위에 선 느낌이 아닐 수 없는 일이었다. 설상가상으로 충정왕을 낳은 윤씨의 외척들인 윤시우와 배진 등이 권력을 등에 업고 세도를 부리는 판국이라 어지럽기 이를 데 없는 혼란한 시국이다.

그런데다가 한편으로는 충선왕의 둘째 아들인 강릉대원군에게로 민심이 기울고 있어 나이 어린 왕을 폐위하고 강력한 지도자를 내세워야 한다는 충정왕 폐위론이 대두되고 있는 판국이라 그야말로 정세는 오리무중이고 난국 중의 난국이요 난세 중의 난세다. 강릉대원군은 익첨이보다는 한 살 위로 몽골식 이름을 '빠이앤 티무르'라고 한다. 원나라 위왕의 딸 노국대장공주를 아내로 맞았지만 아직은 친구들과 어울려 노는 일에 더 재미를 붙이고 있는 한량으로, 격구와 말타기를 즐겨 가끔씩은 먼발치로나마 그 모습을 볼 수 있었던 인물이다.

"신하는 신하로서……."

할 일이 따로 있고 군신 간의 의리는 아랫사람이 먼저 지켜야 한다. 포은은 이날 많은 이야기를 내쏟았다.

"우리가 기인제도의 희생물이라 생각해요?"

포은은 기인제도의 희생양이라고는 생각지 않는 낙천적인 생각을 하고 있다. 기인제도라는 것은 지방 토호들의 자제들을 중앙에 붙들어둠으로써 저들의 반역을 막기 위한 방패막이로 이용하던 일종의 관행이었다.

신라 시대에는 상수리제도라 하여 지방 토호들이나 관리들의 자제들을 중앙으로 불러 모아 일을 시켰다. 중앙 부처의 요직을 얻어 걸리는 경우도 있었지만 운이 없으면 힘든 노역에 종사하는 경우도 있어 빈축을 사기도 했던 몹쓸 제도였다.

"우리는 결코 기인제도의 희생양이 되어서는 안 돼."

아까 선지교 위에서 했던 포은의 말이 갑자기 떠올랐다. 지방에서 올라왔다고 기죽지 말라는 뜻이었을 게다. 어쨌든 이런 친구들을 만날 수 있는 게 개경이다. 그래서 사람은 나면 서울로 보내야 한다는 말이 생겼다.

익첨은 앞날이 훤히 열리는 것 같아 기분이 좋다.

"내일이라도 당장 내려가야 되겠구만이라요?"

자꾸 이렇게 미루다가 언제 집에 갈 거냐는 금용의 투정이다.

"이놈아 갈 때가 되면 으레 갈려구?"

집에 가자면 선물도 사고 준비를 해야 하는데 자꾸 조르지 말라는 이야기다.

3

큰 나무 밑에 큰 그늘

시골 배양 마을을 다녀온 후로 익첨은 이름을 익점으로 바꾸었다. 경덕재 입교 기념으로 스승인 익제(益齊) 이제현(李齊賢)이 새 이름을 지어준 것이다.

"볼 '첨(瞻)' 자에서 점점 '점(漸)' 자로 그 이름을 바꾸는 것은 여태까지의 이름이 여러 가지 많은 것들을 듣고 보는 것을 더한다는 뜻에 한정되는 데 비해, 듣고 보는 것으로만 끝날 것이 아니라 점점 더 많은 것을 깨달아 행하라는 뜻인 게야……."

점점 더 많은 것들을 보고 깨달아 그것을 행하라는 사부님 말씀이었다. 이날 몽룡도 몽주라는 새 이름을 얻었다.

사람은 많은 것을 보고 들어야 한다. 체험을 중시 여기는 학습방법이다. 그러나 아무리 많은 것을 보고 듣고 안다 할지라도 깨달음이 없으면 안 된다. 어느 게 옳고 그름인지를 깨달아 알아야 한다. 이 깨달음이 중하다. 그리고 그보다 중요한 일은 깨달은 바를 행동으로 옮기지 않으면 안 된다는 것이다. 실천을 중시 여기라는 뜻이다.

덕행이다. 덕은 행해야 비로소 빛이 된다.

오늘 대 스승은 숙수례를 마친 뒤 이러한 요지를 강설하셨다.

익제 이제현은 나이 열네 살에 성균시에 장원 급제한 천재로, 원나라에 들어가 원의 대학자 조맹부 등과 고전 연구를 하고 돌아온 전설적 인물이다. 원나라 말을 하도 유창하게 잘해 원나라 사람들조차 익제가 고려인이라는 것을 몰랐었다고 한다. 예문춘추관, 서연관, 중서문하성, 참문학사 등 주요 요직을 다 지냈고 제종경사도감으로 원나라에 들어가 충정왕의 승습을 요청하여 그 승인을 받아내기도 하였다.

이즈음은 시경 전문교육기관인 경덕재에 들러 후학들과 경전을 논하기를 좋아해 사방에서 인재들이 모여 그의 가르침을 받고 있는 중이었다.

오늘 익첨은 이러한 자리에서 대 스승으로부터 그 이름을 사사받는 영광을 얻었다.

스승은 익점에게 물었다.

"무얼 위해 학문을 하는고?"

"깨달음을 얻기 위함입니다."

"무얼 깨닫고 싶은고?"

"나를 깨닫고 싶습니다."

깨달음은 옳고 그름을 판단하는 일이다. 그렇지만 깨닫고도 행하지 않는 사람은 짐승보다 못하다는 말씀을 하셨다. 스승의 가르침은 아는 것을 행하지 않으면 아무 소용없다는 실천에 있었다.

스승은 강론에 들어가기에 앞서 질문을 먼저 던진다. 그리고 그

답 풀이를 해가며 점점 학문의 길을 열어 보인다. 일방적으로 자신이 아는 바를 강독하는 방식과는 다른 토론식의 공부였다. 문하생들은 너나 할 것 없이 이러한 스승과 눈을 마주쳐보려고 정신을 바짝 차린다. 단 한 번만이라도 대 스승과 일문일답을 가진다면 그것만으로도 가슴 벅찰 일인데 새로운 이름을 얻는다는 것은 대단한 행운이 아닐 수 없는 일이었다.

이날 대스승과 문답을 가진 익점은 그 스스로 천리를 깨달은 것만 같은 큰 기쁨을 얻었다. 경덕재에 입교해 첫날 얻은 수확치고는 너무나 큰 덕이었다. 무언가 모를 깊은 어둠이 걷히고 새로운 밝음이 눈앞에 다가온 것 같은 느낌이다.

"일신이는 이제 앞날이 훤히 열리겠어."

일신(日新)은 익점의 자(字)였지만 잘 부르지 않던 호칭이다. 남자들은 그 이름이 여러 가지가 있다. 호적에 올린 관명이 있고 어릴 때 부르던 아명이 있다. 잔병치레하지 말고 잘 자라라는 뜻에서 개똥이, 소똥이처럼 불리는 아명이 있는가 하면 그냥 친구들만이 따로 부르는 별호도 있다.

남자 열다섯이면 상투를 틀고 갓을 쓰게 되는데 어른이 되는 통과의례다. 이 성인식에 즈음하여 스승이나 동네 어른들로부터 자를 지어 받는다. 이제부터 어른 대우를 받는 것이다. 상민들 중에는 일생 상투를 올리지 못하고 떠꺼머리 신세를 지는 총각들도 있다. 상투를 틀어줄 사람이 없기 때문이다.

영숙은 익점이 계배부인을 맞게 된 사연을 들었고 장가갈 때도 그 먼 길을 함께 따라갔다가 왔다. 그러니 일부러 '일신'이라는 자를 부른 데에는 나름대로의 배려가 있었던 것이다. 이젠 지난날 다 잊고 새 출발 하자는 뜻에서다. 그야말로 일신우일신이다.

"나 같으면 친구들 다 불러내어 한턱 거하게 내겠다."

그러잖아도 장가들었다며 '장가 턱'을 톡톡히 베껴 먹은 친구들인지라 영숙의 이 말에 고물 묻을세라 당장 거들고 나선다.

"그럼 그럼, 큰 사부님 은덕 입고도 출세 못한 사람 봤냐?"

"그러니 당연히 한턱 내야지."

익점은 이 말이 듣기 싫지가 않다. 출셋길도 출셋길일 터였지만 익점은 친구들이 좋다. 친구들과 어울려 지내는 일이 즐겁다. 게다가 지난번 우연찮게 들렀던 만두집이 보제사에서 보았던 그 여인네의 집이어서, 그 집에 다시 들를 수 있는 기회가 생긴다는 점 또한 가슴을 설레게 하였다.

그러나 친구들은 이번에는 지난번처럼 만두집이 아니라 술집이어야 한다고 한다.

"이젠 시시하게 만두집 가지고는 안 돼, 알았지?"

"만두집이야 애들이나 가는 거지."

이젠 어엿한 어른들인데 술집 출입을 할 때도 됐다는 거였다. 이들은 대개 고만고만한 등대들로 이제 꼬마 신랑의 티는 벗어났다. 하지만 아직 색주가를 드나들어본 경험들은 없는 숫보기들이다. 이날만큼은 술집 출입도 한번쯤은 해보고 싶다. 경덕재는 아무나 들어가는 학교가 아니다. 이미 학당 공부를 마친 준재들이 각 지방에서 추천을 받아 입교하는 곳이다. 이 학동들이 술집을 한번 가보고 싶다는 데에야 이론이 있을 수 없다.

"그런데 저 촌뜨기가 혼자 그 돈을 다 감당할 수 있을까?"

강유란 자가 슬그머니 재를 뿌린다. 강유는 본관이 개경으로, 개경 출신이 아니면 누구든지 깔보고 업신여기는 고약한 친구다.

본관이란 그 태어난 곳을 뜻한다. 본관이 지방이라는 것은 그 부모가 지방에 거주하고 있음을 뜻한다. 설사 지금 벼슬자리가 있어 개경에 살고 있다 할지라도 언젠가는 고향으로 돌아간다는 것을 의미하고, 지방에서 개경으로 그 살 곳을 옮긴다는 것은 있을 수 없는 일이다. 그 권세가 세세토록 이어지지 않는 한 주거의 자유가 없다. 주어진 곳에 살아야 한다. 때문에 한번 촌놈은 영원한 촌놈일 수밖에 없다. 그러니 촌놈이 무시당하거나 괄시당하는 일은 예사다.

"촌뜨기? 너 지금 나한테 촌뜨기라고 했냐?"

익점이 가위 눈을 하고 강유를 노려본다. 지금까지 한 번도 강유의 이런 놀림에 대들어본 학동이 없었다.

"그래, 여기 너 말고 촌놈이 누가 있느냐?"

강유의 숨결이 거칠어지는 것을 누구나 들을 수 있을 정도였다. 아직 한 번도 바로 대고 대드는 아이를 본 적이 없던 그로서는 심장이 멎을 지경이다.

"내가 언제 너한테 술 산다고 그랬냐? 그런 걱정은 마셔."

익점은 여러 친구들을 둘러보며 이렇게 말한다.

"내가 술을 산다면 내 친구들을 위해서 사는 거지 너 같은 푸대기를 위해서 사는 건 아니다. 나 원 참, 별 게 다 끼어들어가지구서는."

고위관직에 앉아 있는 자들 중에는 아무 실력도 없는 자제들을 돈으로 경덕재에 입학시키는 경우가 있다. 이들은 참 실력으로 뽑혀 올라온 지방 학생들에 비해 수학능력이 떨어진다. 때문에 지방 학생들이 이들을 비웃어 말할 때 '푸대기'라는 말을 쓴다. 어디서 주워들었는지 익점이 강유를 두고 이 푸대기라는 말을 쓴 것이다. 아직 아무도 진짜 푸대기를 두고 푸대기라 말한 경우가 없다. 큰 싸움이 일어날 수 있는 문제다. 이는 단순히 두 사람의 문제가 아니라 전체 개경 출신 학생들과 지방 출신 학생들의 싸움이 될 수도 있는 심각한 문제였다.

"푸 하 하 하……. 푸대기라?"

누군가가 장단을 맞췄다.

"촌놈이 아직 푸대기 맛을 못 본 모양이군."

"거기 또 푸대기가 있었나?"

누가 봐도 맞수가 되지 않을 성 싶은데 익점은 계속해서 이들을 되받아치고 있다. 아무래도 누군가 뜯어말릴 사람이 필요하다. 그렇잖으면 익점이 된통 당하게 생겼다. 덩치로 보나 숫자로 보나 그 기세로 보나 상대가 되지 않을 시비다.

이쯤 되면 영숙이 나서지 않을 수 없다.

"그만들 하라구. 괜히들 왜 그래."

"어쭈. 거기도 촌놈이 또 하나 있었네?"

"가재는 게 편이라더니."

일이 이렇게 되다 보니 자연히 지방 출신들과 개경 출신들의 편이 나뉘어졌다. 그러고는 누가 먼저랄 것도 없이 욕설과 주먹질이 오가는 한바탕 패싸움이 벌어졌다. 아무도 예상 못 했던 일이다. 허지만 숙수례가 있는 입교 첫날은 으레 있을 수 있는 순위 싸움이다.

처음에는 텃세를 하느라 개경 아이들이 우세하는 듯했으나 막판에 가서는 촌놈들의 악발스런 힘이 승리를 거두었다. 코피가 나고 옷이 흙투성이가 된 채 일단락 싸움은 끝이 났지만 그 씩씩거림은 아직도 남아 있어 또다시 설전이 벌어진다.

"개경 놈들도 별수 없잖아?"

"일은 안 하고 녹봉만 받아 처먹는 주제꼴들에 무슨 기운이 있겠어?"

누군가 이렇게 그 집안을 비아냥거린다.

"그러는 네놈들은 돈 주고 벼슬 사 간 놈들 아니더냐?"

이들도 지지 않고 욕설을 퍼부었다.

사회가 이토록 문란해진 게 서로의 잘못이라는 이야기였다. 지방과 도성의 알력이 드러나는 부분이다. 지방 관료 자제들은 과다한 세금에 시달린다고 불평불만이었고 도성에서 녹봉을 받는 관료들의 자제들은 지방 관리들이 세금 거둬들이는 일에 불성실하다는 불평을 토로한다. 이러한 이야기들은 어른들에게 들어서 하는 이야기일 터, 이제 겨우 경덕재에 입교한 학동들의 입에서 나올 시빗거리는 아니질 않은가.

"한심한 놈들. 어째 조용하다 했더라니?"

언제 어디서 왔는지 학당 선생이 쫓아와 이들을 붙들어 닦달한다.

코밑과 턱이 온통 수염으로 뒤덮인 선생은 얼핏 보아 삼국지의 장비처럼 우락부락하게 생겨 그 인상만 봐도 학동들은 오금이 저릴 정도였는데 커다란 몽둥이까지 들고 있어 더욱 겁에 질리게 하였다.

"나는 너희놈들의 그 잘난 정신머리를 고쳐주는 훈도 선생이다. 아울러 태껸을 가르치는 사범이기도 하다."

훈도에 태껸을 가르치는 선생이라면 걸려도 단단히 걸린 게 분명하다. 이럴 땐 빠져나갈 구멍이 하나밖에 없다. 이미 학당생활을 해 본 이들로서는 이 위기를 모면하는 방법을 대충 알고 있었다.

그렇지만 누가 혼자서 이 총대를 짊어질 것인가? 아무도 전체를 위해서 총대를 멜 사람이 나서질 않는다.

"훈도님."

익점은 바로 이때라고 생각한다.

"싸움을 시작한 건 바로 접니다. 그러니 벌은 제가 받겠습니다."

한 걸음 앞으로 나선 익점의 고개를 검지와 장지 두 손가락으로 치켜올리던 훈장은 갑자기 푸 하 하 큰 소리로 웃음을 터뜨리더니,

"여기 또 인물 하나 났네?"

하며 익점의 아래위를 훑어본다.

"구렁이 담 넘어가듯 하면 될 줄 알고?"

은근슬쩍, 어물쩍 넘어가려는 영웅 아닌 영웅은 용서할 수 없다며 더 큰 소리로 으르렁댄다. 된통 걸렸구나 싶은데 '아닙니다. 싸움은 제가 걸었습니다.' 하고 나서는 자가 또 있다. 강유였다.

"강유 네가? 그러면 그렇지. 네놈은 언제나 말썽이지."

강유는 이미 작년에 경덕재에 들어왔었는데 격구를 하다가 말에서 떨어져 큰 부상을 입고 학당을 그만두고 쉬었다 한다.

공부에 뜻이 없는 놈을 억지로 학당에 보내니 그렇다며 훈장은 기가 차다는 듯 혀를 찼다. 그러면서도 고관 집 아들과는 더 상대하기 싫다며 돌아섰다. 아마 비슷한 일로 낭패를 당한 일이 있었던 듯싶다.

"내가 널 가르치느니 차라리 말 귀에 경을 읽지. 마이동풍이야."

훈장이 떠나자 강유가 손을 내민다.

"미안해."

그러면서 '촌놈이 그런 배짱이 있는 줄 몰랐다.'며 오늘 술은 자기가 사겠다고 나선다.

"나 강유, 그래도 의리 하나는 있는 놈이니까. 그런 의미에서 오늘

술은 내가 산다."

"그래? 좋아. 나도 화끈한 친구가 좋아."

익점은 강유의 손을 잡았다. 아까 치고 박고 싸울 때보다는 훨씬 강력한 장력이 있어 보이는 친구였다. 익점도 팔 힘은 좋은 편인데 손아귀를 꽉 쥐는 강유의 손힘도 보통은 아니다. 남자들끼리는 악수를 해보면 상대를 느낄 수 있다.

"난 무과를 택할 거지만……."

그래도 싯줄깨나 읽을 줄 알아야 멋있을 것 같아 시 공부를 하러 왔다는 강유였다.

이렇게 한바탕 소동을 벌이고 시전거리로 나선 이들은 남대가의 어느 술청으로 들어갔다. 밖에서 보기와는 달리 안은 붉은 빛깔과 황금빛 색깔이 가득 칠해진 장식들이 너풀거리고 있었고 간장 냄새부터가 다르다. 회족이 하는 음식점인 게 분명하다. 벌써부터 술꾼들이 붐비는 것으로 보아 꽤나 잘나가는 집인 것 같다.

"이 집 술맛이 어떤지 한번 보더라고."

강유는 이 집이 단골인 듯, 청하지도 않았는데 안주가 계속 들어온다.

만두에도 물만두가 있고 군만두가 있었고 야채도 기름에 볶은 것과 삶은 것이 있었다. 고기 역시 튀긴 것과 삶은 것이 있다.

"오향장육이어요. 오늘 특별히 고기를 좋은 것으로 썼으니 한번 맛들 보셔요."

향채가 좀 별나긴 했지만 기름지고 맛난 음식들이 안주로 나왔다. 술로는 처음 마유주라는 것이 나왔는데 말 젖으로 만든 술이라고 했다. 맛은 막걸리와 비슷했지만 나중에 나온 배갈은 독했다.

"내가 왜 이런 집에 자네들을 데리고 왔는지 아나?"

강유가 한마디했다.

"내 꿈은 저 중원천지야. 말을 타고 드넓은 땅을 내달리고 싶은 거야. 그러자면 저들이 어떤 음식을 먹고 무슨 술을 마시는지 알아야 할 거 아냐? 그래서 이런 집을 자주 찾는 거야."

그런데 오늘 마침 답답하던 차에 한바탕하고 나니 식욕이 난다고 했다.

"꽁생원 같은 너희들의 견문을 넓혀주고 싶은 거야."

술이 들어가자 강유는 점점 더 큰 소리를 쳐대기 시작한다.

"그래야 멀리 내다볼 줄 아는 동기가 생길 거 아냐?"

고깝게 들으면 한없이 고까운 이야기였지만 자세히 들으면 울분에 찬 그의 큰 그릇을 느끼게 해주는 점도 있다. 익점은 강유의 울분이 무엇인지 알 것 같았다. 그릇은 있는데 채울 게 없다. 그걸 알아주는 친구도 없다. 그런 외로움이 싸움질이나 하게 만들고 남 보기 말썽꾸러기인 것처럼 막놀게 만든다.

그렇다면 그의 친구가 되어주어도 괜찮지 않을까?

"좋아. 진정 그대가 그런 웅지를 품고 우리를 이곳으로 안내했다면 흔쾌히 마시리라."

"그리고 동지가 되어주리라."

영숙이도 동감이라 생각했는지 한마디 거들고 나선다.

"자, 건배!"

"건배!"

영원 출신 오사충, 홍성 출신 이서, 밀양 출신 이림, 단양 출신 우현보 등도 잔을 높이 든다. 건배란 잔을 비워 술잔을 말린다는 뜻이니 한달음에 술을 비워내야 한다.

"고려를 위하여."

"위하여."

술판이 어우러지자 기고만장해진 학동들이 할 말 안 할 말들을 해댄다. 나라 걱정에서부터 학문에 대한 이야기를 하다가 여자 이야기까지 제법 어른들 흉내를 그대로 내는 화젯거리가 이어진다. 사실 어른이 따로 있는가? 이들도 이제 어른이다.

"그래, 아까 들으니 장가 턱을 낸다고 했는데 색시는 그걸 잘해주던?"

"잘해주고 말고."

익점도 이젠 능청 부릴 줄을 안다.

"첫날밤에 몇 번을 했어? 난 두 번, 딱 두 번 하고 나니 날이 새버리두마."

"설마. 그렇게 오래 해?"

"야 임마, 오래 한 게 아니라 새벽녘에야 겨우 시작했거든. 핫 하하 하."

"새벽까지 뭐 했는데?"

"새벽까지 뭘 했느냐고? 술 마셨지 술! 으 하 하 하 하."

익점은 점점 강유라는 친구가 좋아지기 시작한다. 이름 그대로 강한 일면이 있지만 부드러운 구석도 있다. 그래서 일부러 트집을 잡아도 본다.

"네 이름은 누가 지었더냐? 강이면 강이지 또 유는 뭐하라고 붙여놓은 유냐?"

"으 하 하 하. 이게 풍류를 좀 아네? 강하고 부드럽다. 그런 강유가 아니라 강가에 버들이라. 봄바람에 휘날리는 버들가지 같은 강 유."

그러면서 강유는 갑자기 자리에서 일어나 '버드나무 천 가지가 푸르고 복숭아꽃 만 송이가 붉다'는 김부식의 시를 노래처럼 읊조렸다. 김부식은 경학을 중시 여기던 인물이다. 김부식이 이 시구를 쓰자 죽은 정지상의 귀신이 나타나 '누가 천 가지 만 송이를' 세어봤느냐며 '버드나무 가지마다 푸르고 복숭아꽃 송이마다 붉다'라고 표현해야 옳다고 주장했다는 일화가 있다.

김부식과 정지상은 쌍벽을 이루는 대문장가들이다. 둘은 절친한 친구였지만 정지상이 훗날 묘청의 난에 가담한 것을 김부식이 쳐 죽였다. 한 사람은 감정에 치우친 감상파였고 한 사람은 상대적으로 이성적이었다고 할 수 있는 역사적 인물들이다. 이 일화는 경학을 중시하느냐 문장을 중시하느냐의 갈등으로, 시경을 배우는 학동들에게는 제1과장과도 같은 문제였다.

이날 강유가 이 시를 노래한 것은 그의 이성적인 면을 표출한 일일 터였다.

익점은 그날 이후로 강유와 더욱 친해졌다. 시를 통해서 자신의 마음을 나타낼 정도라면 학문의 깊이도 짐작할 수 있는 인물이었기 때문이었다.

경덕재 생활은 더욱 학문에 정진하는 시간이었다.

익점은 특별히 두보(杜甫)에 관심을 가졌다.

두보는 당대(唐代)의 시인이다. 청련 거사 이백(李白)과 더불어 쌍벽을 이루는 문학적 업적을 남겼다. 허난성에서 태어난 그는 각지를 떠돌다가 장안(長安)에 들어와 이백, 고적 같은 시인들을 만나 교유하였다.

처음 두보가 장안에 와 이들의 대접을 받아 술 마시고 놀 때를 생각해서 지은 글이 있다. 칠언고시로 '음중팔선가'라는 시제가 붙어 있다. (이 글은 두보가 처음 장안에 들어와 세속을 떠나 음풍농월하던 친구들과 어울리며 쓴) 22구(句)나 되는 장시다. 이들은 스스로 신선이라 칭하며 술을 마셨던 모양으로 제일 연장자인 하지장을 필두로 여양왕, 이전, 이적지, 최종지, 소진, 이백, 장욱, 초수 등으로 장안을 풍미하던 인물들을 소재로 하였다.

실제로 중국에는 기행과 초속적인 삶을 영위했던 여덟 신선들이 있어 이들을 팔선이라 불렀다. 종이권, 장과로, 한상자, 이철괴, 조국주, 여동빈 등과 남채화, 하선고 같은 여선이 그들이다.

이들 신선들을 본받아 현실세계와 멀리 떨어져 살고자 산속 깊이 들어가기도 했던 이백을 사람들은 시선이라고 불렀다. 시선 이백이 천 백여 편의 시를 남긴데 비해 두보는 천 4백여 편의 시를 남겼다.

두 시인 다 똑같이 변변한 관직 하나 얻지 못하였다. 그러면서도 장안에 머무는 행운을 얻어 서로 만나 술 마시고 교유한 날이 있었지만 다 같이 안록산의 난에 휘말려 장안을 쫓겨났다. 비슷한 처지와 비슷한 인생경로를 겪었지만 두 사람의 시는 판이하게 다르다.

두보가 인생의 성실성을 노래했다면 이백은 인간의 자유와 초월성을, 두보가 침잠을 요구했다면 이백은 비상을 노래했다. 두보가 열 번이고 스무 번이고 시를 고쳐 썼다면 이백은 단 한 번 만에 즉흥적으로 읊어내는 즉흥시를 썼다.

"두 사람의 시를 두고 어느 게 옳고 그르다고 말할 수는 없느니라. 그렇지만 인간의 성실성과 인간됨을 부르짖은 시하고 인간의 초월성과 생활의 일탈을 노래한 시와는 비교가 될 것이니라."

스승은 두보의 시를 더 우위에 두고 있었다.

글은 인간의 진실성을 노래하고 삶의 가치를 드높이는 역할을 해야 한다고 그 실용성을 중시하였다. 글은 결코 음풍농월에 그쳐서는 안 된다는 가르침이었다. 그리고 글을 간언의 도구로 써서도 안 된다고 하였다.

나뭇가지에 이슬이 향그럽게 맺혔네
무산의 운우가 애절타 어이하리
가련한 비연이 새 단장하고 나타났네

이 시는 이백이 양귀비를 찬미한 글이다. 당나라 현종은 양귀비에 흠뻑 빠져 정사를 잊었다. 모란꽃이 한창인 아방궁을 노닐던 현종은 마침 이백에게 양귀비의 아름다움을 시로 써달라고 한다. 지금까지 수많은 시인들이 양귀비를 극찬하는 시를 써 바쳤지만 마음에 들지 않았던 것이다.

이백은 단숨에 세 편의 시를 써 올렸다. 그런데 그중의 한 편, 이 시의 비연이 누구인가? 한(漢) 나라 성제(成帝)를 유혹해 나라를 말아먹게 한 조비연(趙飛燕)을 빗댄 게 아닌가?

이로 인해 이백은 양귀비의 미움을 사 장안에서 쫓겨났다.

스승은 이 시의 상징성을 극찬하면서도 이백의 비겁함을 이렇게 말했다.

"시인이 그렇게 옳지 않다고 생각하는 바가 있으면 떳떳이 정치에 참여해 바른 말을 하든지 아니면 그 술조차 얻어 마시지 말았어야지."

그 자리에 함께 있었으면서 시를 통하여 그런 진언을 하는 것은 큰사람이 할 짓은 아니라는 것이었다. 백이숙제가 왜 세월이 갈수록 추앙을 받는가? 사람은 갈 자리가 있고 가야 되지 않을 자리가 있다. 있지 않아야 될 자리에 있는 그 자체가 벌써 옳은 군자가 할 일이 아니라 했다. 시인은 모름지기 군자 위에 존재한다.

스승은 시 한 편을 두고도 그 시인의 인간됨을 알 수 있다고 가르쳤다.

"때문에 글은 곧 그 사람의 인품인 게야."

그런 면에서 공자의 가르침은 만고의 진리라는 것이었다.

"시 삼백 편이면 사무사라고 했다. 그 말뜻이 무엇인지 알겠느냐?"

시 삼백 편을 읽으면 생각함에 사특함이 없어진다. 인간은 본시 선한 존재다. 사악함을 떨쳐버려야 인간 본성인 그 선함을 얻는다. 이 사악함을 이겨내기 위해서는 기본적으로 지켜야 할 예(禮)가 있다.

공자는 인간의 인간됨을 예를 지키는 데 있다 하였다. 예란 대체 무엇인가? 예는 사회질서를 위해 만들어낸 윤리규범을 말한다. 그 윤리규범의 기본으로 다섯 가지가 있다. 좋을 때 지켜야 하는 규범으로 길례, 흉한 일을 당했을 때 지켜야 할 흉례, 군대에서 지켜야 할 군례, 손님에게 지켜야 할 빈례, 일반 가정에서 지켜야 할 가례다. 그러면서 일반 가정에서 지켜야 할 네 가지 규범을 정한다. 관혼상제가 그것이다.

"예로부터 귀신을 섬기는 일을 예라고 했느니, 예자의 첫머리 '示'는 귀신 '신'자요 그 다음 '豊' 자는 그곳에 곡식을 담은 모양으로 귀신을 섬기기 위해 곡식을 담은 모양이 '禮' 자라는 말이지."

스승은 글자 하나하나에 대한 글자풀이를 해가며 공부를 가르쳤다.

그러면서 가장 중요한 결론으로 '예로써 인간과 짐승을 구분 짓는다'는 말씀을 남겼다. 예를 모르면 인간의 탈을 쓴 짐승이라는 것이었다.

그다음으로는 인(仁)을 들었다.

"인은 곧 사람을 사랑하는 일이니라."

사랑이 없는 세상은 좋은 세상이 아니다. 좋은 세상을 만드는 일에 동참하기 위하여 학문을 닦는다. 그러자면 왕은 백성을 사랑으로 보살펴야 하고 백성은 충성으로 왕을 섬겨야 한다. 그 중간에 양쪽 다리를 놓아주는 신하들과 관료들이 있다. 이들 셋은 누가 더 중하고 덜 중하고가 없다. 삼위일체가 하나 되어야 나라가 바로 선다.

서로 사랑하고 보살펴주지 않으면 예도 필요 없다. 이 둘은 하나이면서 둘이다. 질서를 지키는 일은 서로 사랑하기 위함이고 서로 사랑하자면 질서가 필요하다.

익점은 이 새로운 가르침에 심취되어 공부하는 일이 즐겁다. 이제 금방이라도 임금과 백성을 잇는 다리가 된 느낌이다.

경덕재는 나라의 동량에게 이러한 깨달음을 가르치는 기관이다.

"그러자면 선현들의 글을 열심히 읽어야 한다."

온고이지신이라는 말이 있다. 옛것을 알아야 새로운 것을 창출해낸다. 하나를 들으면 열을 안다는 신동들만 모인 경덕재에서 뒤처지지 않고 끝까지 공부를 해내려면 머리를 싸매지 않으면 안 된다. 새로운 각오를 다지는 익점이다.

그러나 학문의 길은 그리 쉽지만은 않다. 읽어야 할 서책들만 해도 산더미 같고 깨달아 지켜야 할 법도만도 헤아릴 수 없이 많다.

"지금 고려는 어려운 일이 한두 가지가 아니다."

스승은 고려의 현실에 대한 강론을 시작한다.

고려의 정치현황은 참으로 복잡 미묘하다.

고려 25대 충렬왕은 원나라의 세조 쿠빌라이의 딸 제국대장공주를 아내로 맞아들였다. 이미 충렬왕에게는 정화궁주와의 사이에서 난 아들과 정녕, 명순 두 딸 외에도 시비반주의 소생 소군, 왕서 등의 자녀들이 있었지만 1274년 정략적인 혼사를 다시 치렀다.

그해 유월 원종이 죽자 왕위를 이어받고 고려로 귀국한 충렬왕은 제국대장공주를 원성궁주에 봉했다. 궁주란 내명부의 으뜸 봉작이다. 본명이 홀도로게리미실인 원성궁주는 원나라의 세력을 등에 업고 제1왕후인 정화궁주를 몰아내고 장목왕후가 되었다.

아들을 낳은 장목왕후는 더욱 기세가 등등하여 충렬왕과 정화궁주 사이에서 난 아들을 충청도로 귀양 보내기까지 한다. 장차 세자 자리를 놓고 싸움이 일어날까 해서 미리 방패막이를 한 것이다. 몇 년 뒤 다시 소환하여 강양공에 봉했지만 허울 좋은 봉작일 뿐 형편없는 대우를 일삼았다.

국내에 이러한 알력과 갈등이 심화되는 동안 원나라는 일본정벌을 구실로 고려의 힘을 빌렸다. 일본정벌을 위한 동로군(東路軍)을 파병하면서 고려를 수탈한 것이다. 1차 원정에 실패한 다음 다시 재파병을 실시하면서는 고려에 정동행중서성(征東行中書省)이라는 기관을 설치하고 고려왕을 중서좌승상행중서성사(中書左丞相行中書省事)라는 관직에 봉했다. 이는 고려왕을 원나라 대신 정도로 낮추어 깔봄이다. 게다가 이 2차 일본공략도 실패로 돌아가자 정동행중서성은 원나라의 간섭기구로 전락하고 말았다.

고려는 원의 간섭을 받게 된 뒤부터 혼란 속에 국운의 쇠퇴를 가져왔다.

뒤 이어 오른 왕이 고려 31대 공민왕이다.

몽골식 이름이 빠이앤 티무르인 공민왕은 충숙왕의 둘째 아들로 원에 볼모로 잡혀가 있는 동안 위왕의 딸 노국대장공주를 비로 맞아 오랫동안 원나라에서 살았다. 때문에 원나라에 대한 반감을 품고 있던 중이었다.

귀국해 왕위에 오르자 원나라 황실과 친인척 관계를 빌미로 세도를 부리던 기씨 일파를 숙청하였다. 이어 백 년 동안이나 원에 존속된 원의 쌍성총관부를 폐지하는 한편 원에게 빼앗겼던 땅을 복구하려는 야망을 가졌다.

"이제야 왕다운 왕을 모시게 된 거야."

젊은 신진 개혁파들은 이제야 국운이 트였다는 이야기들을 서슴없이 주고받았다. 이제 이러한 긴 역사의 한 장이 끝나고 새로운 장이 펼쳐지는 기대를 갖고 있는 이들 젊은이들은 한껏 꿈에 부풀어 미래를 점치고들 있었다.

"생각해보라고. 25대 충렬왕부터 30대 충정왕까지 여섯 왕이 재위한 기간이 한 사람 재위한 기간만도 못하잖은가?"

따지고 보면 그렇다. 다섯 왕의 재위기간이 겨우 77년밖에 안 되니 장수한 왕 한두 사람의 재위기간밖에 안 된다. 이는 무얼 뜻하는 건가? 그만큼 나라가 혼란스러웠다는 증거다. 군주가 자주 바뀐다는 것은 좋지 않은 일이 많았다는 증거다.

그뿐인가? 고려는 이 6대 왕조에 걸쳐 원의 부마국으로 전락해 내정을 간섭당하였다. 처음에는 왜를 원정한다는 이유로 개경에 정동행중서성을 두어 내정간섭을 하였고 자비령 이북과 철령 이북의 반도와 제주도를 원의 직할지로 삼았다. 또한 쌍성총관부를 두어 동북 지방의 영토를 빼앗아갔다.

"두고 보라구. 이제 공민왕은 실지를 회복하고 원의 간섭에서 풀려나게 할 거야."

이미 새 왕조에 들어가 실무를 맡고 있는 경덕재 선배들은 이 점을 강조했다. 지금까지의 왕들이 어린 나이에 왕위를 계승하여 올바른 정치를 할 수 없었던 데 비하여 공민왕은 장성할 대로 장성하여 정치적 소신이 뚜렷하였고, 원나라 조정의 잘못된 점을 이미 몸소 겪었던 터라 갈 길을 알고 있는 왕이라는 것이었다.

"자네들 정신들 똑바로 차리라구."

이제 얼마 안 있어 정동성향시가 치러진다.

"과거급제가 얼마나 중요한 일인지 잘 알겠지?"

과거에 급제하지 않으면 아무 일도 할 수가 없다. 꿈을 펼 수가 없는 것이다. 그 가장 첫 관문이 머잖아 실시될 정동성향시다. 일단은 과거급제를 해야 뜻을 펼 수 있는 기반이 마련된다.

"지금이야. 이제야 새 기틀을 다질 좋은 기회란 말이야."

국가재건의 초석을 다지는 이러한 때 등용이 되어야 한다.

공민왕의 개혁정치에 힘입어 포은 정몽주며 목은 이색 등 익점의 가까운 인물들은 이미 조정 주요 기관에서 일할 수 있는 기회를 얻게 되었다. 이들은 과거시험에 합격한 경력이 있기 때문이었다.

"넌 해낼 거야."

익점은 이런 말을 들을 때마다 가슴이 조마조마하다. 수많은 학동들 중에는 전국에서 모여든 수재들이 수두룩하다. 그중에서 정동행중서성이 주관하는 정동성향시에 합격할 수 있는 인재는 누구누구일까? 그것도 합격만 해서는 안 된다. 우수한 성적으로 합격하지 않으면 소용없다. 그랬다간 1년이고 2년이고 실무가 주어지지 않는다.

"예상문제 좀 말해봐."

익점은 목은을 붙들고 늘어진다.

"예상문제?"

"그래, 어떤 문제가 나올 것 같아?"

"그걸 알면 내가 이러고 있겠어?"

"그래도 시험엔 도가 텄잖아?"

목은 이색은 열네 살 때 이미 성균시에 합격, 중서사전부로 원나라에 가 있던 부친을 따라 원에 머물며 국자감 생원이 되어 원나라에 3년간이나 유학을 하고 온 인물이다. 그러니 앞서 시험을 치른 경험이 있는 선험자다. 그런데도 이번에 또 정동성향시에 응시하려고 한다. 따두면 따둘수록 유리한 게 자격증이다. 언제 어떤 자격증을 가진 동량을 부를지 모르기 때문이다.

"우리 사부님께서는 이백과 두보 중 누굴 더 좋아할까?"

"그야 물론……."

두보라고 말하려다가 익점은 뒤통수가 띵해지는 것을 느꼈다. 스승은 이백의 호방함도 좋아했지만 두보의 서민적인 애환과 현실참여를 더 높이 샀다. 이백은 이상에 치우쳐 현실을 등한시했지만 두보는 현실과 실천을 중요시했다.

목은은 이렇게 알 듯 모를 듯 여운이 남는 말을 남기고는 휑하니 사라져버렸다.

익점은 목은이 뭘 말하려 했는지 금방 알아차렸다. 바로 그게 바로 문제요 답일 터였다. 때로 예감이 적중하는 경우가 있다. 예감의 적중이라기보다는 시험을 내는 사람의 내심을 간파하는 일이다. 스승의 심중을 파악했다면 과장에 내걸릴 과제는 뻔하다. 왜 여태까지 그 생각을 하지 못했을까? 새삼 목은의 심안이 경이롭게 느껴지는 익점은 이날부터 두보를 독파하기 시작하였다.

4

꿈과 날개

정동성향시에 목은과 함께 나란히 합격을 한 익점은 종자 금용이를 데리고 송악산에 올랐다. 물론 장원의 자리를 목은에게 빼앗기긴 했지만 등수도 열 손가락 안에 들었고 지금까지 공부한 실력을 아낌없이 발휘하였다는 흐뭇함이 그를 산으로 내몰았다.

그는 글공부에서 해방된 자유스러움에 온몸을 맡기고 바람이 된다.

"서방님, 이제 과거급제도 하셨으니 고향집에 한번 다녀와야 하지 않겠습니까?"

금용의 말이다.

"그래, 그래야겠지."

익점의 대답이 어째 신통찮다고 생각했는지 금용이 다시 확답을 요한다.

"언제 가실 건지요? 그걸 알아야 소인놈이 미리 채비를 해놓지요."

그러나 익점은 대답이 없다.

저만큼 바위 낭 끝에 앉아 나뭇가지를 부러뜨려 아래로 내던지고 있다.

이 해방감을 가로막고 있는 한 가지 상념이 집요하게 그를 괴롭혔다. 이 기쁜 소식을 제일 먼저 전해야 할 사람, 앵두의 모습이 그의 목덜미를 움켜잡고 있다.

"형부 과거 합격하면 나도 언니 따라 개경으로 함께 가는 거죠?"

앵두는 시골구석이 싫다고 했었다. 초희 역시 개경을 그리워했다. 드넓은 세상에서 살고 싶다고 말했다. 그날을 위해선 열심히 공부하지 않으면 안 된다고 그를 글방으로 밀어넣곤 하던 자매였었다.

"앵두."

왜 이 즐거운 소식을 처제에게 먼저 전하고 싶었는지 모르겠다.

그다음으로 떠오르는 얼굴이 초희와 송이였다.

계부인 송이는 초희에 비하면 욕심이 없는 여인이다.

"서방님 과거 합격하면 우리 집 솟을대문을 더 높여야겠지요?"

과거에 합격하여 일산대를 받치고 들어오자면 대문이 너무 낮아 그걸 고쳐야 할 거라는 이야기다. 초희가 배양촌을 벗어나 개경 살림을 꿈꾸었던 데 비한다면 소박하기 그지없는 생각이다. 겨우 일산대가 걸리지 않게 대문을 높일 꿈을 가진 여인네. 그는 이제 이 두 여인네를 만나러 가야 한다. 그런데 왜 앵두의 환영이 더욱 절실해지는지 모르겠다. 이미 이 세상 사람이 아니라서 더욱 그런지 모르겠다. 그는 나직이 읊조리듯 말한다.

"앵두, 이제 그 꿈을 이루었어."

그렇지만 '당신의 꿈을'이라고 말하진 못했다. 당신의 꿈이라고 말하지 못할 먼 곳에 있는 사람. 산 자는 산 자의 몫이 있지만 죽은 자에게는 돌아갈 아무 몫이 없다. 이제 앵두는 이 세상 사람이 아니다.

"도련니임."

금용은 성질이 급하다. 그리고 투정도 심하다. 어릴 때부터 함께 자란 터수여서 누가 상전이고 누가 종자인지도 구분이 안 갈 정도다.

"시방 우리가 여기서 이러고 있을 때여요?"

"그럼 어떡해야 하는데."

"정 몰라서 물어요?"

송악산 산신에게 이 기쁜 소식을 고했으면 이제 당장에라도 고향 배양촌을 향해 가야 할 거 아니냔 말이겠다.

"냉이가 그렇게 보고 싶으냐?"

"그래요. 서방님은 마님이 보고 싶지 않을지 몰라도요."

냉이란 금용의 처를 말함이다. 금용은 벌써 첫아이를 낳고 둘째 아이를 가진 상태였다. 그러니 처자식이 보고 싶기도 할 것이다.

"그래도 일에는 순서가 있는 법이니라."

"서방님이 옳아요. 다 옳아요."

"옳다니? 뜬금없이 그건 또 무슨 소리냐?"

"서방님이 다 옳다고요."

"……."

"남자가 한번 칼을 뽑았으면 까짓 무 뿌리라도 잘라야 되죠."

"갑자기 칼은 또 뭐고 무 뿌리는 뭐란 말이냐?"

"출세를 해야 고향에 돌아가시겠다 이 말 아니에요?"

"출세는 무슨 출세? 이놈이 이거 우물가에서 숭늉 찾는 놈일세."

과거급제했다고 누가 금방 고관대작의 자리에 앉히는 것이 아니다. 그리고 그런 영달을 위해서 글공부를 한 것도 아니다. 선비의 도리는 배워서 알아야 하고 그 안 것을 나라를 위하여 써야 한다는 것이다.

"네놈이 나를 몰라도 한참을 모르는 놈이로구나."

동상이몽이랬던가. 두 사람은 한자리에 앉아서도 서로 다른 생각을 하고 있다.

익점은 조정에 들어간다면, 혹시라도 일찍 부름을 받아 일할 자리를 얻는다면, 무슨 일을 어떻게 해야 할까를 궁리 중이다.

지금 나라는 개혁의지를 가진 신진파와 이를 반대하는 수구파가 맞부딪쳐 갈팡질팡하고 있다. 공민왕은 그 스스로 호복을 벗고 머리를 고쳤다. 지금까지는 앞머리를 깎고 머리채를 길게 늘여 땋는 몽골풍의 변발에다 홀태바지 같은 통 좁은 몽골식 옷을 즐겨 입었던 개경 사람들에게 있어 왕의 변모는 거역할 수 없는 혁신이 아닐 수 없었다. 이에 노국공주도 덩달아 고려복색을 갖추었으니 이 변화의 물결이 어디까지 갈지 파장이 큰 때라 이제 등용을 앞둔 젊은 익점에겐 어떻게 처신해야 옳은 길인지, 어디 붙어야 잘 붙었다 소리를 들을지를 알 수 없는 지경이었다. 아직도 궁중 세력들 거개는 지금까지 내려오던 전통을 고수하자는 훈구파들이었고 왕의 개혁의지에 따르는 자들은 여전히 눈치작전을 펴고 있는 중이다. 그도 그럴 것이 기씨 일파와 최유 같은 인물들은 모름지기 덕흥군을 왕위에 올려 세워야 한다는 주장이고, 그 세력이 워낙 큰 힘을 가지고 있는 현실이고 보면, 그리고 저들이 원나라 황실의 힘을 업고 있는 점을 든다면 양쪽 다 홀홀히 보아 넘길 수 없는 팽팽한 저울인 것이다. 누이 동생을 원나라 순제의 둘째 황후로 보낸 기씨는 나는 새도 떨어뜨릴 위세를 떨치고 있어, 고려 왕실이라 해도 그 집안을 만만히 보아 넘길 수 없는 입장이었다.

"이건 누구나 다 아는 사실이야."

익점은 누구나 아는 이 사실을 그냥 묵과할 수가 없다. 미상불 어느 편엔가는 서야 할 입장이기 때문이었다. 왕은 이런 현실을 타개하기 위하여 저들의 힘을 하나하나 꺾어나가는 대신 왕 자신의 어깨에 힘을 실어줄 신진들을 찾고 있다. 그렇지만 신진들이라 해서 다 왕의 편을 드는 것은 아니었다. 워낙 추풍낙엽 같은 자리였기 때문이다. 그동안 바뀐 왕이 얼마인가? 꿈을 한번 펼 기회조차 얻지 못하고 떨어져나간 각료 신하들은 또 얼마인가.

과거에 합격한 신진들이라면 누구나 한번쯤 곰곰이 생각해봐야 할 시점이 바로 지금인 것이다. 이렇듯 심각한 기로에 놓인 익점을 금용은 자꾸 아내들이 있는 집에 가자고 보챈다.

"서방님 안 가면 나 혼자라도 갔다 올까요?"

"보채지 좀 말아라. 내가 어디 집엘 안 간다고 그러더냐?"

조용히 신변을 정리하러 산에까지 올랐던 익점은 금용의 채근에 못 이겨 산을 내려가기 시작한다.

"네 등쌀에 못 이겨 산은 내려간다만 오늘은 할 일이 남아 있으니 너 먼저 들어가보거라."

"또 무슨 일이 남았습니까요?"

"오늘 밤엔 경덕재 동창들의 축하연이 있질 않느냐?"

"거길 꼭 참석해야 한답니까요?"

경덕재에서 함께 공부한 동문수학들 대부분이 과거시험에 합격을 했다. 이들이 모여 스승님들을 모시고 자축연을 베푸는 일은 매년 있어온 일이다. 이 자리에는 경덕재 출신 선배들도 대거 참석한다. 서로의 낯을 익히는 좋은 기회라 이런 자리에 빠질 사람은 없을 것이다.

"그런 자리에 참석 않는다면 뭣 때문에 개경 와서 살겠느냐?"

"하긴 그렇긴 하겠구만이라요. 그 자리가 어떤 자린데."

"애달아하는 네 속내를 모르는 건 아니지만 급하다고 바늘허리에 실 매 쓸 수는 없질 않겠느냐?"

"그것도 그렇긴 하구먼요."

익점은 풀이 죽은 금용을 데리고 저잣거리로 나선다. 남대가는 시전거리의 중심부로 종이며 붓, 기름, 차 같은 것들을 파는 가게들이 늘어섰다. 한쪽으로는 비단이며 노리갯감들이 펼쳐져 있고 또 한쪽으로는 여러 가지 한약재들이 쌓여 있다.

"아따, 이거 한번 이뻐네요이."

금용이 방물전 앞에 걸음을 멈추고 서서 머리빗이며 노리개를 만져본다. 하나 사고 싶은 눈치다.

"하나 사고 싶어 그러지?"

"사긴요? 도련님이나 하나 골라보세요. 마님 선물은 있어야 할 거 아닌가요?"

익점은 그러잖아도 초희와 송이에게 줄 선물을 살 참이었다.

"너도 하나 골라봐라."

"정말유?"

금용은 참빗을 하나 골랐고 익점은 아녀자들이 앞섶에 다는 노리개를 골랐다.

"이 비녀도 한번 구경하세요. 옥으로 만든 건데."

바다 건너 물 건너에서 왔단다. 그러면서 노리개만으로는 안 어울린다고 한다.

"그 노리개에는 이 비녀가 있어야 어울려요. 이게 쌍으로 나온 거거든요?"

"그건 노마님에게 어울리겠는데요."

금용은 비녀는 노마님에게 어울릴 거라며 둘 다 살 것을 권한다.

"이 둘은 쌍이라잖아?"

그러면서 어머님의 선물은 따로 장만하는 익점이다. 그러다 보니 아버지 생각이 났던지 갓끈에 다는 호박을 하나 샀고, 또 그러다 보니 장인의 선물도 빠뜨릴 수가 없어 색깔이 다른 호박을 두 개나 샀다. 그 밖에도 이것저것 나라 안에서는 구할 수 없는 진귀한 물건들을 몇 가지 더 샀다. 그야말로 금의환향이 아닌가?

물건을 많이 팔아줘서 그런지 가게 주인은 문 밖까지 따라 나오며 고맙단 인사를 한다.

"안녕히 가세요. 또 오세요."

가게 주인은 그저 싱글벙글한다. 모두 다 금의환향하는 향시합격생들이어서 사는 물건들도 거의 비슷비슷했다. 게다가 고가품이다. 지방에서는 돈이 있어도 못 사는 물건들이다.

시전거리 한쪽에 만두집이 있다. 심양호떡집이란 간판이 붙어 있는 목조 이층집은 위에 앉아서 내려다보는 전망이 일품이다. 금용이 만두집 앞을 그냥 지나치지 못해 머뭇거리자,

"참새가 방앗간 앞을 그냥 못 지나치지."

하며 그를 불러 세워 안으로 들어간다. 금용은 이게 웬 떡인가 싶어 입이 헤벌쭉해 저 먼저 이층으로 올라간다.

"어서 오세요."

손님을 맞던 여인네와 눈이 마주친다. 언젠가 보제사에서부터 뒤따라오게 만들었던 여인네가 이 집에 있다는 것을 익점은 우연한 기회에 알았다. 때문에 익점은 벌써 몇 번씩이나 혼자 가슴을 졸이며 이 집엘 드나든 적이 있다.

"오셨어요?"

여인네도 '어서 오세요'에서 '오셨어요'로 인사를 바꿔 한다.

"예. 그동안 안녕하셨어요?"

익점은 오늘이야말로 마음속에 있었던 말을 해야 한다 생각하면서도 계단을 오르다 말고 뒤돌아보는 금용을 의식하고는 아무 말 못하고 이 층으로 올라간다. 도대체 말을 했더라면 무슨 말을 했을 것인가?

'그동안 보살펴준 덕으로 과거합격을 했어요.'

여인은 익점이 들를 때마다 덤으로 만두를 한 개씩 더 얹어주는 것은 물론이었고 흘리고 간 수건도 깨끗이 씻어서 돌려주기도 했다.

"축하 드려요."

만두를 가져온 여인이 살포시 웃으며 이렇게 말한다.

"고향에 내려 가셔야겠네요?"

고향에 내려간다는 말 속에는 '가면 아내를 만나겠네요,' 하는 뜻이 숨겨져 있었지만 익점은 그 숨은 뜻을 모른다.

"예, 그러잖아도 인사차 들렀습니다."

인사차라? 고향 내려가는데 무슨 인사. 벌써 그런 사이가 됐나? 평생 눈칫밥만 먹고 살아온 금용에겐 필시 두 사람 사이에 무슨 일인가 있었다는 짐작을 한다. 짐작이 확신을 갖게 해주는 말이 곧 이어진다.

"고향에 내려가시면 언제쯤 다시 올라오시나요?"

과거를 치르고 난 다음에는 향리에 내려가 느긋이 보직 자리가 떨어질 때까지 기다리는 게 보통이다. 그러다가 지방관직을 얻게 되면 개경에는 다시 올라올 필요가 없게 된다. 여인은 지금 그것을 묻고 있는 것이다. 그 속에는 떠나보냄에 대한 아쉬움이 섞여 있음을 눈치 싼 금용이 묵과할 리가 없다.

"우리 도련님 같은 분은요, 지방에 계실 분이 아네요. 그러니 걱정 꽉 붙들어 매셔도 됩니다요. 이미 요직이 마련되어 있을 거구만요."

금용은 묻지도 않은 말을 잘도 주워섬긴다. 시험 석차도 몇 손가락 안에 드는 우수한 성적인데다가 경덕재 출신의 젊은 관리들이 전부 요직을 차지하고 있고 그들과 두루 교분이 두텁다는 이야기며 앞으로 큰일을 할 사람을 몰라주면 그게 어디 널리 인재를 등용한다는 새 국왕의 개혁정치이겠느냐며 일장 연설까지 한다.

"금용아."

익점은 금용의 말을 이쯤에서 막았다. 그다음 말에 무엇이 나올지 알 것 같았기 때문이다. 틀림없이 부인이 둘이란 이야기에서부터 지금 새로 맞은 계부인의 집안이 부자이기 때문에 출셋길에 아무런 지장이 없을 거란 이야기가 터져 나오고 말 것이다. 지난번 결혼식을 마치고 올라오는 길에 천안삼거리 주막집에 들러 하룻밤을 묵었을 때에도 이 비슷한 분위기에서 판을 다 깬 일이 있었다. 금용은 익점이 다른 여자와 조금이라도 친숙해지려는 기미가 보이면 가차 없이 훼사를 놓는다.

"예, 도련님. 제 말은……."

"알았다. 이제 그만하고 만두나 먹어라."

익점은 계면쩍게 웃으며 여인에게 이렇게 말한다.

"이놈이 이거 어릴 때부터 친구처럼 지내온 데다가 버르장머리가 없어 아무 데나 끼어들기를 좋아해서요."

"호호호. 서로 그렇게 지낼 수 있다면 얼마나 좋아요?"

개경에는 노예와 다름없는 종자들이 얼마든지 있다. 게다가 잘못하다간 부모처자와 헤어져 대륙으로 팔려 가기도 한다. 원나라 상인들은 곧잘 고려 여인네들을 사 가기도 하고 힘센 장정들도 사 간다.

"맛있게 드세요."

여인은 살포시 미소를 남기고 돌아선다. 비록 하룻밤 풋정 같은 것이긴 하지만 정을 나눈 적이 있는 남정네에게 보이는 웃음이다. 그날 밤 익점은 술에 잔뜩 취해 있었고 만두집 근처를 배회하고 있었다.

그녀가 과부라는 것도 그때 알았다. 남편은 전장터에 나가 다시 돌아오지 않았고 호구지책으로 마련한 가게가 그런대로 장사가 잘되어 그럭저럭 목구멍 풀칠하는 데는 지장이 없다고 말했다. 그러니 당신 같은 분은 아무 때나 와도 환영이라고 했다.

'그렇다고 전 창부는 아녜요.'

여인은 수절하기가 너무 힘들어 어쩔 수 없이 남자들을 상대하긴 하지만 마음 가는 사람은 또 마음 가는 대로 특별대우를 한다는 이야기를 하였다. 그러면서 중원 남쪽에 가면 여인천하가 있다는 이야기를 했다. '저도 호족들한테 들은 이야기인데요. 거긴 여자가 가장이래요. 밤이 되면 남자들이 여자 집을 찾는데 기둥에 빗자루가 걸려 있으면 이미 다른 남자가 와 있다는 표시라나요?' 그러면서 문

앞에 빗자루가 서 있으면 들어오지 말 것을 당부하였다.

그 뒤로 몇번 그 집 앞을 지나면서 빗자루가 서 있지 않은 것을 보았지만 익점은 문을 두드리지 않았다. 이미 여자를 안 청년으로서 그 냄새가 그리웠지만 참아온 익점이었다. 과거시험을 앞두고 어찌 시간을 허투루 쓸 수 있을 것인가? 마침 과거시험을 본 그날 밤 기회가 왔다. 어쩌다가 이 앞을 서성이게 되었는데 기둥에 빗자루가 걸려 있는 것을 보았다. 그런데 잠시 후 와서 보니 그게 없어졌다. 일은 그렇게 치러졌던 것인데 한 번 낸 길은 막을 길이 없었다.

가시밭길도 한 번 길 내기가 무섭다는데, 그 맘도 모르고 금용이 옆에서 찬물을 끼얹는다.

"도련님. 한눈팔지 말아요. 나도 이 집 소문은 들어서 알고 있어요."

아무리 소꿉친구처럼 자랐다 하지만 할 말 못 할 말이 있을 터인데 금용은 막무가내다. 익점도 지지 않는다.

"소문이 뭐 어쨌다는 게냐?"

"관둡쇼. 몰라서 하는 말 아닐 터이니. 때로는 소인의 말이 족집게 같을 때도 있잖아요?"

익점은 입맛이 싹 가시는 듯 집었던 만두를 놓는다.

"헤헤. 이거 안 잡수시려구요?"

금용은 익점이 놓은 만두를 집어 우적우적 씹으며 말한다.

"정히 그러시다면 소인 놈 나가서 저잣거리 한 바퀴 돌고 오지요."

그동안 회포를 풀든지 성을 쌓든지 마음대로 하라며 밖으로 나가는 금용이다. 뒤이어 여인이 올라온다. 이미 만두를 내오던 손길이 아니다.

"오늘 내려가시나요?"

"예."

"기다리시는 분들이 무척이나 좋아하시겠어요."

여인은 익점의 곁에 가까이 다가와 다소곳한 자세로 익점을 내려다본다. 올려다보는 익점의 눈에 봉긋한 여인의 젖가슴이 느껴진다.

"이렇게 금의환향을 하는 사람들은 얼마나 좋을까?"

"……."

여인의 손이 익점의 어깨에 내려앉는다. 언제나 그랬듯이 어깨에 얹힌 손은 가슴으로 가슴에서 얼굴로 이어져나갔다. 얼굴에까지 가닿은 손은 익점의 귓불을 두 손으로 움켜쥐는 것을 정점으로 입술이 맞닿는다.

여인이 일을 먼저 이끌어나갔고 익점은 그에 따라 행동하였다. 익점은 농익은 여인네의 살 냄새를 거역할 만한 아무런 방비태세도 갖추지 못했으며 이를 거부할 아무런 이유도 갖지 못한 상태로, 오히려 그걸 갈망하는 마음으로, 여인이 하자는 대로 이끌려나간다.

"여자의 살 냄새는 춘삼월 봄꽃 같지."

익살을 잘 뜨는 정춘우의 말이 문득 떠오른다.

정춘우는 서해도 풍천 출신으로 학문에는 별 재주가 없었지만 여자라면 모르는 게 없는 악동이다.

"봄꽃에는 산들산들 바람이 불어야 제격인 거야."

정춘우는 남녀가 합환을 할 때는 세상 모든 걸 잊고 봄바람에 흔들리는 나뭇가지처럼 몸을 유연하게 해야 한다고 했다.

"그래야 서로가 서로를 휘감지."

익점은 장가를 두 번씩이나 들었지만 여자 다루는 법엔 서툴다.

그걸 이 여자가 가르쳐주고 있다.

"아이, 난 몰라. 이럴 때는 이렇게……."

여자는 남자의 손을 끌어 가장 민감한 곳으로 가져간다. 익점은 그제야 여인이 원하는 것이 무엇인지를 안다.

한 쌍의 호접이 되어 훨훨 나는 꽃밭이 있다. 둘은 어느덧 그 꽃밭 속에서 놀고 꽃밭엔 아무런 거리낌 없는 서로의 젊음이 있을 뿐이었다.

이윽고 젊음을 불태운 여자의 만족스러운 음성이 귓불을 핥는다.

"당신 아내는 나한테 고마워해야 할 거야."

여인네는 살포시 일어나 옷을 입고 밖으로 나가 언제 그런 일이 있었더냐 하듯 걸어 잠갔던 덧문을 다시 열고 기둥에 걸었던 빗자루를 내려 길을 쓰는 척하다가 다시 일을 시작한다.

익점은 잠시 멍하니 넋을 잃고 있다가 정신을 가다듬는다.

'번갯불에 콩 구어 먹는다더니.'

익점은 가게를 나오며 혼자 구시렁거린다.

여인은 쳐다보지도 않고 밀가루 반죽을 하고 있다.

"개경에서 살아남자면 이렇게라도 해야 해요. 그것도 여자 혼자 몸으로 산다는 게 얼마나 힘든 일인지 알아요?"

두 번째든가 세 번째 만났을 때 여자가 자기 처지를 설명해주었다. 생존을 위해서 하는 일이니 도와달라는 부탁이었다. 얼마나 솔직한 여인네인가? 익점은 그러한 그녀를 두고 이렇다저렇다 할 이유가 없다고 생각하였다. 서로가 좋은 게 좋은 거 아닌가? 그렇지만 오늘은 좀 생각이 다르다. 고향에 한번 내려가면 언제 올라올지 모르는 길이다. 개경에 발령이 나지 않는다면 지방에 눌러앉게 될지도 모른다. 아니면 영 발령이 안 날지도 모를 일이다. 관직에 들 만한 등위 안에 들긴 했지만 지금 나라 정세로 봐서는 언제 또 뒤집어질지 모르는 정국이다.

"이봐요. 이거……."

익점은 가지고 있는 돈을 다 끄집어내어 여인에게 내밀며 작지만 받으라 한다.

"아까 만두값만으로도 충분해요. 동정하는 건 싫어요."

여인은 그러면서도 익점이 내민 한 움큼의 엽전 중 하나를 집어 들며

"나머진 가다가 노자에 보태 쓰세요. 천안삼거리에 물 좋은 색시집이 있다던데."

농담까지 한다.

새로운 패거리들이 한 무더기 만두집 안으로 들어선다. 저들에게도 그런 짓을 할까? 그러고도 탑돌이를 하러 갈까? 익점은 점점 머리가 복잡해진다. 결코 누굴 동정하지 않으리라던 마음속에 온갖 잡념이 떠오른다. 질투는 사랑의 증거다. 이미 정 둔 여자에게 다른 남자가 오는 것을 경계하는 것은 질투요, 질투를 느끼는 것은 사랑한다는 증거다. 그러면 이 만두집 여인네를 사랑하게 되었단 말인가?

이런저런 생각으로 발길을 돌려 보제사로 가는데, 언제 뒤따라왔는지 금용이 비실비실 웃으며 나타나

"그런 노래가 나올 만도 하네요?"

하고 놀린다.

그러나 익점은 아랫것이 상전을 놀린다고 나무라지 않는다. 신분은 서로 달라도 금용은 친구다. 그리고 익점은 그런 신분관계를 굳이 따져 사람을 대하지 않는다. 그래서 그런지 금용이도 마음 씀씀이가 다르다. 목숨을 걸 만큼 끔찍이도 익점을 위한다.

"나쁜 짓 하고 탑 돌면 뭣한데?"

금용은 탑을 돌면서도 그저 쫑알쫑알 입을 그냥 두지 못한다.

"야, 이 녀석아. 그 입 좀 다물면 입에 거미줄 치니?"

"개 잡아먹고 분칠하면 뭘 허요?"

"너는 나쁜 짓 안 하고 사니? 나쁜 짓을 했으면 당연히 빌어야지."

"알았시유. 그 솔직함 한번 좋네요."

-아미타불.

익점은 이제 언제 다시 와볼 수 있을지 모르는 보제사 불전에 가서도 합장불공을 드린다. 빙그레 웃는 관음보살을 보자 문득 두류산 쌍계사 생각이 난다. 험상궂게 일그러진 앵두가 떠오르고 뒤이어 초희의 얼굴과 송이의 얼굴도 떠오른다. 겹쳐서 만두가게 여인네의 얼굴도 어른거린다.

'머리에 무엇을 담아두느냐에 따라 그 인생이 결정된다. 그러니 머릿속을 정결히 비워두는 훈련을 게을리하지 말라. 그래야만 언제라도 새로운 학문을 받아들일 수가 있느니.'

스승은 무념상태로 머릿속을 청결하게 하는 것이 학문의 지름길이라 하였다. 잡생각으로 가득한 건 똥대가리라 하였다. 그중에서도 여자 생각에 빠져 있으면 똥 중의 개똥이라 하였다.

'너희들, 개똥밭에 처박히겠느냐?'

아니요. 그러면 참외밭에 처박히겠느냐? 아니요……. 그건 '아니요'가 아니다. 잠시 눈을 감고 마음을 다잡고 있던 익점은 '아니요'와 '예' 사이를 오락가락한다. 다시 고요가 흐른다. 아랫배 단전에 힘을 준다. 단전에 힘을 주면 곧 마음에 평정이 흐른다. 심호흡을 한번 하고 마음을 가다듬는다.

-옴마니반메훔.

그러나 곧 그 평정은 깨어져 산산조각 나고 여인네의 얼굴이 다시 그 자릴 차지한다. 욕계와 무색계 중간에 색계가 있다. 재물에 대한 욕심은 없으나 아직 색심을 벗지 못한 세계다. 색심은 여색의 세계로 화류계를 말한다. 화류계는 한번 빠지면 헤어나기 곤란한 유혹의 세계다. 이 색마를 이기지 못하면 평안은 없다. 마음의 평안이 없으면 질곡의 고통에서 벗어나지 못한다.

이 질곡의 구렁텅이에서 벗어나기 위해서 면벽 수도한 사람으로 달마존자가 있다. 달마는 제 스스로를 사방 벽 속에 가두어놓고 벽과 싸움으로써 홀로 색심을 제거하는데 성공하고 드디어 해탈의 자리에 올랐다. 삼국통일의 대업을 이룬 김유신 장군은 애마의 목을 잘라 바침으로써 이 색마를 이겨냈다.

'그렇다면 너 익점은 무엇으로 이 색계를 벗어날 것인가?'

익점은 머리를 조아려 궁구한다.

'어떻게?'

문제는 간단하다. 그쪽으로 발길을 돌리지 않으면 된다. 그렇지만 그게 생각대로 간단한 문제가 아니라는 것은 세상 사람들이 다 아는 문제다. 한번 안았던 여인을 떨쳐버린다는 것은 참새가 방앗간을 그냥 지나치기보다 어려운 일이다. 아까도 그냥 지나쳐버려도 될 일을 발걸음이 제 스스로 그 집 앞을 향하지 않았던가?

익점은 이 모든 번뇌로부터 해방된 자세로 굽어 살피는 관세음보살 앞에 자신의 번뇌를 아뢴다.

'보살님, 어쩌다가 이 지경이 되었는지 모르겠습니다. 제가 왜 색계로 자꾸 빠져드는 건지요. 정한 맘을 가지도록 영도해주시고……'

익점은 세상에 나서 처음으로 해본 외도에 대해서 참회를 하고 있다.

그러면서 송이에게도 용서를 빈다.

'송이! 이제 다시는 이런 짓 안 할 거야.'

'사내대장부가 객지생활 하다 보면 그럴 수도 있는 거죠. 까짓 한두 번 객고를 푼 것 가지고 뭘 그렇게 괴로워하시나요? 그보다는 훨씬 더 큰일을 할 꿈을 꾸셔야지요.'

익점은 갑자기 어디선지 들려오는 듯한 앵두의 목소리를 듣는다.

'앵두?'

'걱정 말아요.'

앵두는 그런 일로 상심하지 말라 했다. 남자가 욕정을 푸는 일은 당연하다 했다. 거기 얽매어 할 일을 못하는 것보다는 시원히 풀고 일에 정진하는 편이 낫다 했다. 그리고 그런 불쌍한 처지의 여자를 도와주는 일은, 그것도 협시보살이나 할 수 있는 보시라 했다. 이날 앵두와 여러 가지 이야기를 나눈 익점은 앵두는 죽었지만 그 혼령은 살아 곁에 있다는 느낌을 받는다.

앵두는 살아 있는 사람처럼 선연한 목소리로 이렇게 말했다.

'형부는 앞으로 큰일을 할 사람이어요. 이것도 다 인연이에요.'

앵두는 살아생전처럼 살포시 웃었는데 그 입고 있는 입성이 아주 색달라 보였다. 보통 고려 여인네들의 복장이 아니라 그미가 마지막으로 입었던 옷의 옷감, 면포였다. 이 옷감의 재질은 만두가게 여인네의 입성과도 같은 것이었는데, 이는 모두 나라 안에 것이 아니라 호복의 재질이었다.

익점은 이러한 느낌을 벌써 두 번째 받는다는 생각을 한다. 사람이 똑같은 생각을 두 번 세 번 하게 되는 때가 있는데 바로 이런 때다. 생각하면 할수록 애매해져 정말 그런 일이 있었는지 아닌지 구분할 수 없을 정도로 모호하면서도 분명 이 이전에도 이런 경험을 했었다는 확신이 드는 그런 순간이었다.

'내가 할 큰일이라는 게 도대체 뭐지요? 벌써부터 색마에 빠져드는 이 몸이 무슨 큰일을 할 수 있겠소?'

익점은 앵두를 향하여 물었다.

'아니어요. 형부는 달라요. 이 나라 이 백성들을 위하여 큰일을 하게 될 날이 반드시 올 거예요.'

'그러니까 그게 무어냐니까?'

'이 백성들은 헐벗고 추위에 떨어요. 저들을 따뜻하게 해줄 일이 있을 거여요. 형부는 그 일을 위해 태어난 사람이어요. 그리고 저 여인네도 한몫을 감당할 거예요. 두고 보면 알아요.'

익점은 생시처럼 선연한 목소리로 앞일을 예언하는 듯 행하는 앵두의 환영을 따라 법당을 나왔다. 뜨락을 내려선 익점은 탑 끝에 잠시 머무는 듯하다가 종각 앞에 섰다. 먼 데 종소리가 들렸다. 은은하게 들리는 종소리를 타고 하늘로 사라져가는, 앵두는 열두 폭 옷자락을 휘날리고 있었다. 아아, 비천……. 하늘을 나는 천상의 여인, 비천상이다. 종에 새겨진 비천상이 갑자기 하늘을 훨훨 난다는 착각이다. 한 마리 선학처럼 날아오르는 천상의 여인을 향하여 두 손을 모아 합장하는 익점이다.

"성불하소서."

이게 산 자가 죽은 자에게 할 소리인가? 그러면서도 그는 두 번 세 번 거푸거푸 이 말을 되풀이한다. 이 세상에선 비록 험한 꼴 당하고

생을 마감하였지만 저 세상에서나마 부처가 되어 훨훨 업보에서 벗어나라는 발원이었다.

익점은 이것도 우연찮은 예언일 것으로 생각하고 가슴에 담는다. 도대체 무엇을 말하려 함이었을까? 망자의 말이다. 이건 축원에 속하는 이야기이지 저주의 말이 아니다. 더군다나 기도 속에서 얻은 말은 사악할 수가 없다. 기도야말로 진정한 자기 마음일 테니까. 그 마음속의 말을 듣고 하는 대답이라면 그 대답 또한 마음속의 말이 아니겠는가? 탑을 한 바퀴 돈 익점은 홀가분한 마음으로 귀향을 할 수 있을 것 같은 느낌을 받는다.

금의환향인데다가 망자의 축복 어린 발원까지 들은 익점은 발걸음도 가볍게 집으로 돌아온다.

그러나 이 홀가분함은 그리 오래가지 않았다.

짐을 싸기 위해 집으로 돌아온 익점을 기다리는 사람들이 있었다.

"이 사람아, 혼자 어디를 그렇게 쏘다녔나?"

"진종일 찾았네."

집에는 뜻밖에도 이번 향시에 합격한 경덕재 친구들이 몰려와 있었다. 뿐만 아니라 이미 중앙 요직에서 일을 하고 있는 이공수라는 사람이 와 있다.

"내 다 안다. 너 자꾸 엇길로 새면 그 여자 공출 보내버린다?"

목은이 엄포를 놓는다. 이미 만두집 여자와의 관계를 알아버린 것이다. 알아버린 정도가 아니라 그 여자의 소행머리까지 낱낱이 다 파헤쳐졌다고 한다. 그렇다고 원나라로 공출을 보내버린다는 말은 너무 하지 않은가?

"여자가 무슨 죄가 있는데 그런 말을 함부로 해?"

익점은 말이 씨 된다며 여자 편을 든다.

그렇지만 목은도 지지 않는다. 목은의 직책이 무언가? 공출할 인부를 채우는 일이다. 한번 가면 돌아오지 못할 길로 내보내는 인력공출인지라 될 수 있으면 혼자 사는 무연고자들이 그 우선순위에 든다.

"아무려면 어떤가? 이렇게 나타났으면 됐네."

벌써 고향으로 떠났으면 어쩔 뻔했느냐며 이공수가 너무 나무라지 말 것을 종용한다.

"일이 좀 다급하게 됐다네."

"일이 다급하다니요?"

익점은 분위기로 보아 그리 나쁜 일은 아닌 듯싶었지만 이공수의 '다급하다'는 말 속엔 분명 무슨 일이 일어났다는 생각이 들어 머리끝이 쭈뼛 선다. 그렇다면 틀림없이 궁 안에 무슨 일이 일어났음일 터였다. 요즘 나라 돌아가는 분위기로 봐서 큰일이라는 것은 공민왕을 몰아내고 심양왕 고를 그 자리에 앉히자는 일 외엔 없을 터였다.

"그래서 말인데 자네 고향 가는 일은 나중으로 미뤄야 할 것 같아."

"금의환향은 말짱 헛일이지. 일산대 높이 받쳐 들고 솟을대문 들어서는 것도, 오랜만에 마누라 품어보는 꿈도 백일몽이고……."

경준이 한마디한다. 아까부터 불평을 하고 있었던 모양이다.

"경준이 자네. 과거 합격한 꿈이 겨우 그거였는가?"

이공수가 옆에서 나무란다. 지금이 어느 땐데 그런 불평불만이냐며 목은도 경준일 나무란다.

"저 친구 저거?"

"……."

경준이 머쓱해지자 이공수가 말문을 연다.

"지금까지 모두 다들 모이기를 기다려 말하지 않았네만 여기 있는 자네들을 전부 새 집행부에 불러다 기용할 계획이라."

공민왕은 젊은 일꾼들을 기대하고 있다. 일대 혁신을 할 생각이다. 이미 들어서 알고는 있었지만 이렇게 빨리 일을 단행할 줄은 몰랐던 바다.

"구태의연한 사고방식을 뿌리 뽑자는 것이야."

구태의연한 사고방식이라면 아직도 원나라에 기대어 출세를 해보겠다는 사람들을 말한다. 왕이 스스로 호복을 벗고 머리를 고쳐 고려의 국권을 수호하려 드는 데에도 아직 호복을 입고 변발을 고치지 않는 일부 친원파 사람들이 있었다. 이들은 왕의 개혁의지에 오히려 코웃음을 치며 왕을 몰아낼 궁리들을 하고 있었다. 지금까지 고려 왕실은 이들에 의해 좌지우지되었다.

"이제는 고려도 고려 주권을 찾아야 할 때 아닌가?"

"그야 이를 말입니까?"

"뭐든지 시켜만 주십시오."

젊은 신진들은 이미 각오가 단단히 돼 있어 뭐든지 시켜만 준다면야 하겠다는 의지를 보인다.

"지금은 비록 말직이나 언젠가는 큰일을 맡을 인재들이니……."

공민왕에게도 보완책이 있을 거란 이야기였다.

이공수는 이쯤에서 이야기를 끊고 지금 당장 발등에 떨어진 불을 설명하기 시작하였다. 아직 정식으로 보직을 얻은 것은 아니지만 나라와 왕을 위해서 하는 일이니만큼 약간의 보수는 있을 거란 말도 덧붙였다.

"그렇담 왕의 사조직원인 셈인가요?"

"에끼 이 사람. 왕이 시키는 일인데 무슨 사조직? 지금이 어디 무인시대인가."

고려는 오랜 기간 동안 무인들이 나라를 통치해왔다. 무신정권이었다. 정통성이 없는 사람들이 나라를 다스리자니 사조직이 필요하기도 했다.

"굳이 이름을 붙이자면 그렇게 부를 수도 있겠지만 그런 건 아니네."

작고 큰 모든 일에 원의 제가를 얻어야 하는 왕실의 전통을 전혀 무시할 수는 없고, 그렇다고 왕권으로 마음대로 할 수도 없는 실정이었으니 왕에게도 일단 하고 싶은 일을 처리할 수 있는 수족 같은 사조직이 필요하기는 했을 터였다.

"주권을 되찾을 때까지는……. 그리고 자리가 빌 때까지는."

기다려야 한다. 가뜩이나 어려운 나라살림에 자꾸만 공직자를 늘릴 수는 없다는 설명이다. 일단 정해진 자리인 만큼 먼저 앉은 사람이 나가야 그 자리에 들어갈 수 있다는 이야기다. 한번 앉으면 일어설 줄 모르는 그런 자리에 앉아 요지부동인 구세력을 밀어내고 그 자리를 차지할 수 있도록 왕실에서는 최선을 다해 도와주겠지만 구세력을 몰아내는 일만큼은 밑에서 치고 올라와야 한다는 것이었다.

"위에서 억눌러 한꺼번에 물갈이를 하기엔 아직 벅찬 왕권임을 그대들도 다 잘 알걸세. 그러니 쥐도 새도 모르게 일을 처리해야 한다는 말씀이야."

호족들의 세력을 꺾을 수 있는 길은 개혁의지를 가진 신진세력들이 왕을 중심으로 뭉쳐야 한다는 것이었다.

"자네들도 다 지방호족들의 자제들이라 잘 알걸세. 누가 이미 쥔 것을 내놓겠다 하겠는가? 하물며 개경의 호족들과 권문세가들이 그냥 바라만 보고 있겠는가?"

왕의 개혁의지 중 하나가 바로 그것이다. 부당하게 많이 가진 자들의 것을 환수해 못 가진 자들에게 나누어주고 나라를 균형 있게 발전시켜나간다는 개혁이다.

익점은 이제야 이공수의 말뜻을 알아들을 것 같다. 가진 자들에게서 재산을 환수하는 일을 돕는 일이라면 분명 좋은 소리 들을 일은 아닌 것이다. 그렇지만 빠져나갈 길이 있는 것도 아니다.

'인질이 된 것이야.'

그렇다. 말이 좋아 신진세력의 규합이고 감찰이지 이건 분명히 인질로 잡히는 거다. 지방 호족들의 자제들을 불러 모아 교육관에 의탁해 교육을 시키는 그 자체도 그렇지만 과거에 합격한 생도들을 불러모아놓고 집에도 못 가게 하는 것은 분명 다른 뜻이 있는 것이다. '봐라, 중앙의 말을 듣지 않으면 이렇게 억류되는 수도 있어.'라는 엄포일 수도 있다.

익점이 생각이 여기까지 미치자 이건 포섭이 아니라 중앙집권 세력의 또 다른 횡포라는 생각이 퍼뜩 든다.

"말이 앞뒤가 맞지 않은 것 같습니다."

"말이 앞뒤가 안 맞다니? 내가 무슨 실언을 했나?"

"아니요. 실언을 한 게 아니라 우리를 개혁의지의 인질 감으로 삼으려는 것 같다는 느낌이 들어서 하는 말씀입니다."

"인질이라니? 그게 무슨 소린가."

"지방 호족들의 자제들을 한꺼번에 붙잡아놓고 개혁정치의 앞장을 서라니 말입니다. 우리는 꼼짝없이 인질이 된 거나 마찬가지 아닙니까? 고향에 계시는 부모님들이 제 자식들을 생각해서 반대할 수가 있겠습니까?"

"곡해를 해서 해석하려면 그렇게 할 수도 있겠네 그려. 그렇지만 나라 전체를 생각한다면 그럴 수도 있지 않겠는가?"

이공수는 토지개혁에 대한 이야기를 하였다. 부당하게 많이 가진 자들의 것을 골고루 나누어 갖게 하겠다는 것이다. 이는 누구나 꿈꾸어오던 개혁이다. 그러나 아무도 실행할 수 없었던 일이기도 하다.

"토지정리 그 자체에는 반대하고 싶은 생각이 없습니다. 왕권이 보다 굳건해서 힘으로 그걸 밀어붙여도 될 날이 어서 빨리 왔으면 해서 하는 말입니다."

"반가우이. 왕은 자네 같은 패기 있는 젊은이를 기다리고 있다네."

잠시 심각해졌던 분위기가 갈앉자 이공수는 이렇게 말했다.

"곧 힘 있는 왕권을 느끼게 될걸세."

왕이 개혁의 칼자루를 쥐고 있는 한 결코 실패하지 않을 거란 장담이었다. 그러면서 은근슬쩍 이런 말을 내비친다.

"지금 중원에서는 명나라가 일어서고 원의 힘이 이에 미치지 못하지. 그렇게 되면 결국에는 명이 원과 어깨를 나란히 하거나 누르지 않겠는가?"

그러니 나라의 머리를 명에게로 돌리려고 한다는 암시였다.

아하, 나라의 방향이 지금 이렇게 돌아가고 있구나. 익점은 이제야 공민왕의 꿈이 무엇인지 알 것 같았다. 친원 정책에서 친명 정책으로 돌아서려는 것이다.

"나도 원나라에 가 살아봐서 잘 아네만. 놈들은 순 불한당 같은 무식꾼들이야."

이 몽골족들에 비한다면 명나라 사람들은 대대로 글을 숭상해

온 한족들이라 그래도 예의를 아는 사람들이란 것이 이공수의 말이었다.

"이번 개혁의지만 잘 받들어 모시고 나면 외교정책의 선봉장들로서 그대들을 기용할 생각이야."

바깥일을 하자면 먼저 안에서 돌아가는 일부터 먼저 해야 한다는 것이 이공수의 지론이었다. 반드시 논공행상을 따지겠다는 이공수의 말을 모두 믿는지 고개들을 끄덕인다. 출세를 하자면 먼저 외국을 다녀와야 한다. 그래야 새로운 문물을 받아들이고 입신양명을 할 수 있다. 그 지름길이 여기 있다 생각하니 힘이 절로 솟는 젊은이들이었다.

이들에게 주어진 임무는 암행 감찰 같은 것으로, 일종의 수사 작업이었다. 어느 행정부에도 소속되지 않은 왕 직속 단체이니만큼 그 실권도 대단한 것이었지만, 겉으로 드러낼 수 없는, 그래서 위험도 감수해야 하는 일이었다.

"암행감찰반원들에게 내리는 왕실의 특별 어패가 있네."

이공수는 미리 준비해온 어패를 하나씩 내주며 이렇게 말한다.

"이제 자네들은 서생이 아니라 왕의 손과 발이 되어야 하네. 나라 안을 돌며 민심을 살피는 것은 물론 호족들이 가진 부당재산을 파악하여 보고해야 하네. 그것들을 환수해 국고를 채우고 언젠가는……."

그다음 말은 잇지 않았지만 북벌정책을 펴겠다는 왕의 의지를 대변하는 것으로 보였다. 익점은 가슴이 심하게 요동치는 것을 느낀다.

5

떠오르는 아침 해에

겨울 날씨라 그런지 양지쪽에 있어도 손가락이 곱을 정도로 차다.

처마 밑으로 녹아내리던 고드름도 다시 얼어붙어 삐죽삐죽한 창처럼 매달려 있다. 참으로 매서운 추위다.

"요 며칠 따뜻하다 했더니 다시 얼어붙네?"

"삼한 사온도 몰라?"

익점은 그의 고향 산청은 아무리 겨울이라도 날씨가 이렇게 춥지 않다며 개경은 사람 살 곳이 못된다고 한다.

"날이 이렇게 추워서야."

"그게 어디 날씨 탓만이더냐?"

목은이 말을 받았다. 그 역시 남향인 충청도 사람이라 다 같이 추운 것은 질색이다. 그렇지만 좋은 곳에 일자릴 얻은 사람하고 마음에도 없는 곳에 일자릴 얻은 사람하고는 다르다는 이야기를 또 하려는 것이다.

그 말을 포은이 미리 막는다.

"또 그 이야기를 하려는 거요?"

포은은 사역원에 근무를 하고 있다. 그렇지만 목은은 결혼도감에서, 익점은 경시서에서, 그것도 임시로 잠깐 하는 일을 맡았다. 사역원은 외국어 번역과 통역 일을 하는 곳으로 포은에게는 적임이었다.

그러나 원나라에서 요구하는 여자들을 선발하는 관청인 결혼도감에 임직을 얻은 목은이나 개경의 시전을 관장하는 경시서 일을 얻은 익점은 그 일이 영 마음에 들질 않는다. 아무리 경험의 폭을 넓히기 위한 임직이라 할지라도 자기네들하고는 너무나 거리가 먼 일거리를 맡은 두 사람은 매일매일이 벌레 씹은 인상이다.

"밑바닥 일부터 시작해야 높이 오릅니다요."

포은은 늘 두루두루 알아야 한다고 말한다. 그렇지만 두 사람은, 첫 단추가 잘못 끼워졌다고 말한다.

"첫발을 잘 떼야 하는 건데."

"이건 어디까지나 궐내 분위기나 익혀 두라는 배려에 지나지 않는 거라는 걸 알아야지. 첫술부터 배부를까?"

같은 값이면 다홍치마라고 분위기를 익혀도 좀 그럴듯한 자리에서 익히면 더 좋을 것이 아니냐는 불만들이다.

"그래, 경시서에서는 오늘 뭘 했나?"

"말도 마시오……."

익점은 오늘 시전에 나갔다가 본 불량배들의 싸움 이야기를 한다.

"뙤놈들이 한 떼거리 나와서는 쌈박질이 터졌는데……."

이들은 서로 인삼을 독차지하려다가 랴오양 상인들과 명조우 상인들 간에 한바탕 몸싸움을 벌였다는 것이다. 저들은 겉으로 보기엔 같은 뙤놈들이지만 그 핏줄이 서로 다른 이민족들이다. 랴오양에는 본시 여진족들이 진을 치고 살았었지만 몽골족이 대거 들어와 상권을 빼앗았다. 하지만 명조우는 아직까지 금나라를 지키던 그 한족들이 상권을 내놓지 않고 있는 실정이다. 명조우는 산동반도를 끼고 있는 해운의 요충지라 아무리 정치를 박탈당해도 그 상권만은 빼앗을 수 없는 상단들의 세력권이 있다. 초원과 사막에서 살던 몽골족으로서는 나라는 빼앗을 수는 있었지만 하루아침에 그 해운권을 빼앗을 수는 없었다. 몽골족들은 말을 다루는 솜씨는 천하일품이지만 배를 다루는 솜씨에 익숙해지자면 아직 더 많은 세월이 필요한 상태였다. 때문에 겉으로는 비록 한통속 같았지만 이권을 챙기는 일에는 두 지방 사람들의 셈 풀이가 달랐다. 결국에는 대도로 들어가는 물품들이었지만 바닷길을 통해 가느냐 육로로 가느냐에 따라 그 물목이 달라진다. 이들이 공통적으로 사 가는 물품은 주로 금, 은, 모시, 종이, 인삼 같은 것들이지만 인삼은 그 무게에 따라 수집 양이 달라질 수밖에 없다. 그중 고려 인삼은 양쪽 상인들이 공히 탐내는 물건이지만 해운이 성한 명조우 상인들은 그 무게에 상관없이 사서 재는데, 등짐을 지고 가야 하는 랴오양 상인들은 가벼운 것을 선호한다.

오늘 이들의 싸움은 수삼에 있었다. 수삼은 말리지 않은 생삼을 말한다. 이 생삼은 무게가 많이 나가는 대신 값이 헐하다. 때문에 삼을 잘 말려서 건조시킨 홍삼은 주로 마바리나 등짐을 지는 랴오양 상인들이 선호하던 물건이고 수삼은 명조우 상인들이 다른 짐이 모자랄 때 떨이로 사 싣고 가던 물건인데 이날은 수삼, 홍삼 할 것 없이 명조우 상인들이 독차지해버린 것이다.

그러니 구입해야 할 물건을 빼앗겨버린 랴오양 상인들이 가만있질 못하고 소동을 벌였다. 그 덕분에 갑자기 인삼 값이 치솟아 시전

상인들은 뜻밖의 횡재를 했다.

"그건 상거래 질서를 파괴하는 행위잖아?"

언제 왔는지 이정이 한마디 하고 나선다. 임박도 한마디 거든다.

"그러면 인삼을 특별히 장려해야겠네?"

"그렇지요. 인삼이야말로 효자 품목이지요."

"그것 봐, 그러니까 시전 일도 그게 괜한 일이 아니라니까? 모두 큰 공부 하고 있는 거라니깐요."

포은은 언제나 앞일을 내다보는 말을 함으로 일행을 압도하는 힘이 있다.

"그러고 보니 그러네? 그게 장차 국정 운영을 하는데 큰 도움이 되겠어."

"국정이라? 언제 우리가 국정에 참여할 날이 올까?"

이들은 한결같이 미래의 고려를 짊어지고 나갈 일꾼들이라 생각하는 경덕재 출신 친구들이다.

"시장이 흥해야 나라가 흥합니다."

그러자면 무역이 활발해야 되고 무역이 활발하자면 상대가 뭘 필요로 하는 건지를 알아야 한다. 그리고 그것을 대량으로 생산해내야 한다. 그러니 시장 원칙을 아는 일이야말로 가장 큰 공부라는 것이다.

익점은 낮에 보았던 일을 한 가지 더 이야기한다.

"포목상에 면포라는 새로운 물건이 등장했어요."

지금까지 원나라에서 가져온 옷감들은 비단이 아니면 모피였다. 그런 물건들은 귀족들에게나 거래되는 고가의 품목인데 비해 이번에 새로 나온 면직은 일반 서민들이 살 수 있는 적당한 가격에 거래가 된다 했다. 익점은 그 옷감의 재질이 앵두가 입었던 바로 그것임을 발견하고는 일부러 그 물건에 대해 차근차근 알아보았던 것인데, 서민들에게 인기가 있었다.

"새로운 물건이라면?"

"우리 삼베나 갈포에 비하면 훨씬 따뜻하고 질겨서 일반 백성들이 옷을 해 입기에는 제격인 것 같아요."

"그렇다면 우리도 그런 작물을 재배하면 될 것 아닌가?"

"그게 그런데……."

원나라에서도 남쪽 지방에서만 나는 작물이라 종자를 구하기가 쉽지 않을뿐더러 나라에서 이 종자를 함부로 퍼뜨리게 하지 않기 위해서 통제하고 있다는 이야기를 한다.

"아무리 나라에서 금하는 품목일지라도 장사치들은 다 갖고 들어올 수 있을 걸세."

목은은 이 세상을 움직이는 것은 정치하는 사람들이지만 그들보다 한 발짝 먼저 가는 사람들이 장사치라는 이야기를 한다.

"군인들이 길을 열어놓으면 상인들이 그다음으로 그 길을 개척하는 게야."

"맞아, 결국 전쟁이란 장삿길을 트기 위함이니까."

이제 상인들이 들어왔으니 그건 시간문제라는 말이었다. 단지 그걸 발견하는 눈이 필요하단 이야기다.

"그러자면 시장의 문을 활짝 열어놓는 게 중요해."

"시장만 열어놓으면 뭘 해? 팔아먹을 물건을 준비해둬야지."

그러자면 특산물을 장려해야 한다. 그리고 그것들을 파는 일에 능한 상인들이 있어야 한다. 아울러 상대 교역국에 가서 필요한 물건을 사 오는 일도 중요하다. 지금처럼 밀무역을 하는 정도의 상단만 가지고서는 어림도 없다.

"신라시대만 해도 장보고 같은 대상이 있었다고."

"백제는 또 어떻고?"

백제시대에도 왜와의 무역이 있었다.

"그렇다면 지금 우리는 무엇이 문제인가?"

무엇이 문제인지를 파악해두어야 한다. 이들은 그게 무언지는 잘 모르겠지만 앞날이 어렴풋이 보이는 듯하다. 자유로운 무역의 길이 열려야 나라가 부강해진다. 아직 관직에도 오르지 못한 젊은이들의 꿈이 이 정도이니 고려의 앞날은 밝다 할 것이다.

공민왕의 개혁정치 구상은 바로 이러한 젊은이들을 등용해 나라의 미래를 맡기는 일이었다. 하여 관직을 맡기기 전에 임시로 여러 가지 일들을 배우도록 하는 것이었다.

"그러고 보니 이런 견습직도 할 만한 일이군요?"

"관심을 두고 보면 무엇이나 하찮은 게 없어요. 주자 같은 분은 이 세상에 무용한 것은 하나도 없다 하질 않았는가?"

"그렇군요. 학문이란 게 그저 학문에 그친다면 그 또한 아무짝에도 소용이 없는 거죠? 그래, 목은은 요즘 뭘 하우?"

익점은 목은의 요즘 일이 궁금하다.

"나야말로 아무리 눈을 씻고 찾아봐야 할 만한 일이라곤 없는 한직이라네."

"아무리 그래도 그렇지. 할 일이 없는데 사람을 부르지는 않았을 거 아니오?"

결혼도감에선 원나라에 공출할 여자를 조달하는 데 그 목적이 있다. 그러니 이게 무슨 쓸데가 있을 것인가?

몽골의 칭기즈칸은 몽골 유목민들을 통일한 이래 계속 그 세력을 넓히는 일에 전생을 바쳤다. 그 아들들은 동서남북으로 기세를 드높여 대륙의 땅을 다 흡수했다. 이 넓은 땅을 경작하자니까 반역의 무리들이 일어나지 못하게 할 정책이 필요했다. 그 일환으로 점령지의 처녀들을 몽골인들과 결혼을 시켜 볼모로 잡아두는 혼인제도가 생겼다. 그것도 영향력 있고 쓸 만한 집안의 규수들만 골라 원나라로 보내야 한다. 그 양은 해마다 달라 요구하는 숫자를 채우지 못하면 안 된다.

"그러니 처녀가 어디 있는지 호구조사를 해두는 일이구만요?"

그 때문에 조혼의 풍속이 생기게 되었다.

"이게 바로 악법이야."

세상은 악이다. 아니면 선이다. 그도 저도 아니면 선악이 반반씩 섞여 있다.

갑론을박이 한창때 갑자기 목은이 알쏭달쏭한 말을 한다.

"이보게 익점이, 내 자네 정인을 잡아다 공출해버렸는데 그래도 괜찮겠지? 공부는 젖혀두고 너무 깊이 빠지는 것 같아서 말이야."

익점은 그게 무슨 뜻인지도 모르고 가볍게 받아넘긴다.

"내가 이 개경바닥에 정인이 어디 있다구?"

그러나 속으로는 뜨끔했다. 혹시라도 만두집 그 여자를 송출했다는 게 아닌가 싶었다. 목은은 몇 번이나 여색에 빠지지 말 것을 종용했고 계속 그러면 그 여자를 멀리 떠나보내겠다고 한 바가 있었기 때문이다.

"그렇다면 안심일세."

목은은 이번에 공출돼 가는 여인들은 각자 노임을 받고 가는 유급

자들이라는 알쏭달쏭한 말을 남긴다. 그러니까 일거리를 얻어서 간다는 뜻이겠다. 이것도 일종의 취업인 셈이다.

스승은 언제나 중용의 도를 말씀하셨다. 사람의 속에는 선악이 공존한다. 따라서 악을 견제하고 선을 선양함으로써 인간의 도리를 깨우쳐야 한다. 그러할 때 살 만한 사회가 되는 것이다. 이 참인간이 되기 위해서 학문이 필요하다. 그런데 방해물이 있다. 여자다. 여색을 탐할 때는 그렇다. 친구된 도리로 그 끈을 끊어주는 것은 당연한 도리다.

목은은 지금 그 고충을 이야기하는데 익점은 무슨 말뜻인지 알아듣지 못한다. 그만큼 그 여자에게 맘을 두지 않았다는 증거일 것이다.

이야기는 다시 나랏일로 돌아간다.

"악을 뻔히 보고도 어찌할 수 없으니 일이 손에 잡힐 리 없지."

"그래? 그건 간단해요."

이번에도 포은이 먼저 결론을 짓는다. 포은은 역시 판단력이 빠르다.

"어떻게?"

"그런 나라를 섬기지 않으면 돼."

"그런 나라를 섬기지 않는다고?"

이렇게 말을 꺼내놓고도 이들은 주위를 먼저 살핀다. 왕이 아무리 그런 생각을 심중에 심어두고 있다 할지라도, 이들이 그러한 국왕의 심회를 파악하고 있다 할지라도, 아직은 공공연히 이런 말들을 떠들처지가 못 되는 것이다. 도처에 원나라를 떠받드는 세력들이 깔려 있고 왕은 왕이라서 그런 말을 할 수 있지만 아직 관직에도 못 나간

애송이들이 함부로 이런 말을 뇌까린다는 것은 있을 수 없는 이야기인 것이다.

"자주독립을 해야 해. 나라에는 나라의 주권이 있어야지."

"그걸 누가 몰라서 하는 소린가? 지금 당장 할 일이 문제지."

전국의 처녀들을 차출하자니 양심이 허락하지 않고 안 하자니 이 또한 직무유기라 이러지도 저러지도 못한다는 목은이 다시 볼멘소리를 한다.

"자네가 악역을 짊어져도 단단히 짊어진 게야."

"빼도 박도 못할 일일세."

임박과 이정도 각자 한마디씩 거들었다. 그러나 아직 저들의 속셈이 무언지 잘 알 수 없는 두 사람이다. 열 길 물속은 알아도 한 길 사람 속은 모른다는 말이 있다. 겉으로 봐선 똑같은 말을 해도 속으론 누가 친원파인지 반원파인지 알 수 없는 세상이다. 그러니 입조심을 해야 할 수밖에…….

익점이 저 둘을 은근히 떠보기 위해 상인들에게 들은 이야기를 한다.

"금이 들고일어날 준비를 하고 있다는 소문도 있어요."

하루아침에 거대한 중원천지를 한 손에 쥔 쿠빌라이칸은 비록 그 이름은 거창한 원나라를 세웠지만 대륙 전역에 깔려 있는 민초들의 불만을 해소시켜주지는 못했다. 그중에서도 남방계 홍건적들의 거친 반항을 잠재우는 데는 큰 홍역을 치루고 있는 중이다.

"주원장이란 인물이 곳곳에서 승전을 한답니다."

"그래 봤자 소규모 반란이겠지."

홍건적은 머리에 붉은 수건을 두르고 싸워 붙여진 이름이다. 원래는 미륵교와 백련교 교도들이 중심이 된 한족들의 농민단체로 하북성의 한산동, 호북의 서수휘, 안휘의 곽자흥 등의 활약상이 두드러졌지만 한상동은 일찍이 정부 토벌군에 의해 참살당했고 그 아들 임아가 두목으로 추대되어 활동했지만 큰 성과를 올리지 못했다. 곽자흥 역시 오래가지 못해, 그 뒤를 주원장이 이어받았는데 그 활약상이 여느 홍건적들보다 두드러졌다.

반원파들은 은근히 저들이 원나라를 쳐부수고 승리를 했으면 하는 심정이다.

그러면서도 이들 홍건적이 원을 쓰러뜨리고 다른 나라를 세우기를 바랄 수만은 없는 일이기도 하였다. 오히려 그 불똥이 고려로 튈 수도 있다. 쫓기다 보면 쥐도 고양이를 문다고 파죽지세 같은 저들의 불기운이 어디로 갈 것인가? 이기면 이기는 대로 지면 지는 대로 그 불똥이 고려로 튈 가능성이 있다.

고려는 이러나저러나 치일 수밖에 없는 지형이다. 전쟁이란 싸우는 나라 당사국들만의 문제가 아니라 항상 이웃나라까지 불똥이 튀게 마련이니까.

"이러다간 고래싸움에 새우 등 터지는 거 아냐?"

"유비무환이라고, 우리도 이 싸움까지 준비해야 하는 거 아닌가 말일세."

"쓸데없는 걱정, 그런 것까지 다 걱정하다 보면 이 세상 맘 편히 살아갈 사람 아무도 없을 걸세. 그런 걸 갖고 기우라는 거야."

"그래, 임박의 말이 맞다. 우리가 세상 걱정 다 할 수 있겠냐? 우리 모처럼 만났으니 어디 가서 술이라도 한잔하세나."

"이정이 자네가 살 텐가?"

"그러지 뭐. 술 한 잔 사는 게 그리 어렵겠나?"

고려의 젊은 기상들이다.

그러나 이날 이들의 걱정은 기우가 아니었다.

머잖아 홍건적은 고려 땅을 짓밟았고 사유가 이끄는 10만 홍건적에 의해 왕이 경상도 안동 땅까지 피난을 가는 불상사가 생겼다. 겨우 정신을 차린 이반실 안우 같은 장군들이 홍건적을 물리치긴 했지만 나라 꼴은 말이 아니었다.

이런 와중에서도 남쪽에선 왜구의 출몰이 잦았고 안으로는 또 안대로 곪아 터져 왕을 몰아내려는 움직임이 노골화되어 공공연히 왕을 암살하려는 움직임까지 일어났다.

세상이 하 난분분하니 어디다 어떻게 등을 기댈지 알 수 없는 세월이었다.

그러나 왕은 자주국방을 내세웠고 익점은 왕의 편이었다.

"나는 왕의 그 배짱이 좋아."

공민왕은 신진 토호들의 세력을 지지기반으로 삼고 급진적 개혁정책을 수립했다. 익점의 주변 인물들은 대개가 이 신진토호에 해당하는 친구들이다.

"어쨌거나 고려가 살 길은 힘을 길러 자주독립을 하는 길 뿐이야."

이들은 만나면 하루 속히 원의 속박에서 벗어나야 한다는 이야기뿐이다. 이제는 편도 확실히 나누어져 표면화되었다. 조정 내에서도 친원파와 반원파 간의 알력이 숨김없이 드러났다. 이제 누가 적이며 누가 동지인지가 드러난 것이다. 많은 친구들이 등을 돌려 각자의 입장에 따라 서로 다른 길을 택했다. 참으로 매정한 세월이다.

"새로운 소식이야."

포은은 가까운 시일 내에 새로운 과거시험이 있을 거란 이야기를 전한다.

"이제 정동성향시는 무효야."

정동성향시란 원이 고려에 실시한 중동행중서성이 주관한 시험이기 때문에 배원 정책을 구상하고 있는 왕으로서는 이 시험에 합격한 인재들을 등용할 뜻이 별로 없다. 그러므로 금방 국정에 등용할 인재를 뽑는 과시가 머잖아 다시 있을 거란 이야기다.

"거기만 합격되면 등용이 보장되는 거지."

사역원 일을 하고 있는 포은은 다른 동무들보다 정보가 빨랐다. 그리고 원에 관한 정보도 정확하다.

"홍건적들은 비록 소탕되었지만 금이 다시 일어나 새로운 나라를 세울 희망은 늘 있어요."

공민왕은 어쩌면 저들을 도울지 모른다는 말을 조심스럽게 꺼낸다.

그러나 지금은 원의 간섭에서 완전히 벗어날 수 있는 입장이 아니라 곤혹스럽다. 아직은 원의 실세를 등에 업고 행세하려는 사람들의 힘이 너무 세다. 이들 중 대표적인 인물이 기철이란 작자다.

기철은 원 순제의 세자를 낳은 기황후의 친정 오빠다. 순제는 후사가 없던 중, 아들을 낳은 기황후에게 듬뿍 빠져 황후의 청이라면 간이라도 빼줄 태세라 그 기운을 탄 기철의 실세는 가히 왕과 다름이 없는 터수라는 건 누구나 익히 아는 바다.

"그러니까 왕은 지금 외로운 싸움을 하고 있는 셈이지. 믿을 만한 사람이 없어요."

"그래서 믿을 만한 인재를 뽑는 시험을 다시 본다?"

"말하자면 그런 셈이지. 당신 손으로 직접 인재등용을 하겠다는 거지."

포은의 이 짐작은 맞아떨어졌다.

머잖아 신경동당시가 실시된 것이다.

신경동당시는 새 서울 신경에서 치러진 첫 과거이니만큼 엄청난 인파들이 몰려들었다. 공민왕은 민족의 자긍심을 되찾기 위해 개경에다가 백악궁을 짓고 그 낙성식을 기화로 새 고려를 지키기 위한 인재를 가려 뽑는 시험을 치렀다.

이 시험에서 1등은 정몽주, 2등은 임박, 9등은 이정……. 익점은 7등으로 합격을 하였다. 이색 역시 급제를 하였다. 이날 과거 합격자는 서른세 명으로 모두가 패기 넘치는 젊은이들이었다. 정동성향시처럼 '음서'들이 없는 것이 이번 시험의 성과라는 평이었다. 음서란 문벌 2세들이 집안 배경을 등에 업고 출셋길에 오르는 것을 뜻한다. 그러니 이번 시험은 공정했다는 뜻이겠다.

과거 합격자들은 금방 현직에 임용되었다.

왕에게는 그만큼 자신을 옹위할 새로운 지지기반이 필요했기 때문이었다.

익점은 김해부 사록으로 첫 발령을 받았다. 사록은 서기에 해당하는 정8품 벼슬이다. 이어 순유박사 성균관 종7품으로, 사간원 좌정언 정6품으로 관직이 올라가기 시작하였다. 좌정언이 무슨 일인가? 임금의 언행을 기록하는 일이다. 출셋길이 훤히 열린 승진 길이었다. 그만큼 일을 잘했다는 이야기이기도 하겠지만 그에 못잖게 윗자리가 자주 비었다는 뜻도 될 터였다.

익점은 세월이 어떻게 돌아가는지 모를 정도로 바쁘게 움직였다.

나라가 위급하면 공직자의 자리가 자주 바뀌는 법이다.

태평성대에는 자리바꿈이 없다.

왕이 자리보전을 못하고 숱하게 자리를 바꿔대던 지난 왕조를 돌이켜본다면 공민왕은 그래도 꿋꿋한 줏대를 가지고 나라를 바로 세우려고 애를 쓰고 있는 중이다.

그러나 그를 흔들어 떨어뜨리려는 음모는 날이 갈수록 노골화되고 가시화되어 왕으로서도 이제 더 이상 어찌할 수가 없는 순간이 오고야 말았다. 지금까지 정면대결을 회피해왔던 원순제와 담판을 지어야 할 때가 온 것이다. 그렇다고 왕이 직접 원나라로 갈 수는 없는 일일 터, 결국 계품사를 보내기로 한다.

공민왕 12년 3월.

익점에게 그 큰일이 주어졌다. 익점이 계품사 일원으로 원나라 땅을 밟게 된 것이었다. 계품사의 임무란 그동안 있었던 홍건적의 난에 얼마나 많은 피해를 입었는지를 보고하는 일을 비롯하여 이러한 상황에서 왕을 왕좌에서 내쫓으려 하는 원의 처사가 얼마나 부당한 일임을 전하는 사명이 주어졌다.

이 막중한 일에 찬성사 이공수를 정사로, 허강을 부사로 삼았고 문서기록을 담당하는 서장관에 임박과 문익점이 기용되었다. 서장관이 무엇인가? 계품사 일행의 일거일동을 낱낱이 기록하는 일이다. 말하자면 이들 일행의 감독관과 다름없는 직책이다. 기록이 얼마나 중요한 일인가? 말로야 얼마든지 거짓을 고할 수 있다지만 글은 한번 써놓으면 지울 수 없다. 그러니 거짓을 모른다. 그러자면 그걸 쓰는 기록자의 눈과 마음에 거짓이 없어야 한다. 또한 재빠르고 정확해야 한다.

공민왕은 그런 거짓 없는 눈과 마음으로 익점을 찍었다.

일행은 떠나기 전에 왕을 배알할 은덕을 입었다.

"이번 계품사는 그 책임이 막중하오."

왕은 침통한 표정으로 입을 열었다. 다른 때처럼 진상품이나 선물을 안고 가는 의례적인 사신들이 아니다. 복잡한 정치적 현안을 해결해야 할 중차대한 외교사절단이다. 이는 보내는 왕이나 길 떠나는 사신이나 누구나 다 알고 있는 사실이다. 그러니 분위기가 무거울 수밖에 없다.

"경들도 알다시피……."

왕은 그다음 말을 쉽게 잇지 못한다. 차마 자기 자신의 거취문제로 신하들을 사지로 내모는 것이 너무나 안타까웠기 때문이리라.

원나라에선 공민왕을 폐하고 덕흥군을 고려왕으로 삼으라는 황명을 이미 내렸다. 그 배후 인물로 최유라는 자가 있다. 최유는 고려에서 죄를 짓고 도망가 연경에 머물고 있는 작자로 원나라 순제의 둘째 황후가 된 기씨를 부추겨 순제를 움직이게 하였다.

기황후는 본래 고려 행주 사람으로 그의 오빠인 기철이 원나라를 업고 행패를 부리다가 공민왕에 의해 처형당하자 왕에 대한 감정이 좋지 못한데다가 최유의 꼬드김을 받자 고국에 대한 마음을 바꾸어 복수를 결심하게 된 인물이다.

원나라 순제 역시 배원정책을 쓰는 개혁자 공민왕이 마음에 들지 않던 터라 이들은 누가 먼저랄 것도 없이 하루아침에 공민왕을 내칠 것에 합의했다. 궁리 댈 것도 없이 황제의 명만 내리면 되는 쉬운 일이었다.

'덕흥군을 고려왕으로 삼노라!'

그렇지만 명령만 내린다고 일이 뜻대로 다 되는 것은 아니었다. 공민왕은 이에 대비하여 경천흥을 도원수로 삼아 안주에 주둔하게 하는 한편 김귀를 도병마사로 삼아 동북 방면의 화주를 수비토록 하였다. 이미 그 이전에 원나라 관청인 정동행중서성을 폐지해버린 터라 북방 경계태세를 갖추는 일은 별 새로울 것이 없었다.

그러나 이러한 일련의 조치들을 원에서는 자국에 대한 커다란 도전으로 보고 있어, 왕을 암살하려는 기도까지 서슴지 않고 도왔다. 이른바 흥왕사의 변이다. 백주대낮에 왕을 암살하려 하다니? 이에 격분한 공민왕은 저들에 대한 결의를 더욱 확고히 내보이는 의미에서 조신 가운데에서 덕흥군과 내통한 혐의가 있는 자들을 파면하거나 사형에 처하였다. 또한 원나라 중서성에 덕흥군과 최유 같은 반역자들을 돌려보낼 것을 종용하는 글을 보냈다.

이번 계품사는 그 글 다음으로 가는 행동대원으로서의 특사인 것이다.

"자칫 잘못하면 돌아올 수 없는 길이 될지도 모른다."

미리 예견은 한 일이었지만 순제는 중서성에 보낸 글에 대한 아무런 답변을 하지 않고 있다. 답변을 하지 않음은 그다음 있을 계품사를 기다리겠다는 속셈인지도 모를 일이었다. 아니면 이들이 가지고 올 특별한 선물을 기다릴지도 모를 일이다. 이들이 가지고 올 선물이란 무얼 뜻하겠는가? 이미 천하가 다 아는 고려미인 기씨황후도 품어봤고 금은보화라면 중원 천지에 더 많이 널려 있을 터이니, 도대체가 원순제가 원하는 것이 무엇인가? 반드시 공민왕의 목인가? 더 이상 원할 수 있는 것이 무어란 말인가. 그 속셈을 캐내기 위해 가는 계품사다.

어쨌거나 이번 계품사 일행의 운명은 그리 순탄치 않다. 스스로 무덤을 향하여 발걸음을 옮겨 딛는 거나 마찬가지 행로인 것이다.

찬성사 이공수는 왕의 염려에 이렇게 아뢴다.

"성은을 입고 있는 신들은 목숨 걸고 전하의 뜻을 전하겠습니다."

보내는 이나 떠나는 자, 다 같이 어깨가 무겁다.

그러나 원나라에서는 예상과는 달리 이공수 일행을 극진히 대접하였다. 오히려 이들에게 원나라 벼슬을 내리기까지 하였다. 찬성사 이공수에게 내려진 벼슬은 태상경이었고 서장관 문익점이 제수 받은 관직은 예부시랑이었다.

"우리에게 어찌 이리 잘 대해주는지……."

"그 속셈이야 뻔하지 않소. 우릴 잡아두려는 거 아니겠소?"

이들은 매일같이 술대접을 받으면서도 황제를 배알할 기회는 아직 얻지 못했다. 몇날 며칠이 지나도 입궐의 기미는 보이지 않고 허송세월만 보내게 되었다. 그야말로 창살 없는 감옥생활이었다.

"그렇다면 벼슬이나 내리지 말든지."

그러면서도 이들은 원나라에서 내린 벼슬이 마음에 드는 모양이다. 성은보다는 황은이 더 크지 않겠느냐? 이 관작이면 죽어 마지막 쓰는 비문에라도 크게 올릴 수 있지 않겠느냐? 가문의 영광을 생각하면 떠나올 때 품었던 '죽음이라도 불사하고 맡은 바 임무를 충실히 이행하겠다'는 각오들이 많이 풀어지는 분위기다.

익점은 이러저러한 말과 행동들을 기록하는 임무를 맡은지라 저들의 일거일동을 관찰하지 않을 수 없다.

그러한 며칠 후 타쓰티에물이란 자가 나타나 이렇게 말했다.

"이 보시게들……."

그는 단도직입적으로 이미 국왕의 운은 다 했으니 그야말로 존망지추(存亡之秋), 누울 자리 보고 발을 뻗으란다. 짐작은 한 일이었지만 덕흥군의 밀지를 띠고 온 자가 틀림없다.

"누이 좋고 매부 좋은 일이, 좋은 일 아닌가?"

그러니 이대로 돌아가서 원나라 황제의 뜻이 이미 확고하게 굳었으니 덕흥군을 왕으로 추대하고 공민왕을 몰아내는 데 앞장을 서란다. 그러면 누구랄 것도 없이 모두 일등공신인데 그냥이야 있겠느냔 회유였다.

그러면서 은근히 엄포까지 놓았다.

"그래야만 고국산천 땅을 다시 밟아볼 수 있을 게요."

익점은 순간 아들 중용이 생각났다. 중용은 이제 막 걸음마를 익혀 아장아장 걷기 시작했고 그 아래 중성은 겨우 물건을 잡고 일어설 정도가 되었다. 고국산천 땅을 밟을 수 없다면 이들은 어떻게 될 것인가. 아내 송이는? 문 밖까지 따라 나오며 옷고름에 눈물을 찍던 그 모습이 눈에 선하다. 언제 돌아올지 모르는 서방님을 마냥 기다리느니 고향 산청에 가 있겠다고 친정으로 내려간 송이를 생각하면 무슨 일이든지 시키는 대로 해서 귀국 길에 올라야 한다.

"어려운 일이 아니지 않소? 돌아들 가서 황제의 굳은 뜻만 전하면 되는 겁니다. 그리고 왕을 설득만 하면 되는 일이구요."

누가 황제의 명을 거역할 수 있겠느냐. 공민왕 스스로 왕좌를 내놓게 하라는 회유책이다. 딴은 그렇기는 하다. 대몽골제국으로서도 모자라 대원을 세운 황제의 힘이라면 못할 게 없다. 전 세계를 향하여 뻗어나가는 황제의 세력에 어찌 고려 같은 소국이 이에 맞서 대항하랴.

"누가 봐도 그 결과야 뻔한 거 아니요?"

타쓰티에물의 말에는 자신이 넘쳐난다. 여기서 벌써 누구랄 것도 없이 저들이 시키는 대로 할 수밖에 별 도리가 없다는 위압감을 느낀다.

"그렇지만 일단은 황제를 배알하고 전하의 뜻을 전한 다음……."

그 문제를 상론하자는 찬성사의 말이다.

익점이 이를 받아 적으려 하자 타쓰티에물이 벼루를 집어던지며 역정을 낸다.

"황제는 무슨 황제요? 이 타쓰티에물을 통하지 않고 황제를 만난다는 것은 불가능하다는 것을 명심하시오."

"그렇다고 우리를 이렇게 가두어놓고만 있을 작정이오?"

찬성사도 지지 않았다.

"내 말만 들으면 지금 당장이라도 황제를 배알할 수 있도록 청을 넣을 수 있소. 살아 돌아가고 싶으면 잘들 생각하시오."

타쓰티에물은 거만하게 말하고는 자리를 떴다.

황제를 만나더라도 결과는 마찬가지다. 오히려 황제의 노여움만 산다. 그러니 시키는 대로 해라. 황제 앞에서 할 말은 단 한 가지, 공민왕은 너무 방자하여 나라 안에서도 지지자가 없는 고로 덕흥군을 왕으로 봉하여 고려로 내보내기만 하면 된다는 것이었다.

"그렇다면 아직 황제의 뜻도 확실하게 굳어진 게 아니라는 이야기 아닌가?"

타쓰티에물이 돌아가자 이공수가 타쓰티에물의 말에서 하나의 단초를 잡아내었다. 황제에게 그렇게 주청하라는 이야기는 곧 아직까지 황제의 뜻이 덕흥군으로 완전히 기운 것은 아닐 것이라는 뜻이다.

"그 말을 곱씹어보면 황제는 아직까지 반반의 마음을 가지고 계신 게야."

계품사들의 말에 따라 황제의 마음이 바뀔 수도 있다는 이야기다.

"공민왕이 백성들로부터 정말 많은 신임을 얻고 있다면 황제로서도 민초들의 뜻을 홀홀히 저버릴 수 없을 것 아닌가?"

이공수는 타쓰티에물의 말 속에 숨은 뜻을 읽어냈다며 다시 마음을 다잡는 눈치였다. 황제가 공민왕을 폐위시키고 덕흥군을 왕으로 내세웠다는 것은 누군가에 의해 조작된 말이라는 것이다. 황제는 아직 그 뜻을 정하지 않았다.

그러나 계품사는 다음 날 황제를 배알한 자리에서 아무 말도 하지 않았다. 왕의 수결이 찍힌 친서를 전달하고 홍건적의 난으로부터 입은 피해를 설명할 뿐이었다. 차마 민감한 문제를 스스로 입 밖에 내어 말하기는 어려웠든가 왕의 친서에서도 그 문제는 거론되어 있질 않았다. 누가 자기를 내쫓으려는 황제에게 애걸복걸 살려달라 할 것인가? 왕 자신도 거론하기 싫은 그 문제를 직접 가서 입으로 청하라는 게 이번 계품사의 임무가 아닐 것인가.

그러나 계품사는 이 말을 하지 않았다. 밤새 무슨 일이 있었던 것일까?

황제가 말한다.

"고려왕은 일신의 처리를 잘못하고 있다. 왜구와 홍건적 하나도 막아내지 못하면서 왜 짐에게만 유독 대항을 하려는 것인지."

"폐하, 그것은……."

황제는 변명의 여지도 주지 않고 이렇게 말한다.

"그러니 안으로 혼란을 자초할 수밖에. 짐은 그 무능의 책임을 물어 덕흥군을 왕으로 책봉하려는 게야."

고려왕의 무능? 황제의 문책은 여기서 그치지 않았다. 밖에서는 밖에서 대로 고려를 침범하고, 안에서는 안으로부터 신임을 얻지 못하고 있는 자가 어찌 왕인가? 이는 필시 그 자질에 문제가 있다는 질책이 내려졌다.

"어디 사신들도 할 말이 있으면 해보시오."

이때도 계품사는 아무 말도 하지 않았다.

계품사가 입을 닫은 이상 그 누구도 선뜻 입을 열지 못한다.

간밤에 무슨 은밀한 일이 있었던 것일까? 그렇지 않고선 일이 이렇게 돌아갈 리 없잖은가.

익점은 이 조용한 침묵을 뒤엎고 들려오는 또 하나의 목소리를 듣는다.

"이보게나, 우린 일신을 믿네."

포은의 얼굴이 떠오르고 그 뒤를 이어 목은의 얼굴도 떠오른다. 이들은 익점이 원에 가는 것을 천우신조의 기회라면서 이 기회를 이용해 여기서 일어나고 있는 진실을 낱낱이 고해야 한다는 것이었다. 포은은 이번 일에 국운이 걸렸다며 눈물까지 내비쳤다.

"진실을 말할 사람은 일신밖에 없으이."

이는 곧 죽음에 해당하는 화를 입을 수도 있는 말이다. 자칫 잘못하면 말 한마디에 멸문지화를 당할 수도 있다는 뜻이다. 순제는 개혁정치를 단행하고 있는 공민왕을 못마땅하게 생각해 덕흥군을 왕으로 책봉하기까지 한 장본인이다. 그러한 황제에게 누가 감히 거역의 뜻을 비칠 것인가? 고양이 목에 방울을 다는 격이다.

'고려는 고려지 원의 속국이 아니잖은가?'

이 말에 모두들 동조를 하고 나라를 위해 일하자고 굳게 맹서를 한 이들이다. 어쩌다가 사지에까지 들어와 고양이 목에 방울을 달아야 할 운명이 되었는지 모르겠다. 어차피 일이 여기까지 온 이상은 할 말은 해야 한다. 말을 해야 할 사람이 입을 다물고 있다면 누군가는 입을 열어 말을 해야 한다.

"폐하! 소신이 한 말씀 아뢰어도 되올는지요?"

그러나 익점은 이 말을 차마 입 밖으로 내어서 하지는 못했다. 입 속에서만 맴도는 말들, '고려는 고려가 아니옵니까? 이제 그만 고려는 고려가 다스리도록 넓으신 아량을 베푸옵소서.' 이럴 때를 대비해 수없이 되풀이해왔던 말이다.

그러나 익점은 그런 신분도 아니었거니와 기가 질려 말하지 못했다.

처소로 돌아온 익점은 이공수에게 따졌다.

"찬성사님. 주제넘게 제가 할 소리는 아닌 줄 압니다만……."

찬성사가 먼저 입을 막았다.

"왜 아무 말도 못했느냐, 이 말이 하고 싶은 게지?"

"네."

"나도 나 자신을 모르겠소."

이공수는 자기 말 한 마디에 여기 있는 모든 사신들은 물론이고 고국에 있는 가족들의 안위가 눈에 아른거렸다는 이야기를 하며 눈물을 비친다.

"식솔들이 눈에 밟혔소. 내 말 한 마디에 그대들 집안의 기둥뿌리가 뽑혀나가는 환영이 보였소. 그건 비단 나 혼자만의 일은 아닐 것이오. 여기 있는 그대들 모두의 운명이었을 것이오."

이 말을 들은 좌중은 아무 말도 할 수가 없었다. 누가 섶을 지고 불속으로 뛰어들 용기를 가졌겠는가?

"아직 황제를 다시 뵐 기회는 남아 있질 않겠소?"

이제 황제 알현의 길을 텄으니 그 말을 할 날도 그 답변을 받아갈 날도 또 있질 않겠느냔 이공수의 말이다.

"그러니 그동안 신중히 한 번 생각해봅시다."

인간적인 너무나 인간적인 말이었다. 수신재가 하고 치국평천하라 배웠다. 가정이 먼저인 것은 사실이다. 그러나 따지고 보면 그건 아닐 터였다.

익점은 이날처럼 술에나마 취해보고 싶은 적이 없다. 술기운이나마 빌려서 잠을 청해 보고 싶은 날이다. 그동안 몇날 며칠 잠을 못 잔 탓도 있지만 타쓰티에물이란 작자가 왔다 간 뒤론 뒤통수가 멍하고 정신이 가물가물하다.

익점은 임박을 깨운다.

"왜, 잠이 안 오는가?"

하면서도 임박 역시 기다리고 있었다는 듯 익점의 말에 동조를 한다.

"나 역시 잠을 이룰 수가 없었네."

마침 이공수가 나타난다

"우리 어디 가서 한잔할까?"

잠 못 이루기는 마찬가지였던 듯 다른 일행들도 신발을 신고 따랐다.

하마나 부름을 받을까 싶어, 집 밖을 떠나본 적이 없던 이들로선 숙소로 정해진 객사 앞 골목길도 낯설다. 대도는 개경과는 비교도 안될 만큼 크다. 몽골이 처음 세운 수도는 상도였다. 그렇지만 그도 좁다 하여 새로 건설한 대역사의 수도이니만큼 대도는 이름 그대로 큰 도시다. 어디가 어딘지 어리둥절할 정도다.

술집을 찾아 이리저리 한참을 헤매고 있는데 그러한 이들에게 다가서는 그림자가 있다.

"저를 따라 오시지요."

"고려인이요?"

익점은 낯선 땅에서 그나마 익숙한 고려 말이 통하는 사람을 만나니 우선 반갑고 편하다.

"그렇소이다."

그는 일행들을 다 함께 모시고 오란 주인의 분부를 받고 왔다 한다.

그는 자신의 이름을 '최가다'라고 하면서 그 이름이 장난스럽지 않느냐고 물었다.

"나는 박가도 아니고 김가도 아닌 최가다, 이런 뜻이오?"

익점이 역시 장난스럽게 이렇게 그 이름자를 풀이했다.

"예, 바로 그 말씀입니다. 그 말속에 무슨 비밀이 들어 있는 것 같지 않습니까?"

"비밀이요?"

"예. 나는 김가도 아니고 박가도 아니라면 그 애비가 누군지도 모른다는 말 아닙니까? 그렇다면 최가 역시도 정확하지 않다는 걸 뜻하는 이야기입죠. 애비 없는 호로 자식이라는 말을 여기선 보통 그렇게 부른답니다."

그는 자신의 이름자의 풀이를 통해 익살과 해학을 내비쳤다.

"그러면서도 '최가'라는 걸 내세우는 걸 보면 고려인이라는 건 확실하다는 뜻도 숨어 있을 거구요. 그렇지 않습니까?"

그의 말은 고려인이라는 순수혈통을 지닌 것만 해도 다행한 일이라는 것이었다.

"여기선 다 잡종들뿐이니까요."

딴은 그럴 만한 이야기다. 대도에는 고구려 유민들이 많이 산다. 당나라 시대에 끌려온 포로들만 해도 수만 명에 이르고 원대에 이르러서도 부지기수가 끌려왔다. 이러한 남의 나라 땅에 살면서 잡종이 되지 않은 것만으로도 다행스런 일일는지 모른다.

그의 말은 고려인이니까 믿어달라는 뜻이었던 것으로 풀이가 된다. 그러고 보면 상당한 지혜가 있는 사람으로 보였다.

익점이 속으로 그의 사람 다루는 수완에 감탄하고 있는데 임박이 묻는다.

"도대체 여기에 고려인이 얼마나 살고 있소?"

"억지로 끌려온 사람들까지 친다면 수천 명도 더 넘지요. 그렇지만 우리 같은 사람은 수시로 국경을 넘나드니까."

"국경을 수비하는 수비대가 있을 텐데?"

"비록 국법을 어기고 월경을 하고 다니지만 나쁜 일은 하지 않소."

그는 설마하니 좋지 않은 일로 계품사를 몰래 불러냈겠냐며 안심들 하란다.

"그동안 노고라도 위로할 겸 술 한잔 대접하려는 대인의 분부로 심부름 온 것뿐이니까 저를 너무 경계하진 마십시오."

그들이 당도한 곳은 으리으리한 대문 집이었다.

대문을 밀치고 들어서자 안으로부터 은은한 향이 흘러나오고 있었다.

"어서 오시구려."

주인은 기다리고 있었다는 듯 일행을 맞는다.

"원로에 오시느라 여독도 다 풀리지 않았을 텐데 이렇게 누추한 곳까지 또다시 걸음을 시켜서……."

주인의 인사치레는 겸손을 넘어 지나칠 정도다.

그렇지만 이미 술상을 봐놓을 만큼 치밀하기도 하다.

자칭 '기삼보노'라고 자기를 소개한 주인은 공민왕이 여기 있을 때부터 잘 알고 지내던 사이였다며 왕으로부터 이들 일행의 노고를 치하하라는 밀명을 받았다고 한다. 그러니 경계심을 갖지 말라는 말부터 한다.

"이번 계품사 임무가 막중하다고 들었소."

그는 뿔잔을 높이 들어 건배를 선창한다.

"고려를 위하여."

"위하여."

한두 순배 술잔이 돌자 허심탄회한 이야기들이 오간다. 상 위에 오른 음식들 역시 고려에서나 볼 수 있는 안주거리들이다. 돼지고기, 닭다리는 물론 김치에 파전까지 올려 상다리가 휘어질 정도다.

"일부러 고려음식을 만들었으니 마음껏 드세요."

일단 음식이 들어가고 술이 들어가니 말들이 많아진다. 말이 많아지다 보니 자연적으로 쓰잘데없는 이야기들이 나온다. 정치 이야기, 장사 이야기, 여자 이야기가 나오고 나면 그 뒤에는 각자가 풀어질 대로 풀어져 마음속 저 깊은 곳에 묻혀 있던 말이 터져 나오기 때문에 예측불허가 된다.

"그런데 말이외다."

임박이 그에게 묻는다.

"예, 말씀을 하시지요."

"나는 도대체가 모르겠어요."

"뭘 말씀입니까? 뭘 모르시겠다는 건지."

"여기 와서 안 일인데, 여기 와서 둘러보니까, 우리 신경이 세상에 없는 큰 궁인 줄 알았는데……."

원나라의 궁성은 너무나 크다는 것이다. 너무나 클뿐더러 웅장하고 화려하기 그지없다는 것이다. 감히 고려 왕실로서는 이 대국의 황실에 비할 바가 못 된다는 것이다.

"그런데도 왜 여기서 벗어나려 하는지 도대체가 알 수가 없다구요."

"허어, 이 사람 임박이. 취했나 보군?"

나이로 보나 직급으로 보나 동류인 익점이 임박의 입을 가로막고 나섰다.

그러나 임박은 막무가내다.

"이봐, 익점이 내 입을 막을 생각하지 말게. 탁 깨놓고 말해서 자네도 봤을 거 아닌가? 그리고 우리 모두 본 사실이 아닌가?"

"뭘 말인가?"

"이 현실. 이 엄청난 위압감을 여기 온 우리 일행은 다 보고 듣고 느끼고 있단 말일세. 다만 안 그런 척 입을 다물고 있을 뿐이지."

"허어, 이 사람. 이제 못할 소리가 없네그려?"

익점이 임박을 끌고 나가려 한다.

"이 무슨 망발된 소린가? 그만하고 나가세."

"놔두게. 그가 어디 틀린 소리를 하는가?"

이번에는 이공수가 익점의 행동을 저지한다. 허강은 아무 말이 없다. 말이 없는 것으로 보아 저들의 뜻에 동조하고 있음이 분명하다.

"부사님께서도 그리 생각하십니까?"

"이제 와서 어쩌겠는가? 여기서 우리가 찬반을 논할 때가 아니질 않는가?"

이들은 여기서 살아서 돌아갈 길이 우선이라는 이야기를 한다.

"맞소이다. 살아남고 봐야지요. 백번 지당한 말씀입니다. 내 한 목숨 죽고 나면 세상 부귀공명이 다 무슨 소용? 사실인즉슨, 저 역시 고려 사신으로 왔다가 이렇게 눌러앉은 사람이올시다. 그야말로 서시과차 아닙니까?"

고려에서는 수없이 많은 사신들을 보냈지만 차마 그 원하는 답을 얻어내지 못하여 돌아가기가 두렵다. 원하는 해답을 가져가지 않으면 아니 돌아감만 못하다. 서시과차란 진시황제가 불로초를 구해 오라고 동남동녀들을 동방으로 보냈는데 이들은 불로초를 구하지 못해 돌아가도 죽고 안 돌아가도 죽을 운명에 놓이게 되자 이 네 글자를 바위에 새겨놓고 어디론가 사라져버렸다는 고사에서 따온 말이다. 차라리 돌아가서 죽을 바에야 돌아가지 않음만 못하다는 이야기다.

"그런데도 대국의 황제께서는 저 같은 사람에게도 이렇게 먹고 살만한 자리를 내줍디다. 허허허."

이 자는 누구인가? 이제 보니 이 자의 뜻이 여기 있었던 것 같았다. 뿐만 아니라 애초부터 일행들은 이 자가 누구인지 이 자리가 뭘 뜻하는 자리인지를 알았던 것으로 여겨진다.

익점은 어쩌면 이렇게도 저 혼자만 눈치 없는 인간이 되었는가? 하는 자책감에 사로잡혔지만 '긴 건 기고 아닌 건 또 아닌' 맺고 끊는 오기 역시 함께 되살아나는 것을 느낀다.

"그러니까 우리가 뭘 품하러 왔는지를 여쭙지 말자는 말씀들이신가요?"

"그런 기회는 이미 물 건너갔네."

고려 같은 조그만 나라 사신이, 그것도 황제의 명에 역하는 일을 가지고, 황제를 두 번씩이나 배알할 기회는 주어지지 않는다는 이야기다. 게다가 황실의 권한은 기황후가 쥐고 있다. 설사 그런 기회가 생긴다 할지라도 황제의 명에 거역하는 그런 주청을 드렸다간 살아 돌아가지 못할 거란 엄포다.

"그렇다면 여기까지 뭣 하러 왔지요?"

익점은 하루 한순간에 모든 신념과 자존심과 긍지가 사라져가는 것을 느끼며 술잔을 집는다. 이럴 때야말로 술의 힘을 빌어서라도 할 말을 해야 한다.

"그러고도 돌아가 사신 노릇 잘하고 왔다고 말할 수 있을까요?"

"그래서 미주알고주알 한 말 안 한 말 적어놓았는가?"

"혼자 너무 그러는 게 아니라네."

이건 또 무슨 말인가? 이들은 이미 익점이 적어둔 사신일지를 봤다는 뜻이 아니겠는가? 기록을 가지고 따진다면 익점도 할 말이 있다.

"일지를 적는 것은 제 소임입니다."

"그건 그럴 테지."

그건 그럴 테지? 이 말의 숨은 뜻은 무엇이겠는가? 그따위 글이 무사히 행장에 기록된 채 남아 고려왕실까지 갈 수 있을 것인가, 가서 읽힐 수 있을 것인가? 하는 뜻이 아닌가. 그렇다면 저들은 익점이 모르는 사이 이들과 내통함이 있었단 이야기가 아닌가? 그래서 익점을 회유하기 위해서 이 자리를 만들었다는 이야기 아닌가? 익점은 정신이 번쩍 드는 것을 느꼈다.

"서장의 기록이란 누구나 할 수 있다네."

그렇다. 서장관이 둘인 건 객관적인 기술이 필요하기 때문이다. 다 같은 서장관인 임박의 기록을 택할 수도 있다는 이야기다. 이 또한 주무자인 이공수의 생각에 따라 달라질 수도 있다는 뜻이겠다.

'이렇게 당할 수도 있겠구나.'

익점은 모골이 송연함을 느낀다.

"이보오, 젊은이."

기삼보노는 이제 서슴없이 익점을 젊은이라 불렀다. 그다음으로 무슨 말이 튀어나올 것인지는 빤한 이치이다. 나도 젊은이 같은 아들이 있다네. 그래서 하는 말인데 좋은 게 좋지 않은가. 그러니 말을 들으란 회유였다. 익점은 이제야 이 자리의 성격을 알 것 같았지만 이미 때는 늦었다.

"어른 말을 들으면 자다가도 떡이 생긴다는 말이 있질 않소?"

여기서 살아나가려면 그 수밖에 없다는 공갈과 회유가 잇달았다.

"그저 잠자코 있다가 돌아가시기만 하면 거기 걸맞은 자리를 줄 것이거늘……."

뭐가 모자라 칭얼거리느냐는 것이다.

익점은 그러나 그건 신하의 도리가 아니라 분명히 말한다.

"그건 신하된 도리가 아니지요."

그 밤이 어떻게 지나갔는지 모르겠다.

다음 날 익점은 곧바로 일행과 떨어져 억류된 생활을 하게 되었다. 알고 보니 기삼보노라는 그 작자야말로 이름만 들었던 타쓰티에몰, 그 자신이었던 것이다.

타쓰티에몰이 누군가? 바로 덕흥군이다.

이날 타쓰티에몰은 계품사 개개인의 뜻을 파악하여 유독 반대의사를 굽히지 않는 익점을 일벌백계의 본보기로 삼았다.

"일어탁수라."

미꾸라지 한 마리가 온 웅덩이를 구정물로 만든다.

익점은 이 일로 인하여 42일간의 구류생활 끝에 교지로 귀양을 가게 된다.

교지는 중국에서도 머나먼 남쪽 열사의 땅이라 생사가 아득한 곳이다. 혹은 남쪽에 있다 하여 월남이라 불리기도 하는 곳이다.

6 운남 풍토기

중원은 참으로 넓고 넓은 땅이다.

그중에서도 운남 땅은 희귀한 일들이 많은 곳이다.

익점은 비록 귀양길에 오른 유배자이지만 이제 죄목도 없고 지키는 사람도 없다.

운남 행성에 이르니 그는 죄인에서 관리로 둔갑해 있었다. 어찌 된 사연인지 모르겠지만 운남행성 정사는 그를 교지로 가는 수송물자를 담당하라 했다.

그러나 어디서 어떻게 일행과 헤어지게 되었는지조차도 가물가물하다.

야치라는 곳을 떠나 강을 건너다가 생전 듣도 보도 못한 큰 악어에게 말과 사람을 다 잃어버렸다. 악어는 발이 달리고 비늘이 소나무 등껍질과 같았다. 힘이 어찌나 세었는지 눈 깜짝할 사이에 말과 호송원을 물속으로 끌고 들어갔다.

그는 태어나 처음 보는 이 괴물이 악어라는 걸 알지 못한 채 천우신조로 살아났다. 익점은 그 와중에서 어떻게 기어 나왔는지 혼미한 상태에서 깨어나 보니 낯선 곳에 혼자 버려져 있다.

"여기가 어디지?"

혼자 중얼거려보았지만 그 말에 대답해줄 사람이 없다.

그저 깜깜한 숲 속이다.

"거기 누구 없어요?"

고함을 질러보지만 메아리만 돌아올 뿐이다.

나무 위에서 이상한 짐승이 꽥 꽥 소리를 지르며 이 가지에서 저 가지로 날아다니는 것이 보인다. 생긴 것은 고양이와 개 중간인 것 같은데 꼬리가 길다. 두 눈이 동그란 것이 사람을 보고서도 놀라는 기색이 없다. 오히려 달려들어 해칠 것만 같은 녀석들이다. 새끼를 업은 놈들도 있다. 한 무리 떼 지어 다니는 것으로 보아 한가족임에 틀림없다. 그중에서 대장인 듯 덩치가 큰놈이 어슬렁어슬렁 눈치를 보며 앞장을 섰다.

힐긋힐긋 눈치를 보던 놈들이 이제는 나무 위로 올라가 열매를 따 먹고 있다.

'저놈들이 원숭이란 짐승들일까?'

산해경이란 책에는 여러 가지 동물들 이야기가 전해진다. 아무래도 그 서책에서 본 듯한 모습이다. 원숭이는 사람에게 해코지는 잘 하지 않는 짐승이지만 성이 나면 물 수도 있다. 반대로 이를 잘 길들이면 유용하게 쓸 수도 있다. 팔이 길고 나무 타는 재주가 있어 높은 가지 위의 과일을 따는 데도 이용된다 했다.

그는 꼼짝도 않고 원숭이들의 거동을 살핀다. 원숭이 무리들은 높은 나무 위를 땅을 짚고 다니듯 자유자재로 움직였다. 그런가 하면 먹음직한 과일을 따서 맛있게 먹고 있는데 저절로 군침이 돈다. 배에서 꼬르륵 소리가 나는 걸 보니 음식을 못 먹은 지 꽤나 되는 듯싶다. 그는 갑자기 한 가지 생각이 떠올랐다. 원숭이들은 흉내쟁이로 남 따라 하기를 좋아한다. 그 생각을 하니 갑자기 묘안이 떠오른다.

'그렇지, 그 습성을 한번 이용해보는 거다.'

그는 돌멩이를 하나 주워 힘껏 나무 위로 던져 올려본다.

원숭이 한 마리가 그가 하는 행동을 유심히 보고 있다. 저게 뭘 하는 짓이지? 두 귀를 쫑긋 세우고 고개를 갸웃한다.

그는 다시 한 번 나뭇가지를 집어 높이 던진다.

'그러면 그렇지.'

나무 위의 원숭이도 과일을 하나 따서 아래로 집어던진다. 한 놈이 과일을 따 던지자 다른 놈들도 재미삼아 따라 한다.

'옳지, 또 던져라.'

그는 과일을 하나 집어 원숭이들처럼 껍질을 까 먹어본다. 맛이 꽤 괜찮다. 다 먹고 난 껍질을 위로 던지자 이놈저놈들이 가뭇없이 과일을 또 따서 던진다. 원숭이들처럼 입으로 껍질을 벗겨낼 수밖에 없었지만 그 속살은 달고 시원하다.

이렇게 해서 살 수도 있겠구나. 그는 허기진 배를 달래며 정신을 차리려 애쓴다.

'삼 년이야. 아무리 길어봤자 삼 년이라고.'

익점은 이를 악물고 살길을 찾아 걷고 또 걸었다. 교지가 어디인지도 모르면서 교지를 향해 가는 것이다. 황제가 내린 유배기간은 3년이라고 했다. 여기까지 오는데 만해도 석 달이 걸렸으니 오고 가는데 드는 세월만도 1년은 족히 걸릴 적소다. 그곳이 어떤 곳이든 가서 2년만 참으면 된다.

그런데 호송원들조차 악어에게 당하고 말았으니 어디로 어떻게 간단 말인가? 차라리 도망을 쳐버릴까? 도망칠 좋은 기회건만 그는 도주란 말은 생각해보지 못했다. 굳이 갈 곳도 없겠거니와 가서는 또 뭘 어떻게 할 것인가? 그러고 보니 오히려 호송하는 관리들의 보호가 그립다. 저들이 있을 때는 그래도 먹을 것 걱정은 없었던 것이 아니더냐.

그는 이를 악물고 걷는다. 어디든지 사람 사는 곳을 찾아야 한다. 그러면 그럴수록 혼자만 이 고생을 해야 한다는 게 너무 억울하고 분통이 터지는 것을 참을 수 없다.

'왜 하필이면 나란 말인가?'

그렇지만 그는 사신으로 함께 왔던 저들에 대한 나쁜 기억을 지우려 애쓴다. 저들이 무슨 잘못이 있을 것인가? 저들도 같은 피해자들이 아닌가? 따지고 보면 다 불쌍한 사람들이다. 살기 위해서는 어쩔 수 없는 일이었을 것이다. 그 역시 계품사 일행의 행동 일체를 일일이 글로 기록해놓는 소임을 맡지 않았던들 저들처럼 시치미 뚝 떼고 앉아, 아는 것도 모르는 척 모르는 것도 모르는 척하고 지낼 수 있었을 것이다.

'그게 어디 저들 탓인가? 잊자, 잊어버리자.'

돌부리를 걷어차는 것으로 억울함을 삭혀본다.

그는 이미 지나간 과거사보다는 지난 며칠 동안의 일들을 기억해내려 애쓴다.

자르단단의 수도 보창이라는 곳에서는 인도에서 가져온 나사조개를 돈으로 썼다. 이 지방에서는 황금도 무게를 달아 팔았으며 이빨도 온통 금으로 장식을 했다. 상인들이 많았으며 저들은 나사조개를 주고 황금을 바꾸었다.

또 며칠 전 들렀던 곳은 대리국이라 했다. 설산이 보였고 산들은 온통 하얀 대리석으로 뒤덮여 있었다. 설산 밑에 큰 탑이 서 있는 절이 있어 삼탑사라 하였다. 황토 빛 가사를 입은 승려들이 많이 있어 독경소리가 끊이지 않았다. 불국정토를 꿈꾸는 고장이었다. 설산에서 스며든 차갑고도 맑은 물이 성안으로 흘러들어 사람들은 이 물을 먹고 인공으로 못을 파, 고기를 기르며 이를 보고 즐겼다. 사람들은 모두 착실했고 굶주리는 자가 없는 곳이었다.

드넓은 벌판엔 초원이 펼쳐져 양들이 풀을 뜯고 있었다.

'여기가 바로 샹그릴라야.'

옥룡설산 밑에 샹그릴라가 있었다.

샹그릴라의 라시족들은 찬란한 빛깔의 옷을 두르고 있었다.

호송원들도 차마 이 불국정토 떠나기를 아쉬워했다. 그곳을 떠나며 다음 가야 할 곳은 어디라 했든가? 로구호를 건너야 한다고 했었다.

'로구호.'

익점은 이제사 제정신이 좀 든다. 호송원들은 로구호를 건너 사흘을 더 가면 교지와의 접경지대라고 했다.

아직 지리에 익숙하지 못한 그였지만 이미 석 달간이나 걸어온 터라 이 대륙에 대해 대충 짐작 가는 게 있다. 이 고장에서 저 고장으로 가는 데 대충 사나흘이 걸린다. 그 사이에 객잔이 있거나 주막 같은 곳이 있어 관리들과 장사치들이 쉬어갈 수 있도록 돼 있다. 대리에서 이틀을 걸었으니까 이제 하루이틀 정도만 더 가면 로구호가 있을 것이고 거기서 사흘이면 교지와의 접경지대에 닿을 것이다. 교지가 아무리 큰 나라라고 하더라도 접경지대에서 한 달이면 될 것이다.

원은 교지를 손에 넣고 그곳을 복속시켜 평정하고 있는 중이다. 교지 같은 나라는 쳐부수기는 쉬우나 그 뒷감당이 어렵다고 했다. 온통 밀림인지라 한번 숲 속으로 들어가 숨어버리면 도저히 찾을 수가 없다는 것이다. 때문에 아직까지 전쟁 중이라는 것이다. 하필이면 왜 그런 곳으로 유배를 보냈을까? 거기에는 이유가 있었을 것이다. 유배라기보다는 그곳 점령지를 다스리는 일에 종사 하라는 뜻이 있었을는지도 모를 일이다.

"얼마간만 거기 가서 고생하면……."

황제께서 다시 불러 더 높이 기용할지도 모른다는 말을 은근히 귀띔한 조정대신도 있었다. 그는 황제도 한 주인을 섬기겠다는 익점의 충정에 감복했다면서 겉으로 내색은 안 했지만 그러한 인물을 곁에 두고 싶어 하는 눈치라는 언질을 주었다. 이 말은 곧 교지에 가서라도 유형자처럼 처신하지 말고 반드시 무슨 공을 세우고 돌아오라는 이야기였던 것이다.

"황제께서는 곧잘 그런 식으로 사람을 시험하곤 한답니다. 게다가 지금 이 일은 황제의 뜻이 아니라 황후의 입김이니까요."

황제는 전쟁에 공이 많은 귀족 자녀들 열둘을 뽑아 각 지방으로 내보낸다. 이들은 민정시찰단과 같은 임무를 띤다. 전쟁터에 나가 있는 장수들의 동태를 살피거나 관리들의 공과 허물을 보고한다.

이 보고서에 따라 저들은 진급여부가 결정된다.

긴가민가한 이야기였지만 그 말이 사실이라면 호송원의 감시를 벗어났다 해서 굳이 도망갈 이유는 없질 않는가? 이게 그가 탈주를 하지 않는 첫째 이유였다.

그는 이런저런 생각을 앞세워 앞뒤를 분간할 수 없었던 숲을 벗어난다. 저 멀리 산봉우리가 아슴아슴 보인다. 산은 멀리 보였지만 그 앞으로 번쩍거리는 것이 보인다. 자세히 보니 물 같기도 하고 들판 같기도 하다.

호송원들의 말로는 로구호에는 신선들이 사는 신성한 산이 있다 하였다. 그 산은 똑바로 쳐다볼 수 없을 정도로 빛을 발한다고 하였다. 그렇다면 저 번쩍거리는 눈부심은 햇빛을 받아 되비친 로구호의 성산임이 틀림없다.

그는 잠시 가던 길을 멈추고 앉아 멀리 보이는 신성한 산을 바라본다. 마침 전망대처럼 불쑥 튀어나온 바위가 하나 있어 그곳에 오르니 로구호의 전경을 조망하기에 적당한 장소가 된다. 이미 하오를 향해 기운 햇살이 호수를 비추고 있고 그 물빛이 병풍처럼 둘러쳐진 바위산에 반사되어 더욱 휘황한 빛깔을 담아낸다. 그래서 모두들 저 바위봉우리를 성산으로 숭앙하는 모양이다.

"호수 가운데 섬이 하나 있지."

거기 라마승들의 기도처가 있다 했다. 누구나 한 번쯤 그 섬에 가 기도를 올리고 싶지만 그곳을 가자면 반드시 여인천하를 지나야 하기 때문에 많은 승려들이 중도에서 수행을 포기하고 인생의 길을 바꾼다 했다.

"로구호 여인들은 노래를 잘하지."

배를 타고 가다가도 이 노래 소리에 반하여 중도에서 살길을 바꾼다는 이야기였다. 그는 주워들은 이야기가 너무 많다고 생각한다.

잡식이 풍부한 만큼 생각할 거리도 많아진다. 생각이 많으면 머리가 아프다. 그는 뒷목을 한 번 지그시 눌러본다.

그렇다면 저기 어디쯤 여인천하가 있어야 하는데…….

여인들이 나라를 다스리는 세상, 거기서는 여인들이 가장이다. 가부장제의 일반사회와는 달리 여부장제가 시행되는 곳이다.

"여인천하에서는 여자가 가장인 게야. 남자는 일하고 여자는 놀고 먹지. 잘못해 거기 붙들리면 꼼작도 못하고 눌러살아야 할걸?"

"좋겠다. 나라면 일부러라도 그런 곳에 붙잡혀보고 싶어."

호송원들이 하던 말이다.

그는 너무나 갑작스럽게 발 달린 큰 뱀, 악어 꼬리에 머리를 한 대 얻어맞고 쓰러진 것까지는 기억하겠는데 그 이후부터는 도무지 아리송한 일들뿐이다.

그는 풀리지 않은 수수께끼를 안고 언덕을 내려간다.

언덕을 내려가자 다시 들판이 나오고 호수는 키를 넘는 갈대밭에 가려 보이지 않는다. 그런데도 성산의 모습은 더욱 우뚝하다. 아까 언덕 위에서 내려다보던 때와는 달리 점점 그 높이를 더해가는 느낌이다.

그는 바위 봉우리를 바라보고 걷는다. 지향할 곳이라곤 그곳뿐으로 사방이 키를 넘는 갈밭이다. 서걱거리는 갈잎소리에 기러기가 날아오르는 것이 유일한 움직임이라면 움직임일까, 그저 스산하기만 한 곳이다.

얼마를 걸었을까? 저 멀리, 아직은 한참 더 먼 곳에서 저녁연기가 솟아오르는 것이 보인다. 아마도 갈밭 속에 사람 사는 마을이 있는 듯하다.

그는 잠시 불타듯 붉게 변하는 성산의 바위봉우리를 바라보며 걸음을 멈추어 선다. 그야말로 불타는 바위봉우리다. 불탄다는 말 외에 달리 표현할 말이 떠오르지 않는 장관이다. 지는 해를 받아 호면이 붉게 타오르고 그 불길을 다시 되받은 듯 봉우리 전체가 이제는 하나의 거대한 꽃으로 보이는 성산이다. 연꽃이다.

"성산이야. 거룩한 산이야."

잠시 후 해는 서산 너머로 내리꽂혔다. 금세 어둠이 슬금슬금 갈대밭을 집어삼킨다. 어둠이 내리는 속도가 빠르다.

그는 사람 사는 마을 가까이 내려와서 동태를 살핀다. 차마 선뜻 나서기에는 조심스럽다. 낯선 곳에서의 두려움이다. 그렇지만 어떻게든 살아야 한다.

마을은 고작해야 수십 호에 지나지 않았지만 나무를 베어 벽을 쌓고 흙을 발라 숭숭한 구멍을 막았다. 게다가 집집마다 꽉 막힌 울타리가 둘러쳐 있고 대문도 견고하다. 이로 미루어 짐작건대 이곳은 들짐승들이 많거나 외부로부터의 침입이 있는 곳이다. 그렇지 않고서야 집집마다 대문을 저렇게 견고하게 만들 필요가 있을 것인가. 그는 어두컴컴한 담장 밑에 웅크리고 앉아 한참을 망설였다. 마음 같아서는 '이리 오너라.' 하고 대문의 문고리를 두드리고 싶지만 여기는 내 집이 아니다.

그런데 저건 뭔가? 어둠 속에서 웬 사내가 하나 나타나선 살금살금 어느 집 문간에 이르러선 살며시 대문을 밀친다. 대문에 세워두었던 기다란 빗자루가 넘어지는 것이 보인다.

"옳지. 바로 그 말이었구나."

호송원들이 그랬다.

여인천하에선 남자들이 밤을 기다려 아무 집이나 들어가 잘 수 있다 했다. 단 대문 앞에 빗자루가 넘어져 있으면 이미 그 집에는 다른 남자가 먼저 들어갔다는 표시이므로 절대로 두 사람이 동시에 들어갈 수 없는 불문율이 있다 했다. 그리고 집안에 들어가서도 남자를 원하는 방문 앞에 그 여인의 옷이 걸려 있다는 것이었다. 그러면 그 옷을 걷어 들고 들어가면 된다.

그는 정말 희한한 세상에 온 것을 실감하며 어둠 속에서 나와 다른 집 앞으로 걸어간다.

“거기선 남자들이 자기 집이 없으므로 밤이면 여자 집으로 찾아갈 수밖에 없어요.”

그러나 무턱대고 기식하는 것은 아니다. 그만큼 일을 해주는 것으로 잠자리나 음식을 얻어먹는 보답을 해야 한다.

여자에게도 지켜야 할 비밀이 있다. 아이를 낳으면 그 아이의 아버지가 누구인지는 절대 밝히질 않는다. 물론 아이를 기르는 권리도 여자의 고유권한이다. 성도 여자 성을 따서 붙이고 이름도 여자가 짓는다. 남자가 할 수 있는 일은 씨뿌리기와 희생 봉사뿐이다.

익점은 이제 그 봉사와 희생이 무엇이건 간에 사람 사는 집을 찾아 들어가야 한다고 생각했다. 배가 고프다. 허기를 달래야한다. 그리고 이슬을 피할 잠자리도 얻어야 한다.

골목을 돌아 어느 집 대문 앞에 이르렀을 때 거기 빗자루가 서 있는 것이 눈에 띄었다. 그는 아까 보아두었던 것처럼 스스럼없이 그냥 문을 열고 안으로 들어간다. 유배 길에서 배운 게 있다면 먹고살기 위해서는 좀 더 대담해질 필요가 있다는 뻔뻔함이었다. 인간은 무엇으로 사는가? 체면으로 산다. 그렇지만 먹고살기 위해서는 그 어떤 체면치레 같은 것도 필요 없다. 먼저 먹고 체면은 나중에 차린다.

안마당은 그리 넓지 않았지만 대문의 맞은편에 부엌문이 있었고 그 양옆에 위로 올라가는 계단이 있어 그 계단 난간에 저고리 같은 것이 걸려 있는 게 눈에 띈다. 얼른 부엌 안을 휘둘러보았더니 가운데 화덕이 놓여 있고 그 양옆으로 앉은뱅이 의자들이 놓여 있다. 그리고 정중앙에 신줏단지가 있는 게 보였다.

두리번거려보니 저쪽 옆에도 또 하나의 옷이 걸려 있는 난간이 있는 것이 보인다. 그렇다면 이 집에는 두 사람의 여인네가 사는 것일까? 그는 잠시 어디로 가야 할지 망설이다가 이왕이면 다홍치마라고 붉은 색깔의 저고리가 걸려 있는 쪽으로 발길을 옮긴다. 그때 저쪽에서도 한 사내가 바람처럼 나타나 옷을 걷어 가는 것이 보였다. 사내는 이쪽을 힐끔 보고도 아무렇지도 않게 저고리를 걷는다.

그는 방문 앞에 서서 저쪽의 사내가 어떻게 하는지 지켜보았다. 사내는 문 앞에 서서 헛기침을 한 번 하는가 싶더니 그냥 방문을 밀고 들어간다.

그는 옆방으로 들어간 사내가 한 것처럼 따라했다.

방 안에는 희미한 등잔불이 켜져 있다. 무슨 식물성 기름이 타는 냄새가 코끝을 자극시켰고 등잔 아래 고이 앉아 있는 여인네의 모습이 눈에 들어왔다. 여인은 한눈에 낯선 남자라는 것을 알아보았음직한데 별다른 내색은 하지 않았다. 아마도 모처럼 찾아온 이웃마을 남자쯤으로 생각하든가 아니면 남자의 존재가 그 누구이든 간에 상관하지 않는다는 그런 태도인 것 같았다.

그는 우선 여인이 놀라서 소리치지 않는 데 안심을 하면서도 그

다음 행동을 어떻게 해야 할지 몰라 잠시 망설였다. 여인은 틀림없이 이 남자가 처음 보는 남자라는 생각을 하는 것 같은데 경계의 기색은 없다.

"저는 지나가는 사람입니다."

여인이 자기 말을 알아들을 수 없을 것이라는 생각에서 손짓발짓을 섞어가며 의사소통을 위해 애를 쓴다. 여자는 멀뚱하니 익점의 하는 짓을 바라보고 있다. 익점은 배가 고프다는 시늉을 한다.

잠시 멀뚱하던 여자가,

"배가 고파?"

하고 묻는다. 그 실상은 딴 말이었겠지만 익점은 그렇게 제멋대로 해석한다. 그리고는 서툰 호족 말을 지껄여댔다.

"어디서 왔어?"

그는 머나먼 땅 고려에서 여기까지 왔다고 설명을 한다. 그리고 교지로 가는 길이라고 말한다. 말이 통했는지 안 통했는지 모르겠지만 큰 적대감은 없는 것 같아 우선 마음이 놓였다. 여인은 화려한 수가 놓인 고깔 천으로 얼굴을 약간 가리고 있었는데 아마도 남자에게 잘 보이기 위해 장식을 한 듯 보였다. 그는 순간 첫날밤에 새색시의 족두리를 벗겨주던 때를 생각해내곤 저걸 남자가 벗겨줘야 하는 게 아닌가 하는 생각도 해본다.

그러나 그는 섣불리 건드렸다간 일을 그르칠지도 모른다는 생각에 지혜와 슬기를 짜내어본다. 남자가 여자를 찾아왔다고 해서 반드시 그 짓만 하기 위함은 아닐지도 모를 일이었기 때문이다.

"먹을 것 좀 있어요? 나는 배가 고파요."

지필묵을 꺼내 글까지 써 보인다. 여인이 그 뜻을 알아차렸는지

고개를 끄덕거리며 밖으로 나간다. 그리고는 밥과 고기를 가지고 들어온다. 염장을 지른 살코기였다.

"먹어."

여인이 밥을 퍼먹는 시늉을 해 보인다. 그리고는 고깔을 벗으며 살포시 웃음을 지어 보인다. 자세히 보니 이마엔 주름이 조랑조랑 맺혔고 손도 시커멓게 말라 있어 손등에 주름이 잡혔다. 보아하니 할머니였다.

밥을 먹고 나자 술을 가져온다.

"마셔."

향료를 섞어 맛이 이상했지만 오랜만에 마시는 술이다. 먹고 마시는 게 이 사람들의 풍습인가. 고려인들이라면 먼저 반주를 마시고 밥을 먹는다. 순서야 어쨌건 우선 배가 차니 살 것만 같다.

그런데 왜 그렇게 오색찬란한 옷을 내걸어놓았을까? 그 문제는 쉽게 풀려나갔다. 나이가 들수록 호화로운 색상의 의상을 입고 더 짙은 치장을 한다. 그래야만 남자들을 어려움 없이 불러들일 수 있고 남자를 불러들여야 노동력을 구할 수 있는 것이다.

"하필이면 날 찾아."

대개의 남자들은 늙은 여자를 쳐다보지 않는다. 그런데도 자신을 찾아준 익점이 고마운 할머니였다.

익점은 이렇게 해서 여인천하의 할머니 댁에 붙잡혀 며칠을 지내게 되었다. 있는 동안 그는 호수에 나가 고기를 건지는 일은 물론이요 산에 가 땔감을 구해 오는 일까지 해야만 했다. 하루 자고 하루치 일을 해주면 된다 했지만 마땅히 갈 곳이 없는 그로서는 할머니 집에 눌러 있을 수밖에 없었다. 물론 다른 경쟁자도 없는 할머니였다.

할머니는 마치 오랜만에 집을 찾아온 아들 대하듯 그를 귀여워해주었다.

"교지를 간다고? 거긴 왜?"

하고 물어주었고 걱정까지 한다.

"교지는 더운 나라야."

교지는 사철 더운 나라라 풍토병이 심하다고 한다. 그러면서 굳이 그 험난한 곳엔 뭣 하러 갈 거냐며 뭣하면 여기 살아도 좋다 한다. 여기 남자들은 불알 두 쪽만 차고 있으면 밥 먹고 살 수 있다며 농담까지 한다. 그랬으면 좋겠지만 그는 여기서 머물 순 없다고 말한다.

"황제의 칙명인데 어떻게요?"

"전에도 너 같은 놈이 길을 잘못 들어 여길 지나갔었지."

그런데 그놈은 머리칼이 금발이고 눈이 파랬다고 한다.

"눈이 파란 사람이 있어요?"

"있고말고! 세상은 넓고도 넓어."

할머니는 그가 자기 눈을 뜨게 해줬다고 한다. 묻지도 않았는데 할머니는 그 파란 눈의 남자 이름이 마르코 폴로라고 했다.

"마르코 폴로요?"

"벌써 오래전 일이지."

익점은 전조 신라 서라벌에도 아라비아 상인들의 왕래가 빈번했었다는 이야기를 들어 알고 있다. 고려 벽란도에도 서역상인들의 왕래가 있었다. 아마도 마르코 폴로 역시 그런 상인 중 한 사람이었을 것이다.

대도에서 들은 이야기로는 이 같은 상인들이 상거래를 하기 위해 수많은 낙타와 말을 몰고 동서양을 넘나든다 했다. 이들을 대상이라 불렀는데 실제로 그러한 상인들의 무리가 고려까지 왕래가 있었던 것을 그는 벽란도에서 직접 보아 알고 있다. 그러니 할머니의 말에 쉽게 수긍이 갔다.

대상의 길은 천산북로와 천산남로가 있다. 상인들은 어느 길로 가든 동서양을 가로막는 높은 산맥과 드넓은 사막이 있어 이 길을 두려워했다. 그러면서도 이 교역로를 비단길이라 불렀다. 간혹 가다가 이 비단길 외에 또 다른 길을 찾는 모험가들이 생겨 운남 땅을 지나 밀림을 관통했다. 이들은 뱃길을 이용했다.

"호수를 건너 사흘이면 치앙룬이고 거기서 또 사나흘이면 대라에 도착할 거다."

여인천하의 할머니는 그에게 먹을 것을 싸 짊어 쥐어주며 손수 배를 내어 호수에 띄웠다. 물은 명경 알처럼 맑고 푸르렀다. 그 건너편으로 신선들이 산다는 성산이 보였다.

"절에 가서 불공이나 드리고 가거라."

배에서 내려 계단을 올라가니 조그만 사원이 하나 있다. 팔각지붕 끝에 뾰족한 첨탑이 있고 막새기와에 귀신같이 생긴 신상이 그려져 있으며 절 앞에는 탑 대신 돌무더기가 하나 있다. 안에는 제단이 있고 그 제단에 불상이 모셔져 있는데 그 머리끝이 상투를 튼 듯 뾰족하게 올라와 있다. 나발이 아니다. 경을 읽는 승려들의 모습과 불공을 드리는 모습 또한 다르다. 이들은 앞뒤로 몸을 굽혔다 펴는 동작을 수없이 되풀이하면서도 그 동작을 늦추지 않고 오히려 속력을 가한다. 그러면서도 그에 버금가는 재빠른 속도로 불경 외우기를 반복한다. 가부좌를 틀고 앉아 조용히 묵상기도를 하는 고려의 예법과는 사뭇 다른 불법이다. 목탁 대신에 요령을 흔들었고 공명기를 두드렸다.

"옴마니 반메훔 옴마니 반메훔."

그는 몇 번 따라서 옴마니 반메훔을 외었다. 옴마니 반메훔을 듣는 즉시 그는 두류산 쌍계사를 떠올렸다. 쌍계사를 떠올리자 갑자기 앵두가 생각났고 호복이 떠오른다. 할머니의 옷도 그 면포로 뜬 누비옷이었다. 비록 색깔을 넣은 천이었지만 그 바탕은 같은 것이었다.

"부처님의 공덕도 쌓으셨구나?"

"고려에서도 부처님을 기리는 신도들이 많아요. 그동안 저한테 잘 대해주셔서 정말 감사해요."

그는 할머니에게 큰절이라도 하고 싶은 심정이다.

할머니와 헤어진 그는 또다시 정처 없는 길을 걷기 시작한다.

교지의 수도는 대라라는 곳이다. 이제 안남이라 불리게 된 교지는 남쪽 일부분만 남기고 원에 복속되었다. 엄밀히 말한다면 남녘 땅은 참파왕국으로 교지와는 또 다른 나라이긴 하지만 지금의 익점으로서는 안남의 수도를 찾아가야 할지 참파의 수도를 찾아가야 할지 모를 일이다. 원의 원정대가 교지에 머물면 대라를 찾아야 할 것이고 참파에 머물면 참파의 수도인 사가라를 찾아가야 할 것이기 때문이다. 그도 저도 아닌 곳에 주둔을 하고 있다면 또 그곳을 찾아야 한다.

"갈 길이 험난하구나."

어디로 가야 할지도 모르는 머나먼 곳으로 익점을 보내며 할머니는 눈물을 훔쳤다. 어쩌다가 길을 잘못 들어 이 고생을 한다니?

참파 왕국의 옆 나라는 캄보디아 왕국으로 그 수도는 앙코르다. 그 옆이 또 피가 왕국이었는데 그 수도는 파간으로 이미 그 절반이 점령당해 대라에 편입되었다. 아직도 전쟁은 계속되고 있고 사방에 반란군들의 준동이 심한 전쟁터다.

원의 세력은 더없이 팽창하였지만 그 경계가 넓어짐에 따라 관리가 소홀하게 되었으니, 지금 익점이 가는 이 길만 해도 그렇다. 점령군의 말발굽이 달릴 때와는 달리 일단 저들이 한 번 지나간 길은 폐허로 변한 역참이 많았고 아예 역관조차도 도망가고 없는 곳이 많다.

이제 이곳은 더 이상 갈 곳이 없는 땅끝인지라 지원부대가 올 필요도 없고, 먹을 것도 스스로 해결할 수 있는 곳이기도 해서 후방의 지원이 필요 없는 곳이다. 때문에 길은 방치된 그대로다. 전쟁에 필요한 군수물자를 수송하던 길은 한번 지나가면 그만이다.

그는 줄곧 내리 사흘 동안 인가가 없는 곳을 걸어야 했다. 다행스럽게도 여인천하에 있는 동안 비축해둔 기름기가 몸속에 남아 있어 그런지 별 탈 없이 걸을 수 있었다. 로구호는 잡아먹을 만한 물고기도 많았지만 돼지나 양 같은 가축도 키우고 있어 먹거리 걱정은 없는 곳이었다. 더군다나 할머니의 부엌에는 삼 년 묵은 돼지고기까지 염장을 질러놓고 있었기 때문에 그동안 빠졌던 기력을 거기서 보충할 수 있었다. 그곳에서는 돼지를 잡아 내장을 빼고 염장을 질러 보관을 하는데 그 보관된 고기가 얼마나 많으냐에 따라 부자인지 가난한 자인지가 가려진다고 했다. 보통 한두 마리의 돼지는 비축이 돼 있었다.

그런데도 여인천하가 바깥세상에 알려지지 않고 외침을 당하지 않은 것은 거기 한번 들어가면 여간해서 나올 수가 없기 때문이라 했다. 나올 수가 없는 것이 아니라 나올 필요가 없었던 것이 아니었을까 하는 생각이다. 평생 여자 치마폭에 감겨서 살 수 있는데 무엇 때문에 거길 떠나려할 것인가?

"내가 널 평생 동안 여기 두고 볼 수도 있겠지만……."

보내는 이유는 단 한 가지 고려인이라는 점 때문이라고 말한 할머니였다. 해 뜨는 나라 고려는 예로부터 숭앙의 대상국이었다고 한다. 태양이 거기서 떠오르기 때문이라 했다. 성산의 얼굴은 해 뜨는 동녘을 향해 있다. 그 해의 기운을 받아 살기 편한 마을인 여인천하에서는 동방의 나라 고려를 신성시한다는 것이었다.

"그러니 널 잡아둘 수가 없지."

할머니는 주술적인 면을 많이 가지고 있었지만 아는 것도 많아, 돌아갈 때는 이 길을 택하지 말고 바다를 가로질러 배를 타고 가라 했다. 어디서 그런 많은 것들을 배웠는지 모르겠다고 하자 그녀는 그녀의 어머니한테서 배웠다고 했고 어머니는 그 서양 남자 마르코폴로한테서 들었다고 했다. 그렇다면 그가 이 할머니의 아버지였던 말인가?

"그는 마을 아이들을 모아놓고 세상 이야기를 들려주었지."

익점은 이번 유배 길에서 많은 것들을 배운다. 지금까지는 서책을 통해서만 배우던 것을 몸소 체험함으로써 터득하는 것이다. 서책을 통해 배운 지식은 머릿속에만 있지만 몸으로 체득한 것들은 핏속을 돈다. 이 생체험이 사람을 만든다.

그는 마르코폴로라는 사내가 걸었을 길을 걷고 또 걷는다.

몇 날 며칠을 걸었을까? 다리가 아파오고 또다시 배가 고파온다.

먹을 게 떨어진 것이다. 배고픈 것처럼 고역스러운 것은 없다. 아직 한 번도 배곯아본 일이 없었던 그로서는 사람으로서 배곯는 것이 어떤 것인지를 절실히 깨닫게 하는 길이다. 이미 할머니가 싸준 음식도 다 먹어치웠고 가진 것이라곤 먹물과 종이 몽당붓 한 자루뿐이다.

그는 신라 고승들의 이야기를 떠올려본다. 혜초는 이보다 더 험준한 카라코람을 넘어 천축을 다녀왔고 의상대사 역시 머나먼 당나라에서 불경을 공부하고 돌아왔으며 대렴이라는 고승 역시 중원천지를 떠돌면서 큰 공부를 하고 왔다. 알게 모르게 수많은 인재들이 고생을 마다않고 공부를 위해 머나먼 여로를 걷고 또 걸었다.

"공부한다고 생각하는 게야."

그는 이 고행길이 큰 공부라 생각하면서 이를 악문다. 그러면서 염주 알을 하나 떼내어 씹어본다. 고승들은 염주를 목에 걸고 다니다가 정 배가 고파 견딜 수 없을 때 그것을 떼내어 씹었다고 했다. 염주는 백팔번뇌를 잊게 해주는 수행도구이기도 하지만 그 재질이 과일이나 곡식의 열매이므로 비상식량이 되기도 한다. 길을 가다가 혹간 율무가 무더기로 자라나 있는 것을 보면 거길 스님이 죽은 자리로 보는 것 또한 이러한 연유에서이다. 율무는 수백 년이 지나도 일단 땅에만 묻히면 싹이 자라 움 트는 강한 생명력이 있으므로 목에 걸고 다니는 염주로 있을 때는 죽은 것처럼 보이지만 발아를 해 그 생명을 펼치는 속성이 있다. 어떤 경우 스님이 호식을 당해 호랑이 뱃속에 있던 율무가 그 배설물로 인하여 온 데 사방에 퍼져 율무밭이 되는 경우도 있다 하였다. 신라 고승전에는 이보다 더한 이야기들이 얼마든지 있다.

그는 배고픔을 잊기 위하여 지금까지 읽었던 모든 서책들 속의 주인공들을 떠올려본다. 그중에서도 원효와 의상의 이야기가 인상적이다. 원효와 의상은 다 같이 당나라 유학길에 올랐다. 불경을 더 깊이 있게 공부하기 위해서다.

어느 날 두 사람은 동굴 속에서 이슬을 피해 잠을 자게 되었는데 목이 몹시 말랐다. 잠결에 무언가 손에 집히는 게 있어 목을 축였는데 다음 날 아침 깨어서 보니 간밤에 마신 물이, 물이 아니라 해골바가지 속에 고인 뇌수였다. 이걸 본 원효는 갑자기 우웩, 하고 먹었던 것을 토해내고 말았다. 그러다가 다시 고쳐 생각했다. 저걸 보지 않고 마셨을 때는 아무렇지도 않던 것이 두 눈으로 봄으로써 비로소 토하게 된 것이라면 사람의 모든 것은 생각 나름이다. 그 생각 하나만 다스리면 그게 곧 깨달음의 세계인 것이다. 하여, 원효는 당나라를 가지 않고서도 깨달음을 얻었다.

"모든 것은 생각 나름이다. 모든 것은 생각 나름인 게야."

배고픈 것도 안 고픈 것도 생각하기 나름이다.

그는 배고픔을 잊기 위해 노래를 부른다. 배고픈 것도 안 고픈 것도 생각 나름, 일체가 다 생각 나름이다. 그렇다고 배가 안 고픈 것은 아니다. 배고픈 것도 참을 수 없는 고통이었지만 하마나 지금쯤 나타나야 할 마을이 나오지 않는데 대한 불안감이 더욱더 그를 초조하게 만든다. 그렇다면 틀림없이 길을 잘못 든 것이리라. 어디서부터 이 길이 잘못된 것인지를 모르겠다. 계속해서 잎이 큰 활엽수만 사는 밀림 속이니 도대체가 하늘을 볼 수 없다. 하늘을 볼 수 없으니 길을 알 수가 없다.

"마음을 볼 수 없으나 마음이 있는 것처럼, 길을 볼 수 없으나 길은 있을 것이다."

그는 스스로를 위로하고 달래며 자신의 의지를 굳건히 한다.

그래도 다행스러운 것은 이 밀림을 통해 누군가 다닌 흔적이 있다는 사실이다. 설사 이 길이 교지로 가는 길이 아니라 하더라도 사람 사는 곳으로 이어져 있다는 확신은 선다. 왜냐면 마차바퀴가 지나간 흔적이 있기 때문이다. 그 눌린 자국으로 봐 비록 오래된 것 같긴 했지만 여러 대의 마차가 지나간 흔적임은 분명하다. 그렇다면 분명 원군들이 군수품을 실어 나른 보급로임에 틀림없을 일이다.

처음 원의 수도인 대도를 떠나 유배 길에 오를 때는 수레를 탔다. 호송되는 여러 명의 죄수들과 오라를 같이 받았다. 그중에는 나라의 재산을 축낸 부정축재자도 있었고 살인자와 도적도 있었고 홍건적의 난에 가담했던 역적죄수들도 있었다. 이들은 차례로 가까운 유배지부터 이첩되었고 가장 먼 교지까지 가는 죄수는 두울령이라는 여진족의 장수와 고려인 익점이뿐이었다. 두울령 역시 유배가 끝나면 다시 복속시켜 원나라 조정에 기용할 방침이라는 소문이 있었다.

"조정에서는 죄수들을 먼저 위험한 일을 시킨 다음 살아남으면 그 공로로 기용을 하려는 거지. 그게 원의 포상 정책이야."

원을 위해 목숨을 건 충정을 보여야 한다. 그러한 사람들의 힘으로 원은 점점 더 세력권을 넓혀나간다. 이번 유배 길에 여진족의 장수 하나와 고려의 문인 한 사람을 교지로 귀양 보낸 까닭도 다 그러한 속셈에서라는 게 호송원들끼리의 말이었다. 이러한 죄수들에게는 특별한 신경을 쓰는 게 호송원들의 태도였다. 혹시라도 나중에 자기보다 높은 자리에서 만날 수도 있을 것이라는 계산에서였을까? 어쨌거나 이 포상 정책이라는 게 원의 조정으로서는 손 안 대고 코

푸는 결과를 얻는 일이다.

"점령지는 아직 어수선하고 정리가 안 된 상태지. 그 무정부 상태를 안정시키면 되는 것이야. 장부라면 어디서든지 해볼 만한 일이 아니겠어?"

이러한 이야기를 해주던 계품사 일행들은 어떻게 되었을까? 아직도 대도에 그대로 억류되어 있을까, 아니면 고려로 돌아갔을까? 돌아갔다면 저들이 돌아가서 무슨 이야기를 어떻게 했을 것인가? 익점이 귀양을 갔다 했을 것인가, 아니면 익점이 원나라 조정 관리가 되어 교지로 임무를 수행하러 갔다 했을까?

익점은 자신의 이번 교지행이 저들의 배신 때문에 생겨난 일이라 탓하지는 않는다. 이 모든 일들은 나라가 약한 탓에 생긴 비극일지언정 그 어느 누구의 배신행위 탓은 아닐 것이다. 이는 나중에 있을지도 모르는 원한관계가 될 수도 있다. 인과응보설에 따르면 홀맺은 자가 있으면 반드시 푸는 자가 있어야 한다. 여기서 은원이 생긴다. 이 은원이 인간관계를 악화시킨다. 인간은 본시 선한 존재인데 이 때문에 악에 속하게 된다. 그렇게 되면 안 된다. 모두가 피해자인 게야. 모두가 피해자일지언정 누구의 잘잘못이 아니다. 그는 마음속으로 부풀어 오르는 울분이 치솟을 때마다 이렇게 자신을 타이르곤 한다.

그렇지만 그게 다 무슨 소용인가? 이렇게 굶어 죽는다면 아무 소용없는 일이다. 어떻게든 살고 봐야 한다. 살자면 지나온 행보를 기록해야 한다. 그는 나무 등지에 몸을 기대고 앉아 그간의 행적을 기록한다. '운남 풍토기'다. 대저 선비의 길은 글을 써 남기는 일이다.

나무에 기대고 앉았던 그는 무언가가 등허리 속을 기어 다니는 느낌을 받고는 얼른 저고리 속으로 손을 쑤셔 넣는다. 손바닥에 뭉클하는 것이 잡힌다. 끄집어내 보니 커다란 달팽이다. 나무 위에서 떨어져 옷 속으로 들어간 모양이다.

그는 가만히 이를 살펴보다가 고향 뒷도랑의 가재를 떠올린다. 어린 꼴머슴들의 유일한 간식거리였던 가재다. 가재를 잡아 구워 먹으면 그 맛이 그저 그만인 것을 금용이를 통해서 알았다. 그렇다면 이것도 먹을 수 있는 음식물이 아닐까? 그는 문득 원숭이들이 따주던 과일을 생각하며 부싯돌을 쳐 불을 만든 다음 달팽이를 굽기 시작한다. 나뭇잎을 들추니까 또 다른 달팽이들이 슬슬 기어 다니는 것이 보인다.

"부싯돌을 가져오기를 참 잘했어."

부싯돌은 여인천하의 할머니가 준 물건이었는데 그녀는 아마도 이런 상황을 미리 짐작하고 있었던 것인지도 모르겠다.

그는 다시 한 번 할머니의 선견지명에 놀란다.

"요즘은 이 늙은일 찾는 사내놈들이 하나도 없어."

알고 찾았건 모르고 찾았건 자기 침소를 찾아준 그가 사랑스럽다고 말했다. 여자란 아무리 늙어도 자기를 예쁘다고 칭찬하는 사내를 위해서 자신의 모든 걸 바친다는 말까지 했다. 여자는 무엇으로 사는가? 칭찬을 먹고 산다.

익점은 달팽이를 몇 마리 구워 먹고 기운을 북돋았다. 처음 절망적인 생각이 가시고 자신감이 조금 생긴다. 이렇게 살면 되는 거야.

"모든 생명은 땅에서 나 땅으로 돌아간다."

그러므로 먹을 것도 땅에서 나온다. 그렇다. 학문은 이론으로 끝나는 것이 아니다. 말로만 하는 학문은 소용이 없다. 학문은 실생활에 이용되어야 비로소 그 진가를 발휘하는 것이다. 그는 갑자기 떠오르는 스승의 말씀이 무얼 위해 했던 말인지를 깨닫는다. 먹을 것은 누가 갖다 바치는 게 아니다. 무수히 널려 있는 먹거리를 찾아 먹어야 산다. 자기 손으로 이걸 찾지 않고 남에게 기대한다는 것은 어리석은 짓이다. 스승은 여자들에게 이 일을 시키는 것은 옳지 않다고 말했다. 그리고 실제로 여인천하에서 그걸 두 눈으로 똑똑히 보고 온 익점이다.

세상은 넓고 사는 방법은 여러 가지다.

익점은 역경 속에서 사는 방법을 스스로 깨달아간다. 이 작은 발견이 그를 기쁘게 했다. 원효가 단숨에 깨달아 득도에 이른 비법이 바로 이런 거 아닌가 하는 희열이 느껴진다. 깨달음이란 그리 큰 게 아니다. 조그만 불씨에서 산을 태우는 불꽃 같은 것이다. 이 세상에 홀로 버려져 있다던 공포심이 가시고 어디에서 어떤 일을 당하든지 간에 살아갈 수 있다는 자신감이 생기는 그였다.

다음 날은 들쥐를 잡아먹고 그 다음 날은 뱀을 잡아먹었다.

그는 스스로가 생각해도 우스울 만한 오도송을 지어 부르며 길을 걷는다.

어떤 사람은 뱀을 보고 질겁을 하지요.
그런데 또 어떤 사람은 뱀을 보고 침을 삼켜요.

내가 이제 실성을 했나? 그는 흥얼흥얼 이상한 노래를 지어 부르며 이젠 뱀을 보면 피하지 않겠다고 다짐한다. 그게 양식이 될 수도 있다는 발상의 전환이다. 그러면서 그는 또다시 종자 금용을 생각한다. 금용은 같은 또래였지만 못하는 일이 없었다. 뱀 꼬리를 잡고 빙빙 돌리는 일에서부터 놈을 잡아 껍질을 벗기는 일이며 모닥불에 넣어 굽는 일까지 못하는 것이 없었다. '야, 이놈아. 뱀도 살려고 나온 짐승인데', 하면 그는 이렇게 말했다. '이 세상 모든 산 짐승은 서로 잡아먹고 잡아먹히는 법이어요. 다 그렇게 사는 게 만물의 이치라니까요.' 그렇다면 금용이야말로 현자가 아니었던가?

금용이는 현자래요. 현자래요…….

어이, 거기 누구 없어요? 금용이가 현자래요.

그는 길을 가면서 줄곧 말도 안 되는 노래를 지어 흥얼거렸다. 그런데 그 말도 안 되는 노래가 그에게 힘을 준다. 이렇게 실성을 하는 것일까. 숲은 길고 어둡다. 가끔씩 화살처럼 들이비치는 햇살의 황금 같은 눈부심이 있었지만 넓은 잎, 나무들은 끝이 보이지 않는다. 그는 다시 달팽이를 잡아먹고 뱀을 구워 먹었다. 생각을 바꾸고 마음 하나 고쳐먹으니 안 되는 일이 없다.

그런데 어떻게 이 숲을 헤쳐 나왔을까?

눈부신 개활지로 나왔을 때 그의 손에는 아직도 여러 마리의 달팽이와 구운 뱀 토막 같은 것들이 들려 있었다. 아예 괴나리봇짐을 풀어 나뭇잎에 싼 이것들을 주워 담는 자루로 썼던 것인데 아직 며칠을 더 먹고 살 만한 식량이 남아 있었다.

유비무환이라…….

이러한 익점을 보고 현지 사람들은 놀라움을 금치 못했다.

"당신 혼자서 저 밀림을 헤치고 나왔단 말이오?"

아무도 그 끝 간 데를 모르는 밀림 속에서 혼자 살아나왔다는 기적 같은 일을 믿지 않으려 했다. 저곳은 죽음의 숲인데……. 그러면서도 저들은 익점이 구운 고기를 가지고 있는 것을 보고 신기해했다.

익점은 저들을 위해 부싯돌로 불을 붙여 보였다.

"불을 일으키는 돌이다."

저들은 나무를 서로 비벼 불을 일으켰다. 거기 비하면 부싯돌은 너무나 불붙이기가 쉬운 물건이었다. 그렇지만 아무 돌이나 갖고 부싯돌을 만드는 것은 아니었다.

"이 부싯돌은 성산에나 가야 있는 차돌이여."

성산은 온통 이 눈부신 부싯돌로 이루어져 있다. 여인천하에서는 언젠가는 이 차돌 때문에 전쟁이 일어날지 모른다는 걱정까지 했었다. 그러면서도 이 부싯돌을 익점에게 준 것은 불이 없으면 밀림에서 살아남지 못할 것임을 안 까닭에서였다. 밀림에서는 비가 잦았고 젖은 나무를 비벼 불을 피우는 것은 불가능했다.

마을 사람들은 이렇게 신비의 돌을 갖고 나타난 익점을 잘 보살펴 주었다. 불씨는 여기서도 상당히 중요한 가치가 있는 것이었다.

익점은 이 마을에서 유용한 정보를 얻었다. 원나라 군사들은 이미 교지의 땅끝까지 밀고 내려갔고 수도 대라는 일단은 안정이 되었다는 것이다. 그 여세를 몰아 캄보디아 왕국의 수도 앙코르 점령은 물론, 배를 타고 섬나라인 상고사리 왕국까지 진격해나갔다는 것이다.

이 이야기를 한 사람은 달성귀라는 인물로 그는 치앙마이 왕국의 후예라고 자기 자신을 스스로 소개했다.

그러면서 그는 여기가 어디인지 설명한다.

"여기는 대라와 교지와 치앙마이가 서로 만나는 국경지대입니다."

그러니까 원군의 말발굽이 아직 지나가지 않은 곳이라 한다.

"오면서 큰 강을 만나지 않았나요?"

그 강이 메콩강이라며 그 발원지는 토번이라 한다. 토번의 수도는 라싸라는 곳이고 하늘의 구름 속을 뚫고 올라간 높은 산들이 있어 항상 만년설에 뒤덮여 있으며 아무도 그 산을 오를 수 없다고 한다.

"신들의 산이지요."

달성귀는 또 밀림에서는 코끼리가 유일한 교통수단이고 운송수단으로 이용되는 짐승이라며 코끼리를 한번 태워주겠다고 한다.

코끼리는 코가 한 발도 넘는다. 길쭉한 입술 위로 기다란 이빨이 두 개 튀어나와 있는데 이를 상아라 한다. 먹이는 주로 코로 집어 올려 입으로 넣는데 초식이다. 키가 어른들 키보다 한 배 반이나 되었고 발의 넓이가 작은 솥뚜껑만 하다. 힘이 어찌나 센지 커다란 통나무를 끌거나 상아로 밀어내는데, 장정 열 사람이 힘을 써도 못 들어올리는 물건도 거뜬히 해치운다. 평소에는 온순하다가도 성이 나면 물불을 가리지 않는다.

"이 코끼리는 여러 가지로 유용하게 쓰입니다. 고려에도 이런 짐승이 있는지요?"

달성귀는 호기심이 많다.

"고려에는 이런 짐승이 없습니다. 대신에 소가 있어 농사일을 대신합니다."

"소가 농사일을?"

익점은 소의 역할에 대해 설명한다.

달성귀는 직접 물소를 끌어다가 보이며 이런 게 어떻게 농사일을 하느냐고 묻는다. 익점은 고려의 소는 뿔이 이렇게 길지 않고 색깔도 황톳빛이며 힘이 센 한우라고 말한다.

"고려에서는 소가 중요한 농사 일꾼입니다."

그는 쟁기질과 후치에 대한 설명과 달구지며 질마에 대한 이야기도 한다. 소 등에 질마를 얹은 그림을 그려 보여주며 거기에다가 짐을 싣고 가는 설명도 한다. 코끼리는 짐을 끌거나 코로 밀지만 소는 등에다가 짐을 싣고 간다는 설명이다. 그러니 아무리 좁은 산길이라 할지라도 잘도 간다는 설명도 덧붙인다.

"고려에서는 소싸움도 합니다."

달성귀는 아무래도 믿기지 않는다는 투로 익점을 빤히 바라본다. 소싸움을 왜 시키느냐? 일종의 놀이다. 놀이가 뭐 그런 놀이가 다 있느냐? 오면서 닭싸움을 시키는 걸 봤는데 그런 것도 있질 않느냐? 닭싸움이야 심심풀이로 하지만 소가 어떻게 싸움을 하느냐? 소도 싸움소가 있다. 익점은 소싸움 이야기를 한다.

두 사람은 이렇게 서로의 낯선 경험담을 나눈다.

그러면서 묻는다.

"선생께서는 얼마든지 도망치거나 거짓으로 속여 자유의 몸이 될 수 있는데 스스로 황명을 거역하지 않기 위해 배소를 찾아가려 하니 그 얼마나 기꺼운 일이오? 그러한 충정을 안다면 내가 황제라도 그 죄를 용서하겠소. 따지고 보면 자기 나라 왕에게 충성을 하겠다는데 그게 무슨 죄가 되겠소? 그것도 고려국 왕이라면 황제의 사위가 아니겠소? 부마국이라고 떠억 버티고 앉아 조세를 받아먹으면서 그만한 사정도 못 봐주나? 토곤테무르는 그런 좀팽이가 아닐 거요."

달성귀는 호탕하게 웃으며 있는 동안은 아무 걱정 말고 친구로 지내자고 한다. 따지고 보면 자신도 같은 처지라며 서로 위로하고 지내자는 것이다.

"우리 치앙마이 역시 고려나 같은 운명에 처해 있질 않습니까? 그렇지만 언젠가는 다시 일어설 것입니다. 그때는 고려도 다시 일어설 것입니다. 남의 나라 집어먹고 백 년 가는 나라 없지요."

달성귀는 그날이 머지않았다고 한다. 고려는 1261년에, 교지는 1287년에 각각 원에 복속되었다. 그러니까 머잖아 삼켰던 것을 다시 토해낼 날이 올 거란 계산이다.

"백 년이라는 주기는 삼 대를 가시는 세월입니다."

그는 한 세대를 삼십 년으로 볼 때 삼 대가 지나면 애초에 먹었던 뜻 같은 건 사라지고 속으로부터 분쟁이 생긴다는 것이다.

"저 일한국을 보십시오."

"……."

익점은 그가 무슨 말을 하려는지 감을 잡을 수가 없다.

"일한국은 훌라구가 세운 나라요……."

1253년 서방 정벌을 나선 훌라구는 이란에 침입 바그다드를 공략하고 이슬람교도의 나라 아바스왕조를 무너뜨렸다. 그리고 세운 나라가 일한국이다.

"5년간이나 싸워 얻은 나라인데도 금방 무너지지 않았습니까?"

"……."

달성귀는 익점이 일한국에 대해 아는 바가 없음을 눈치채고 차근차근 알아듣기 쉽게 설명을 한다. 훌라구는 몽케칸의 셋째 동생이다. 몽케칸은 대몽골제국을 세운 칭기즈칸의 손자로 툴루이의 아들이다.

"툴루이에게는 네 아들이 있었어요."

그 첫째는 몽케, 둘째는 쿠빌라이, 셋째 훌라구, 막내 아리크부카가 그들이다. 제4대 칸이 된 몽케칸이 남송을 토벌하던 중 쓰촨성에서 병으로 죽자 자연스럽게 그 아래 동생인 쿠빌라이가 대를 이어 칸에 올랐다.

"그래서 5대 칸에 쿠빌라이가 등극한 것은 자연스러운 일이었어요."

그러나 형들이 모두 전장에 나가 있는 동안 수도를 지키고 있던 막내 동생 아리크부카가 슬그머니 욕심을 내어 스스로 황제가 될 꿈을 꾸곤 반란을 시도했다. 그러나 쓰촨, 윈난, 티벳 등지를 쳐부숴 항복을 받고 있던 쿠빌라이칸이 이를 미리 눈치채고 수도로 말을 몰아 막내 아리크부카 일당을 몰아냈다.

"이렇듯 형제들 간에 내분이 일기 시작하니 점령지에서도 자연 소요가 일기 시작했지요."

그 때문에 일한국은 다시 이슬람교도들의 손에 넘어가게 되었다. 그처럼 이들의 내분이 심하면 심할수록 점령지들은 독립할 수 있는 기회가 많아진다는 것이다. 달성귀 자신도 사실 따지고 보면 쿠빌라이칸이 동생의 반란을 막기 위해 대도로 돌아간 틈을 타서 이곳으로 피신을 해 왔다는 이야기를 한다.

익점은 달성귀의 해박한 지식에 놀라지 않을 수 없었다.

"몽골인들이 제일 공략하기 힘들었던 곳이 어딘지 아십니까?"

그곳이 바로 고려라는 이야기였다.

"나는 고려가 어떤 나라인지 가보진 못했지만 분명 그 나라 사람들은 용기 있고 현명하다고 생각해요."

그러니 고려는 머잖아 원의 속박에서 벗어나게 될 것이란 희망적인 말도 덧붙였다. 그는 관리도 아니요 정치하는 인물도 아닌 것 같은데 아는 게 너무 많다. 익점은 나라의 녹을 먹고 살던 관리임에도 불구하고 바깥 나라 정세에 대해선 아무것도 모르고 지냈다 생각하니, 스스로 부끄러울 따름이다.

"그래서 일한국은 어떻게 되었나요?"

달성귀는 대몽골 초원을 통일하고 원나라를 세운 칭기즈칸에게는 네 아들이 있었는데 각기 그 아들들에게 분봉한 네 개의 한국에 대한 이야기를 한다. 네 개의 한국이란 킵차크한국, 오고타이한국, 일한국, 차가타이한국 등으로 칭기즈칸으로부터 물려받은 봉토였다.

"그러나 차츰 세월이 지나 그 후손들이 대를 가시기 시작하자 땅에 대한 욕심들이 달라졌고 분쟁을 피할 수 없었던 게지요."

익점은 지금 고려도 경우는 약간 다르지만 왕권다툼이 있고 그 역시 그런 여파로 여기까지 밀려왔다는 그간의 사정 이야기를 한다.

"그랬었군요. 어쩐지……."

달성귀는 익점을 처음 봤을 때부터 벌써 큰일을 할 인물임을 예견했다면서 언젠가 나라를 위해서 큰일을 할 때가 온다면 고려와 치앙마이가 서로 도와 좋은 관계를 가질 수 있을 것이란 이야기를 한다.

"그런데 당신은 어찌 그리 많은 것들을 알고 있소?"

"사실은 말이외다."

이 모든 역사를 마르코폴로라는 서양 사람한테 들었다는 이야기다.

익점은 여인천하에서 만났던 할머니 이야기를 했다.

두 사람은 여자 이야기를 하며 웃었다.

"고려의 여인들은 어떤가요?"

"활달하고 기운차답니다."

"활쏘기도 하고 말도 달리나요?"

"그런 여인들도 있지요. 그렇지만 대부분은 얌전히 집안 살림을 돌봅니다."

"선생께서는 어떤 여자를 좋아하오?"

"제 아내는 살림을 합니다."

익점은 고려 여인들이 하는 집안일에 대한 이야기를 한다. 각 절기마다 하는 일과 명절에 하는 일들이 각기 다르고 제사 때에 하는 예절 또한 여러 가지임을 설명한다. 그리고 아이들이나 아녀자들이 즐겨 하는 놀이에 대해서도 설명한다. 제기차기며 연날리기, 고누두기, 널뛰기며 그네타기……. 어떤 부분에 가서는 '그런 놀이는 여기도 있어요.' 하고 놀란 표정을 짓는 달성귀다.

며칠 지나지 않아 두 사람은 완전히 의기투합했다. 사냥도 함께 나가고 고기잡이도 했다. 그런 가운데 익점은 뜻하지 않은 일을 만났다.

7

베 짜는 고려 여인

하루는 달성귀가 자기 별채로 익점을 초대했다.

별채는 여느 집과 마찬가지로 대나무로 듬성듬성 엮어 올린 벽과 바닥에 화덕이 있는 전형적인 남방식 가옥이었지만 이 집은 특별히 2층으로 되어 있다. 보통은 방이 하나밖에 없는데 웬 방이 하나 더 있나 하고 유심히 위층을 살피는데 달성귀가 먼저 설명을 한다.

"그곳은 베 짜는 방이외다."

"베라니요?"

"아무리 더운 지방에 사는 사람이라도 옷은 입어야 하지 않겠소?"

달성귀는 먼저 만나봐야 할 사람들이 있다며 만나면 반가워할 것이란 말부터 먼저 한다. 얼핏 보니 2층에는 몇몇 여인네들이 앉아서 무슨 일들을 하고 있었는데 머리를 쪽 지어 얹은 모습도 보이는 듯했다. 그런데다가 그 여인네는 수수한 무명옷을 입었다. 다른 사람들 모두가 울긋불긋한 색상의 옷을 입고 치렁치렁한 은장식 머리띠를 둘렀는데 유독 한 여인네만이 저들과 다른 차림이다.

먼저 2층 사다리를 올라간 달성귀가 그에게 말한다.

"여기 누가 있는지 한번 보세요."

그 소리에 일을 하던 여인네들이 일제히 이쪽으로 고개를 돌렸는데 머리를 쪽 지어 얹은 여인네만이 고개를 폭 숙인 채 일을 계속하고 있다. 남이야 뭐라든 자기 일만 하는 그런 성격인가 보다 하였는데,

"저 여인이 바로 고려 여인이랍니다."

하고 달성귀가 '고려'라는 말을 하자 여인은 고개를 반짝 돌려 익점을 바라본다. 머리를 쪽 지어 얹은 바로 그 여인네였다.

"고려 여인?"

익점이 이렇게 묻는데 여인도 덩달아 '고려 사람?' 하고 놀란다.

어떻게 고려 여인이 이런 이역만리에 와 있을 수 있단 말인가?

"이 여인은 몽골 장수의 여자였지요."

처음 여기로 올 때는 장수의 여자였었지만 그가 죽자 버림을 받았다. 전장에 여자를 잘 데리고 다니지 않는 몽골인들이었지만 그 장수는 이 여인을 너무도 아낀 나머지 가는 곳마다 동행을 하였다.

"그러한 사이였으니까 그가 죽자 여인도 함께 죽기로 작정을 한 게지요."

스스로 자진해 목숨을 끊으려 하는 것을 겨우 말려 여기 머물도록 했다는 이야기다.

달성귀의 이야기를 듣고 있는 여인의 눈에서 한 줄기 눈물이 내비친다. 이런 모습으로 고려인을 만난다는 게 부끄러운 일이라면서 여인은 더욱더 흐느끼기 시작한다. 주변 사람들의 이목도 아랑곳없다. 그만큼 쌓인 설움이 많다.

익점은 문득 목은의 말이 떠오른다.

'고려 여인 다 잡아다가 뭐하는지 모르겠어.'

이게 그 진상이다. 전쟁터에서 큰 공을 세운 장수들에게 고려 여인을 하나씩 상급으로 베푸는 게 원나라의 논공행상이다. 대부분은 조금 데리고 살다가 버리는 게 저들의 습성이었지만 이 여인은 그래도 남자에게 사랑을 받았던 모양이다. 그러니까 남자를 따라서 전쟁터를 누비고 다녔을 것이다.

익점은 이 여인과 한참 동안 고려 말을 주고받았다. 다른 사람들은 이들이 무슨 이야기를 하는지 말아듣지 못한다. 그런데도 몇 마디 하고 나니 더 이상 할 말이 없어진다. 무슨 말이 더 있을 것인가? 둘 다 이역만리에 붙들린 몸이 아니던가?

주변을 둘러본다. 함께 일하는 여인네들 중에는 검정 옷에다가 온통 꽃무늬를 수놓은 옷과 두건을 쓴 여인네도 있다.

"저들은 묘족이라 합니다."

달성귀는 어떻게 해서 이곳에 이런 다양한 여인네들이 모여 살게 되었는지를 설명한다.

"그게 다 난리 탓이지요."

전쟁 때문에 원나라 군사들이 밀려들었고 그들이 각기 다른 곳에서 모여든 여자들을 데리고 들어왔다는 것이다. 각기 그 나라들마다에서 공출된 여인네들을 아내로, 혹은 밥 짓는 노역자로, 짐 끄는 일꾼으로 끌어들였는데 저들의 참상은 차마 눈뜨고는 볼 수 없었다 한다.

"낮에는 노역으로 밤에는 또 밤대로 병사들의 노리갯감으로……."

그런데 이상하게도 이곳에 주둔했던 몽골 병사들은 모조리 병에 걸려 전멸했다는 이야기다.

"풍토병 때문이지요."

남자들은 다 죽었는데 함께 온 여자들만은 풍토병을 이기고 살아남았다. 이것도 희한한 일이라고 한다. 어떻게 그 병사들은 다 죽고 여자들만 살아남았을까? 알 수 없는 일이다. 그 덕분에 이 산에는 아무도 들어오지 않는 무인지대가 되었다.

"이제 저들도 겁을 먹었어요."

여인네들 중에는 고려인, 묘족 외에도 장족, 카렌족 같은 고산족들도 있다 한다. 그중 라후족은 고구려인들이 노역으로 끌려와 탈출한 나머지 집단으로 부락을 이루고 사는 고산족이 되었다는데 달성귀도 아직 그들은 만나보지는 못했다 한다.

"그런데 한 가지 이상한 점이 있지 않습니까?"

달성귀는 갑자기 그 질문을 익점에게로 돌린다.

"이상하다니요?"

"여기가 꼭 인종 전시장 같다는 느낌이 든다 이 말씀입니다."

어쩌다가 이렇게 되었는지는 잘 모르겠지만 사방에서 끌어다 놓은 여인네들과 함께 살다 보니 연구할 게 많다는 달성귀다. 그리고 재미있는 생각을 하나 했다면서 고려 여인과 고려 남자가 만났으니 이제 그 순수 혈통을 보존함이 어떻겠느냔 뚱딴지 같은 이야기다.

"선생을 처음 만났을 때부터 그 얘기를 하고 싶었지만……."

어떤 분인지를 몰라 지금까지 말을 못하고 있었단 달성귀다. 그러니 여기서 고려국을 하나 더 만들어보란다.

"밀림에서는 먼저 차지하는 사람이 임자예요."

사람이 열만 모여도 한 나라가 탄생한다는 달성귀다. 자기도 벌써 치앙마이를 벗어나 독립된 한 나라를 이루었다며 저 산 너머 계곡만 하나 차지하면 소왕국이 된다는 말을 아무렇지도 않게 늘어놓는다.

"나는 말이외다, 욕심이 없어서 그런지 몰라도 이런 소왕국이 좋아요."

그가 꿈꾸는 왕국이란 왕국이 아니라 한 촌락을 다스리는 촌장 정도를 뜻하는 것 같았다. 달성귀는 원시 부족사회를 꿈꾸고 있는 인물이었다.

"그건 왕이 아니라 촌장이지요."

"하하하하. 그 말이 맞소이다. 나는 말이외다. 촌장이 좋아요. 촌장이……."

그러니 이웃에 살면서 고려촌장이 되어달라는 달성귀다. 로구호에 여인천하가 있다면 여긴 남성천하다. 그런데 남성이 없다. 혼자서 무슨 재미로? 그러면서 그는 선뜻 고려 여인을 선물할 터이니 데리고 살라 한다.

"고려 여인은 이제 선생 겁니다. 데리고 가세요."

익점은 이런 두 사람을 멀뚱하게 쳐다보고 있는 고려 여인에게 함께 가고 싶으냐고 묻는다. 가서 왕국을 차리든 촌락을 이루든 우선은 여기서 이 여인과 함께 나가고 싶다. 이렇게 해서 새로운 고려촌이 탄생하게 된다.

고려 여인은 다소곳하게 익점의 품으로 안겨들었다. 가슴이 따뜻한 여자였다.

달성귀는 여인들을 모아 베 짜는 일을 더욱 강화시켰다.

"여인들이 놀면 뭐합니까?"

그 전에는 나무껍질을 벗겨 그걸로 베를 짰는데 요즘은 목화라는 풀을 심어 그 꽃을 따 솜도 타고 베를 짠다고 했다.

익점은 그 베가 바로 고려까지 팔려나가는 면포라는 것을 알았다.

"이 베는 없어서 못 팔지요."

베를 짜놓으면 상인들이 와서 사 간다. 상인들이 들어오면서 생활에 필요한 여러 가지 필수품들을 갖다 주기 때문에 여기 앉아서도 불편하지 않은 생활을 할 수가 있다는 달성귀의 이야기다.

"여기서 짜는 베가 고려나 일본국까지 팔려나간답니다."

그런데 도대체가 그런 일을 맡길 만한 인물이 없다는 것이다. 혼자 하기에는 너무 벅찬 무역업이라 동업자가 필요하다.

"물건은 많으면 많을수록 좋아요."

그래야 상인들이 더 자주 들어온다. 생산품이 많아야 상거래가 활발해진다는 것이다. 그러한 사업의 동업자로서 일을 해달라는 달성귀의 부탁이다. 이렇게 하지 않고 억지 노역을 시킨들 어떻게 할 것인가? 선택의 여지가 없는 일이다.

"그러니 고려 여인과 함께 치앙마이에다가 고려왕국을 하나 건설하는 겝니다."

왕국을 건설하건 안 하건 달리 살아갈 방도가 뭐 있겠는가? 익점으로서는 달성귀의 이런 제안이 고마울 뿐이다. 고마우나마나 시키는 대로 할 수밖에 달리 어떻게 할 도리가 없는 입장이 아닌가?

골짜기 사람들은 옥수수와 메밀, 수수, 콩 같은 작물을 기르기도 하고 소 닭 돼지 같은 가축들도 기르고 있었는데 이상하게도 돼지는 우리 속에 가둬 기르는 것이 아니라 밧줄을 목에 걸어 기둥에 묶어 놓고 기른다.

그는 여인의 이름을 목화라 불렀다. 때마침 산기슭을 일구어 만든

다랑이 밭에 목화꽃이 연분홍으로 물들었고 그를 맞는 여인의 볼에도 마치 꽃물 같은 홍조가 흘렀기 때문이다.

"목화!"

그는 나직이 이렇게 속으로 불러본다.

목화는 밥만 먹고 나면 면포를 짰다. 목화가 짜는 베는 익점이 집에서 보아왔던 모시나 삼베 같은 것이 아니었다. 모시나 삼베는 모시대나 삼대를 베어 뜨거운 물에 익힌 뒤 그 겉껍질을 벗겨 실을 만드는 데 비해 이곳 사람들이 짜는 베는 그 방법이 다르다.

면화란 목화에서 나오는 일종의 꽃숭어리다. 목화꽃이 지고 나면 그 꽃 대궁에서 애기 주먹만 한 열매가 맺는데 처음엔 달착지근한 맛이 난다. 이게 익으면 물기가 빠지고 하얀 솜이 된다. 솜이 그 겉껍질을 깨고 나오는 모습은 병아리가 달걀에서 나오는 것과 같다. 이 병아리들을 꺼내어 모은 것을 솜뭉치라 한다. 솜은 푹신푹신하고 따뜻하고 보드랍다. 하여 이것을 옷 속에 넣으면 솜옷이 되고 이불 속에 넣으면 이불솜이 된다.

"황금의 꽃이에요."

"목화!"

달성귀는 목화를 황금에 비유했다.

그런데 목화에서 솜을 뽑아내는 일은 힘들다. 솜에서 실을 뽑아내는 과정은 더욱 힘들다. 처음 목화꽃을 껍질 속에서 까내어 그 마른 꽃송이에다 대고 가락이라고 하는 긴 나무 꼬챙이를 대고 감아올리면 가느다란 실오라기가 생기면서 솜들이 길게 이어지는데 이것을 일일이 뽑아 올려서는 실꾸리에 감는다. 이 실을 날줄과 씨줄로 엮어 베를 짜는데 이 일련의 작업은 결코 만만치가 않다. 때문에 혼자서 할 일은 못된다. 여자들이 일 년 내내 모여 앉아서 공동 작업을 한다.

실 꾸러미가 완성되면 베를 짜는 일은 혼자서도 할 수 있다. 이미 여러 과정을 통해서 얻어진 실 꾸러미를 가지고 손으로 엮어나가면 되는 것이다. 베틀을 만들어 씨줄을 세로로 고정시켜놓은 다음 가로로 날줄을 넣어 짜면 베가 된다. 날줄의 실은 북 속에 담겨져 좌우로 왔다 갔다 이동하며 천을 만들어낸다. 이게 베가 된다. 이 작업은 하루 온종일 해봐야 한두 뼘밖에 나가지 못한다.

베 짜는 일은 신라에서도 성행하였던 일이다. 신라 서라벌에서는 베 짜기 대회가 열릴 정도였으니 고려라고 베 짜는 일이 없었던 건 아니다. 그렇지만 그 베를 짜는 감이 다르다. 삼베나 명주를 짜는 일은 있었지만 무명을 짜는 일은 없었다. 목화라는 게 없었기 때문이었다. 익점은 이 목화에 대한 관심이 더욱 커져갔다. 앵두가 입었던 바로 그 옷감, 그 옷감 속에 누벼 넣었던 솜이 바로 이 목화였던 것이다.

여자들 중에서 베 짜는 솜씨가 가장 뛰어난 사람이 바로 목화다. 목화는 천성적으로 손재주를 타고났다. 가느다란 손가락은 물론이고 그 손가락을 어떻게나 빨리 움직이는지 다른 사람은 따라갈 수가 없다. 또한 그 손놀림의 섬세함이 다른 여자의 추종을 불허한다.

달성귀는 이미 여러 부족의 여인들 중에 고려 여인의 손놀림이 가장 빠른 걸 눈여겨보았던 게 틀림없다. 하여 모든 여인네들이 실 뽑는 공정까지의 일을 해놓으면 그 다음 베 짜는 일은 목화에게 맡겼던 것인데 익점의 보호 아래 두면 일을 더 열심히 할 것 같은 예감을 가졌던 모양이다.

한 여자아이가 태어나면서부터 결혼할 때까지 일을 해야 출가할 때 가지고 갈 수 있는 혼숫감 몇 벌을 지을 수 있다고 하니 그 일이 얼마나 공이 들고 어려운 작업인지 짐작이 간다.

목화는 익점에게 줄 면 옷 한 벌을 만들기 위하여 요즘은 평소 때보다 두 배 많은 일을 하고 손바닥만 한 땅이었지만 거기에다 목화씨까지 심었다.

목화가 이렇게 열성을 다해 그에게 정성을 쏟을 때마다 그는 앵두를 떠올린다. 앵두가 입었던 옷이 바로 이 옷이라는 점에서다. 도대체 그 옷이 어떻게 앵두의 몸에까지 걸쳐지게 되었는지 다시 한 번 그 과정을 생각해보니 기가 찰 노릇이다. 이렇듯 머나먼 땅에서 만들어진 옷감이 고려까지 팔려 갔고……. 그리고 그 옷을 앵두가 입었었다니…….

정말 세상은 넓고도 좁다. 이야말로 운명의 장난이 아닐 수 없는 일이다.

"내가 돌아갈 수만 있다면 꼭 저 목화씨를 가져갈 거다."

익점은 자신이 여기까지 오게 된 일이 결코 우연스런 일이 아니란 강한 암시를 받는다.

"우리도 목화씨를 구해다 심은 지 얼마 되지 않아 아직 그 재배기술이나 베 짜는 기술이 형편없습니다."

처음 목화를 재배한 곳은 사이암 왕국이었다. 물론 그 씨앗을 구해다 준 것은 아라비아 상인들이었다. 그 씨앗은 아유타야 승려들의 손을 거쳐 차츰차츰 치앙마이까지 보급이 되었다. 그 재배법이나 직조 기술 역시 승려들을 통해서 전래되었다.

"그렇지만 여기선 그런 발달된 방법을 쓰지는 않습니다."

여자들에게 일감이 없으면 게을러져서 안 된다는 게 달성귀의 말이었다. 그러니 너무 많은 농산물이 나와서도 안 되고 너무 많은 공산품이 나와서도 안 된다. 적당하게 먹고 입을 만큼만 생산하면 된다. 남으면 그걸 처분하기 위해서 바깥으로 나가야 하고 모자라면 또 그걸 채우기 위해 나가야 하니 그처럼 번거로운 일을 왜 하느냔 것이었다.

"자급자족 정도면 족하지요."

세상이 험난한 때일수록 깊은 산속으로 숨어들어 외계에 드러나지 않는 게 안전하다는 이야기다.

"이만하면 가히 여기가 살 만한 곳이라 생각지 않습니까?"

달성귀는 이제 귀양살이고 고향이고를 잊고 여기 함께 살 것을 강권한다.

"그렇지만 고향을 어이 잊을 수 있겠습니까?"

익점은 은둔생활의 재미도 좋지만 고향을 잊을 수는 없다 말한다.

"돌아갈 방도가 없질 않습니까?"

이제 원나라 조정에서도 그깟 죄인 하나쯤 까마득하게 잊었을 거다. 하마 어딘가에서 죽은 줄로만 알 거라는 이야기다.

"그러니 아무 걱정 말고 아들딸 낳고 여기 정착할 생각을 하세요."

그러잖아도 목화의 배가 점점 불러오는 때라 익점도 이 궁리 저 궁리 대던 중이었다. 이미 여길 빠져나가 무사히 고국 땅을 밟을 희망이 없을진대 모든 걸 잊고 하루라도 맘 편히 살아가는 것도 현명한 처사일 것이다.

그런데도 하루가 멀다 하고 고향 집이 눈에 삼삼 밟히는 익점이다.

이렇게 또 얼마만 한 시간이 지났을까?

목화가 짜준 면옷을 한 벌 얻어 입었을 때쯤 해서 익점은 안남 땅을 딛을 기회를 얻었다. 메콩강 지류를 따라 깊숙이 들어온 배 한 척을 만났는데 이 배의 선장은 파란 눈의 아라비아 상인이었다.

상인이 말했다.

"이제 전쟁 같은 건 다 끝났어요."

원나라는 말라카와 수마트라 섬 사이를 통하는 말라카 해협을 발견하곤 인도양으로 빠져나가 유럽으로 진출했다는 것이다.

"이로써 동서교통로가 뚫린 것이지요."

상인은 이상하게 그려진 해도를 놓고 설명을 하기 시작했다. 익점은 상인의 말을 잘 알아들을 수 없었지만 달성귀는 그의 해박한 지식으로 사태파악을 금방 해낸다.

"나는 내 나라 재건에 동참할 생각이오."

원나라는 안남과 참파를 격파하고 캄보디아, 시암, 치앙마이 같은 왕국들을 모조리 점령했지만 사실상 얻을 게 하나도 없는 빈 껍질만 차지했다는 것을 뒤늦게 깨달았다. 땅은 온통 밀림과 습지인데다가 사람들 역시 기마민족과는 달라 게을러터졌고 취할 만한 재화도 없는 곳이다. 게다가 한번 밀림 속으로 들어가 숨어버리면 불을 지를 수도 없고 굶겨 죽일 수도 없어 그걸로 끝장이라 달리 어떻게 지배할 도리가 없다.

그러니 하루속히 남만에서 손을 씻고 다른 곳으로 옮겨가기를 원했던 것이 원의 기본 입장이 아니겠느냔 해석이다. 원은 너무 많은 땅을 차지했다. 이제는 그걸 정리할 때다. 쓸 만한 땅은 차지하고 쓸모없는 땅은 버려야 한다.

"원나라도 이제 전쟁에 시친 것 같소이다."

몽골은 죽음의 숲이라 불리는 이 밀림에 들어와 군사의 반 이상을 풍토병으로 잃었다. 일 년의 반 이상을 동토에서 지내던 저들로선 도저히 상상도 할 수 없었던 열병 앞에 무릎을 꿇고 만 것인데 익점도 그간 이 풍토병에 시달려 죽다가 살았다.

이제 이 밀림의 숲은 몽골족에게는 지겨워서도 더 이상 머물고 싶지 않을 곳이지만, 고려는 저들이 절대 포기하고 싶지 않을 땅이라는 게 달성귀의 주장이다.

"고려는 왜국을 칠 수 있는 요충지라 쉽게 포기하지 않을 것이오."

그러니 그 불구덩이로 돌아가 봤자 이로울 게 없을 터이니 치앙마이 왕국 재건에 함께 동참해달라는 달성귀의 말이다.

"말이라도 그렇게 해주니 고맙소."

익점은 이역만리에서 이런 귀인을 만난 것을 천운으로 생각한다며 그의 손을 꽉 잡았다.

"그렇지만 나는 고려인이니 죽어도 고려 땅에 묻혀야 하지 않겠소?"

목화가 그러한 두 사람을 물끄러미 바라보고 있다. 이제 자신의 운명은 어떻게 될 것인가? 두고 갈 것인가, 데리고 갈 것인가? 그런데 도무지 함께 갈 형편이 못 된다는 것은 그녀 자신이 너무나 잘 알고 있다. 만삭의 몸으로 어떻게 죽음의 숲을 건널 수 있을 것인가? 자칫 잘못하면 늑대 밥이 되고 만다. 그러잖아도 요즘은 늑대들이 마을까지 내려와 극성을 부린다.

결국 목화는 남기로 하고 익점은 떠나기로 한다. 다행히 이곳 사람들은 이별에 대해서 연연하지 않는다. 한 남자와 한 여자가 만나고 헤어진다는 것이 애절하지 않다는 이야기다. 더운 지방 사람들은 정조관념이란 게 없다. 그렇지만 목화는 태생이 다른지라 안 되는 줄 알지만 그 정을 버릴 수 없어 몸부림을 친다.

"만약 무사히 돌아가신다면……."

목화는 눈물범벅이 되어 울며 말한다. 꼭 자신의 고향을 찾아가 부모님을 만나 자신이 이렇게라도 살아 있음을 전해달란다.

익점이 말한다.

"생사의 갈림길이 하늘에 달려 있으므로 장담은 못하지만 천지신명의 힘을 빌려 무사히 고려 땅을 밟게 된다면 내 꼭 그리하겠소. 그리고……."

그리고 그다음은 뭔가? 다시 돌아와 목화를 데려가겠다는 다짐인가?

달성귀가 이러한 두 남녀의 이별을 보다 못해 한 마디 농을 한다.

"만약에 태어날 아이가 사내라면 선생의 이름자를 그대로 붙여주겠소. 그러면 치앙마이 고려 문 씨의 시조가 되는 셈 아니오?"

그리고 그 아이에게 반드시 큰 벼슬을 내리겠다고 한다.

"고맙소. 말씀이라도 그렇게 해주니."

익점은 다시 봇짐을 짊어지고 길을 떠난다. 올 때와 같은 핍진한 몸이 아니라 원기 왕성한 한 사내로서 내딛는 걸음이다. 그런데도 차마 발걸음이 떨어지지 않는 것은 목화를 데려갈 수 없음에서일까? 앞길에 대한 두려움 때문일까.

그는 처음 며칠간은 파란 눈의 상인과 배를 타고 강을 거슬러 올라갔다. 그러다가 강폭이 좁아지고 물길이 갈라지는 지점까지 와서는 배에서 내렸다. 배는 이제 서쪽으로 그 방향을 잡을 모양이다. 줄곧 서녘으로 올라가면 토번을 거쳐 천산을 향하게 된단다.

"동쪽으로 해를 따라 가시오. 며칠만 가면 승룡이라는 곳이 나올 거요."

거기 가면 바다를 만날 수 있고 항구에 닿으면 배를 얻어 탈 수 있다는 설명이다. 이젠 동서교역로가 뚫려서 잘만 하면 고려로 가는 배를 얻어 탈 수 있을지도 모른다고 했다.

"육로로 가는 것보단 해로가 훨씬 편리하지요."

승룡……. 용이 승천해 하늘로 올라간다는 뜻이겠다. 그 앞에 해남도가 있다. 해남도에 가면 고려나 왜국으로 가는 상선들이 있다.

말처럼 그렇게만 된다면 정말 욱일승천이다.

익점은 다시 혼자가 되어 걷기 시작한다.

이제 걷는 데는 이력이 난 사람이다. 뿐만 아니라 웬만한 역경쯤은 거뜬히 이겨나갈 자신이 있다. 먹고 약이 되는 과일이나 풀뿌리도 찾을 줄 알았고 짐승을 피하는 방법과, 어느 정도는 오히려 짐승을 잡는 방법도 익혔다. 눈만 두리번거려 잘만 살피면 먹을 것은 얼마든지 있는 남방이다.

"이걸 지니고 가세요."

달성귀에게서 선물 받은 칼도 있다. 저들의 칼은 등이 곧은 게 아니라 구부정하게 앞으로 굽어 칼날이 안으로 서 있어 등으로는 나무 열매나 야문 것을 부수는 데 이용하기 편리했고 칼의 무게가 있어 앞길의 장해물을 헤쳐나가기 좋게 만들어졌다. 이른바 정글도다.

그는 일부러 칼을 휘둘러 앞길을 열어보기도 한다. 가끔가다가 목을 휘감을 듯이 나뭇가지를 타고 내리는 큰 뱀을 봐도 겁에 질리지 않는다.

'해를 보고 동쪽으로…….'

가끔씩 나뭇가지 사이로 내비치는 햇살을 어림잡아 그는 동쪽을 지향하고 걸었다. 이젠 희망을 갖고 걸어야 한다.

다시 모험의 길로 들어선 것이다.

그러나 생각에 생각이 겹친다.

'정말로 목화에게서 고려 문 씨 시조가 태어날까?'

그 생각을 하니 길을 걷다가도 피식 웃음이 나온다.

'정말로 교지에 안 가도 될까?'

지금 와서 귀양을 생각할 필요는 없을 일, 공민왕 자신이 벌써 원을 등진 판국에 원의 법을 따를 필요가 뭐 있는가? 원나라에 충성할 필요는 없을 터, 아니지, 아니지, 이미 고려왕조는 무너졌는지도 몰라. 그렇다면 돌아간들? 차라리 치앙마이에 머물러 살고 싶은 생각도 난다.

그러나 그에게 가장 깊이 각인돼 있는 것은 배양골이다. 거기서 연을 날리며 학동들과 함께 내달리던 논들이며 들판, 그리고 실개천이 흐르는 도천이다. 강가에는 하얀 모래밭이 있고 거기 파란 하늘색 알을 낳는 물새들이 있었다. 물새처럼 종종걸음을 걷던 앵두, 왜 산 사람보다 죽은 사람이 먼저 떠오르는 것일까? 그는 처참히 무너져 내렸던 앵두를 떠올리며 이를 악문다.

그는 어떻게 해서든지 파란 눈의 선장이 이야기했던 승룡이란 곳을 찾아 해남도를 건너가야 한다고 믿는다.

며칠을 걸었을까? 산을 넘고 물을 건너 침침하고 습한 밀림을 빠져나왔다. 이윽고 파란 하늘이 눈부신 햇살을 쏟아 내놓는 들판에 이르렀다. 들판은 끝없이 사래가 긴 무논이 이어졌다. 긴 뿔을 한 물소들도 보였고 빛 가리개로 삿갓 같은 갈잎 모자를 쓴 농부들의 모습도 보였다.

그는 농부가 놀라지 않도록 조심스럽게 물었다.

"승룡을 가자면 어느 길로 가야 하나요?"

농부는 그의 말을 잘 알아듣지 못했다. 필답도 불가능했다.

그러나 농부는 그를 데리고 마을로 갔다. 어림짐작으로 마을에 그의 말을 알아들을 수 있는 사람이 있다 하는 것 같았다.

마을로 들어서자 동네 아이들이 졸졸 따라오면서 무슨 큰 구경거리나 난 것처럼 즐거워하였다.

"또이렛 멍터껌웅."

"또이렛 멍터껌웅."

동네 아이들은 농부를 보고 알아들을 수 없는 말을 지껄이며 고개를 숙인다. 농부가 일일이 답례를 하는 것으로 봐서 인사를 하는 것 같다.

마을로 들어서니 먼저 달려간 아이들 편에 소문을 들은 어른들과 부녀자들이 이 낯선 사람을 보러 공터로 나와 있었다. 대개가 입으나마나 한 얇은 치마 같은 옷을 걸치고 있어 바람결에 가슴이 봉긋 드러나 보이는 젊은 아낙들도 있었다. 아낙들은 코가 질질한 아이를 대바구니 같은 곳에 넣어 들춰 업었는데 입가로 파리 떼가 새까맣게 달라붙었다.

공터 한쪽에 키 큰 나무가 하나 있는데 그 아래 하얀 천을 뒤집어씌운 천막이 보인다. 한눈에 봐도 그건 원나라 병사들이 치는 군막인 파오라는 걸 알아볼 수 있었다. 원군들은 기다란 나무를 세워놓고 거기 걸쳐 천막 천을 둘러 막사로 삼았다.

농부가 그곳을 손가락으로 가리켰다. 거기 가면 말이 통하는 사람이 있을 거란 시늉이다.

그는 구경 나온 아이들에게 둘러싸인 채 군막으로 갔다.

바깥의 어수선한 분위기를 느꼈는지 천막 안에서 웬 사람이 하나 나왔다. 한눈에 봐도 검정색 사각모자를 눌러쓴 호족임에 틀림없다. 개경에서는 저들을 예사롭게 되놈이라 불렀는데 '놈'자가 차마 입에 담지 못할 천한 말이라 해서 호족이라 했던 것이다. 이 말은 목은이 만든 신조어였다.

그나저나 이제 말이 통하는 사람을 만났으니 반갑기는 하다.

"당신은 누구요?"

익점은 이럴 때일수록 상대의 기를 먼저 꺾어야 한다고 생각한다. 호족들이란 자기보다 높은 신분에 대해선 한없이 절절매지만 낮은 자에 대해선 하늘 높은 줄 모르고 날뛰기 때문이다.

상대가 먼저 이렇게 묻자 약간 기가 질리는 듯 그는 이렇게 말한다.

"나는 이 동네 치안 책임자요."

막사 안으로 들어가니 한 사람의 군사가 더 있었다.

"나는 황실의 명을 받고 내려온 사람이다."

"황실의 명?"

익점은 패를 내밀어 보인다. 패란 역참의 통행권을 말한다. 본시는 호송원들이 지니고 있던 것이었지만 저들이 악어 밥이 되는 바람에 익점이 지니게 된 물건이었다.

"나는 교지로 가라는 황명을 받았소."

저들은 이 말에 곧 만세, 만세, 만만세를 외치며 무릎을 꿇는 자세로 다음 명을 기다렸다. 이미 황실에서 많이 봐온 자세들이다. 고답적일수록 저자세가 되는 저들이다. 그리고 고려 궁궐에서도 수없이 많이 봐온 터라 익점에게 있어 아랫것들을 다루는 솜씨는 이미 익숙해져 낯설지 않다.

저들은 어리석게도 황명이란 말에 벌써 겁에 질려 교지에 가서 뭘 어떻게 하라는 임무를 띠고 온 자인가, 신분 확인 같은 절차를 빼먹고 있었다. 영민한 익점이 이러한 저들의 약점을 놓칠 리 없다. 높은 자리에 앉은 사람은 '네 죄를 네가 알렸다' 하는 한마디만 던져도 그 죄가 줄줄이 풀려 나오는 게 세상이다. 이들처럼 작은 마을의 치안을 담당하고 있는 정도의 직분이라면 황명이라는 말에 벌써 혼비백산할 수밖에 없을 것이다.

저들이 이렇듯 혼비백산하는 데에는 그만한 까닭이 또 있었다. 익점이 입고 있는 옷감이 고급인 데다가 바느질 또한 저들이 입고 있는 군복과는 판이하게 다른 촘촘한 뜸질을 보였기 때문이다. 거기다가 귀티가 나는 얼굴임에랴…….

익점은 저들이 보는 앞에서 지필묵을 꺼내어 일필휘지로 이렇게 갈겨쓴다.

-예부시랑 문익점 황명을 받고 이곳에 오다.

저들은 서로 얼굴을 빤히 쳐다볼 뿐 종이에 쓰인 글자가 무얼 뜻하는지 모른다. 이들이 글을 모르는 문맹임을 눈치채고는 그는 근엄하고도 묵중한 소리를 내어 이렇게 말한다.

"여기에 너희들 말고 또 누가 있느냐?"

"이 마을에는 저희들 두 사람밖에 없습니다."

"그렇다면 본대는 어디 있느냐?"

"본대는 이미 철수했고, 저희들은……."

"저희들은 어쨌단 말이냐? 탈영이라도 했단 말이냐?"

익점은 이들의 달달 떨고 있는 모습에서 저들이 탈영병이란 것을 금방 눈치챌 수 있었다. 그렇지만 너무 엄중하면 오히려 반격을 당하게 된다. 쥐도 도망갈 구멍을 내두고 쫓으란 말이 있질 않던가?

"그래, 그럴 만한 이유가 있었겠지."

"저희들의 탈영은……."

탈영을 하려고 해서 한 것이 아니란다. 지휘관의 명령에 따라 본대에 가서 보급품을 수령해 오다가 숲 속에서 호식을 당해 다들 죽고 둘이서만 살아남게 되었는데 돌아와 보니 부대가 철수해 다른 곳으로 옮긴 지 오래되었다 한다.

익점은 악어에게 당한 호송원들을 떠올리며 내심 있을 법한 일이라 생각한다. 그렇지만 잡은 김에 단단히 더 조여둬야 이들의 기를 꺾을 것이라 여긴다.

"여기 호랑이가 있단 말이더냐?"

"예."

"호랑이가 어찌나 큰지, 우리 고려에서는 볼 수 없는 백호였습니다."

"뭣이라? 고려라?"

익점은 저도 모르게 고려 말이 튀어나왔다.

어쩐지 서로 의사소통이 띄엄띄엄하면서도 잘 안 통한다 했더니 서로가 고려식 몽골말을 했기 때문이었던 모양이다.

놀란 것은 그뿐만이 아니었다.

"그렇다면?"

"나도 고려인이다."

저들은 이제야 살았구나 싶어 희색이 만면한데 그 역시 천군만마를 얻은 느낌이다. 이런 곳에서 또다시 고려인을 만나다니? 이런 우연이 어디 있을 것인가? 그보다는 도대체 얼마나 많은 사람들이 전쟁터에 끌려나왔기에 이런 곳에서 고려인을 만날 수 있단 말인가?

"그렇다면 너희들 외에도 고려인이 또 있었다는 이야기인가?"

"많이 있었습죠. 노역자들은 전부 고려인 아니면 한족들이었으니까요."

이들은 저간의 사정을 설명한다.

"고려에서 죄를 짓거나 월경을 한 사람들이 모여 사는 려오양의 고려촌에 갑자기 징병 바람이 분 것은 심양왕이 들어서고부터였습죠."

"심양왕이라면 덕흥군 타쓰에몰을 말하는 게냐?"

"그렇구 말굽쇼."

"그 자가 왕이 되자 마구잡이로 사람들을 잡아다가 군대를 삼았지요."

그 자가 왕이 되었단 말이냐? 하기야 한땐 왕이 둘이었으니 저들이 무얼 알 수 있을 것인가? 고려에는 고려왕, 심양에는 심양왕 고가 있었던 때가 있었다. 아마도 저들의 이야기는 그때의 상황일 것이다. 그런데 이들의 이야기는 그 뒷일이다. 그렇다면 내가 집을 떠난 지 얼마나 되는가? 익점은 다시 아득한 세월을 느낀다.

처음에 이들은 요동을 향하여 출격하였다. 초판에는 의기양양하게 압록강을 건너기까지 하였으나 이내 최영과 이성계를 만나 정주에서 여지없이 격파되고 말았다. 이로써 덕흥군의 군대는 산산조각이 나고 이 일을 꾸몄던 주모자 최유를 고려로 압송해 처형케 하였다.

"일이 이렇게 되자 순제께서도 고려왕에 대해 어쩔 수 없음을 깨닫고 공민왕의 복위를 선포했습죠."

익점은 이역만리 머나먼 곳에서 뜻하지 아니한 소식을 듣는다.

그는 엎드려 북향재배를 하고 싶은 심정이다.

"사필귀정인 게야."

실로 바라고 바라던 일이 아니던가? 그 일 때문에 이 고생을 하고 있지 않은가? 이제는 안 해도 좋을 고생이다. 그런데 이들은 어찌하여 덕흥군의 군대에서 원나라 군대에까지 끌려오게 되었는가? 참으로 기박한 팔자들이다.

한번 이야기를 꺼내놓기 시작한 저들은 또 묻지도 않은 고려 여인에 대한 이야기를 끄집어낸다.

"고려 여인 중에 백호장의 아내도 있었지요."

원의 군제는 백호장, 천호장, 만호장이라는 제도에 의해 움직인다. 백호장은 백 명의 군대를 거느릴 수 있다. 천호장은 백호를 열 개 합한 만큼, 만호장은 천호장 열 개를 거느린다. 이런 군대편성을 커식텐이라 불렀다. 이 커식텐의 우두머리가 쿠릴타이가 된다. 쿠릴타이란 정복지를 다스리는 통합기구이며 그 우두머리이다. 이 쿠릴타이는 정복지의 군사와 재정을 가지고 또 다른 지역을 정복한다.

"그 백호장의 아내는……."

자기네들로선 감히 그 근처에 얼씬 할 수 없는 높은 신분의 여인이었다고 한다. 그런데 그 여인이 자기들이 고려인이라는 걸 알고서는 음으로 양으로 많은 도움을 줬다고 한다. 그 밖에도 많은 조선 여인이 부역을 했는데 생사를 알 길이 없다 한다.

"그래, 그 여인의 이름이 뭐라더냐?"

"치앙룬 전투 이후로는 본 일이 없으니 모르죠. 우리는 낙오가 되었으니까요."

"사람들 이야기로는 괴질에 걸려 전원 몰사를 했다는데 그 사실 여부는 모르죠."

"목화!"

그는 다시 한 번 목화를 나지막하게 불렀다. 그렇게라도 살아 있다는 게 얼마나 다행스런 일인가? 전 이렇게 살아 있단 것만으로도 천지신명께 감사해요. 목화는 사람은 어디에 어떻게 살든지 살아 있으면 된다는 이야기를 했다. 죽을 고비를 수없이 넘긴 사람이 아니면 할 수 없는 말이었다.

"그래 이제 어떻게 할 셈인가?"

이들은 둘 다 개경 출신으로 장사를 하러 국경을 넘나들다가 덕흥군에게 밉보여 징발되었다고 한다. 그러니 다시금 돌아갈 데도 없단다.

"한번 월경죄를 저지르면 온 집안이 몰사 당하지요."

"그러니 돌아갈 집이라도 남아 있겠어요?"

그건 그렇다. 지금 당장이라도 나리께서 탈영의 죄만 묻지 않는 것만으로도 다행스런 일이라 한다. 저들은 단박에 익점을 나리라 부른다.

"나는 탈영병을 잡으러 온 게 아니다. 그러니 그런 걱정은 말고 여기서 살아나갈 방도나 찾아보게나."

여기서 지나간 일들을 따져서 무얼 할 것인가? 게다가 저들의 힘이나 경륜으로 봐서 도저히 저들을 당해낼 재간이 없게 생긴 자들이다. 익점은 오히려 잘 보여야 할 사람은 저들이 아니라 자신임을 먼저 간파한다.

"이대로 여기 눌러살 생각인가?"

"여기서 산다굽쇼?"

"여기서 살든 고려로 돌아가든 어떻게 손을 써봐야 하지 않겠는가?"

그러나 저들의 입장과 처지는 달랐다. 저들은 죄를 지었다. 돌아가야 설 자리가 없다. 한번 국법을 어긴 자는 벼랑 끝으로 내몰리게 마련이다.

"우리는 차라리 여기서 사는 게……."

"여기서 산다고?"

이곳은 먹을 것도 많고 심어만 놓으면 거두어들일 수 있단다. 1년에 두 번씩 수확을 하는데 과일은 지천으로 깔렸단다. 나무 위에 올라가 따기만 하며 되는데 네 것 내 것이 없단다.

익점도 이곳의 풍토 지리는 알 만큼 알고 있는 터라 오갈 데 없는 저들로서는 오히려 이곳에 눌러 사는 게 더 편할지 모르겠다는 생각도 들었다. 최소한 헐벗고 굶주리지는 않을 것이라는 생각이다. 고려는 토호가 아니면 살 곳이 못 된다. 비록 그 자신은 토호의 집안에 태어나 잘 살고 있었지만 그렇지 못한 많은 사람들이 배고픔과 추위에 떨고 지내는 것을 그는 잘 알고 있었다.

"그렇다면 여기서들 살게나."

그렇지만 고려인의 긍지는 갖고 살라 당부한다.

"자네들은 고려인들인 게야."

그는 이들과 하룻밤을 함께 보냈다. 마을 사람들도 낯선 내방객을 구경하러 왔다가 갔다. 사람들은 낙천적이고 꾸밈이 없었다.

다음 날 새벽 그는 일찌감치 길을 떠났다. 마을 사람들 말로는 승룡이 그리 먼 길이 아니라는 이야기들이었다. 그렇지만 정작 승룡을 갔다 온 사람은 하나도 없어 그 말이 어느 정도 신빙성이 있는지는 의문스럽다.

아침이 되자 여기서 살겠다던 두 사람도 익점을 따라가겠다고 나선다.

"아무리 생각해봐도……."

"혼자 가시게 할 수는 없을 것 같습니다."

승룡까지라도 배웅을 해드리겠단다. 다행이 배편을 얻어 탈 수 있으면 함께 고려 땅을 밟을 것이고 아니면 그대로 돌아와도 좋단다.

높은 산이 없는 것만으로 다행스럽다. 끊임없는 길이 이어진다.

그는 개경의 송악산과 고향 산청의 두류산을 떠올려본다. 산이 있으면 산에 오르는 기대감이 있고 또 내려가면 내려가는 기대감이 있다. 보이지 않는 그다음에 무엇이 있을 것인지 궁금증이 생기기라도 하는 것이다.

그런데 이놈의 데는 가도 가도 끝이 없는 구릉뿐이다. 도대체가 지향하고 갈 목표물이 없다. 단지 해가 가는 반대 방향으로만 가야 된다는 생각뿐이다. 처음에는 해를 마주 보고 다음에는 해를 머리 위에 두고 그 다음에는 해를 등지고 걸을 수밖에 없는 걸음걸이다.

그렇게 며칠을 걸었을까?

가물가물하게 보이는 마을이 나타나기 시작했다.

저녁연기가 나는 것으로 인가가 있는 것 같아 보였다.

인가를 보자 긴장이 풀렸는지 익점은 또다시 쓰러졌다. 혼 줄을 부여잡으려 애쓰다가 그만 그 줄을 놓치고 말았는데 이제는 세상의 끝이었다. 가물가물 끝을 알 수 없는 수렁으로 천근만근 돌을 매달고 떨어지는 것 같았다.

"이제 정신이 좀 드나 봐?"

그러나 그는 또다시 누군가에 의해 구원을 받았다는 사실을 어렴풋이 깨달으며 눈을 떴다. 이렇게 구조된 일이 어디 한두 번인가? 그는 언젠가 한 번 꼭 같은 일을 당한 것 같다는 느낌을 받으며 자리에서 깨어난다.

"여기가 어디야?"

아니나 다를까, 그전에도 그랬던 것처럼 낯선 부부가 그를 염려스런 눈빛으로 지켜보고 있다. 그때도 그랬을 것이다. 부부는 허기져 쓰러져 누운 그를 업고 와 미음을 끓여 먹였을 것이고 빈사상태의 환자를 구해내지 못한다면 그게 다 저들의 정성 부족 탓으로 그렇게 된 것처럼 생각이 될 것 같아 미리 양심의 가책을 받지 않으려고 정성을 기울이고 있다. 왜 갑자기 그런 생각이 들었을까? 그리고 왜 이와 똑같은 일이 전에도 한 번 있었던 것처럼 느껴졌을 것인가? 아, 맞다. 두류산 쌍계사…. 스님은 앵두를 살리기 위해 혼심의 힘을 쏟았다. 그런데 이 전혀 다른 두 현상이 하나로 떠오르는 이건 뭔가? 빙의망상인가? 스승은 이런 현상을 뭐라 했는데, 분명히 뭐라 이름 붙여 말했었는데 기억이 잘 나지 않는다.

"여보, 깨어났나 봐요."

할멈이 먼저 보고 남편을 불렀다.

그는 멍하니 눈을 뜨고 있었지만 보이는 것은 없었다. 할머니가 보였던 것은 사실상 할머니의 목소리를 들어 할머니가 보였던 것처럼 느껴졌던 것이고 할아버지 역시 할머니가 불렀으므로 그가 옆에 있다고 착각했을 뿐인 일이었다. 말하자면 그는 아직 온전한 제정신이 아니었다는 이야기다.

"물이라도 떠먹여봐."

"물은 아까도 먹었잖아요."

그는 노부부의 정성을 봐서라도 기운을 차려야 된다고 생각한다. 그렇지만 그게 뜻대로 잘되질 않는다.

"여기가……."

어디냐고 묻고 싶지만 입안이 바짝 말라 있다.

"그래, 어디를 가는 길인가?"

할아버지의 되물어 오는 질문이다.

"바다……."

익점은 아직 배를 타본 일은 한 번도 없다. 그런데도 바다 위를 나르듯이 지나가는 배를 탄 꿈을 꾸었다. 배는 곧바로 벽란도를 향했다. 언젠가 영숙이가 구경시켜준 벽란도 선착장에는 아라비아 상인들이 있었다. 익점은 분명 상인들과 함께 벽란도 선착장에 내려서는 꿈을 꾸었다.

할아버지는 여기는 송코이 강의 하류라고 말한다. 송코이 강은 윈난성에서 발원해 통킹 만으로 유입돼 들어가는 안남 북부에서 최대로 큰 강이다. 이 강의 하류에 드넓은 삼각주가 있는데 농사짓기에 그만인 비옥한 토질이다.

"그런데 저하고 함께 온 사람들은요?"

저들은 기진한 익점을 여기 맡기고 배를 타고 먼저 떠났다 한다. 떠나면서 저들이 맡기고 간 거라며 익점의 괴나리봇짐을 내미는 할아버지였다. 봇짐 속에 들어 있는 건 몽당붓과 〈운남 풍토기〉였다.

'그래, 이것만 있으면 됐어.'

익점은 이제 더 적을 자리도 없이 빽빽하게 쓴 책 한 귀퉁이에 이곳의 풍광을 적는다. 자신을 구해준 할아버지 내외의 이름과 인상도 적는다. 그리고 온 들판에 피어 있는 목화꽃에 대해서도 기록해둔다.

그는 송코이 삼각주에서 며칠을 쉬었다. 몸이 쇠약해질 대로 쇠약해진 탓으로 마음은 뻔한데도 일어나 걸을 수가 없을 지경이 되었다.

"억지로라도 쉬어야 해."

할머니는 친자식처럼 그를 돌보았다.

그 덕분인지 그의 건강은 빠르게 회복되어갔다.

온 들판이 구름처럼 피어오른 목화꽃으로 장관을 이루고 있다. 그 위에 가서 마음껏 뒹굴고 싶을 정도다.

"할머니 저게 뭐예요?"

그는 그게 목화라는 것을 알면서도 물어본다.

"목화라오. 우리도 처음으로 재배해보는데……."

이렇게 꽃을 따 모아놓으면 상인들이 거두러 온단다.

"저걸로 무얼 하지요?"

"이불도 만들고 옷도 만든다오."

그러면서 할머니는 익점이 입고 있는 옷을 보고 이 옷감의 천이 바로 이 목화에서 뽑은 실로 만든 면포라고 설명한다. 목화는 나라에서 권장하는 작물이라서 개인이 사사로이 소비할 수 없다는 설명도 덧붙인다.

익점은 문득 목화씨를 얻어다가 고려에 보급해야겠다는 생각을 한다.

"할머니 저 씨앗을 몇 개만 얻으면 안 될까요?"

"큰일 날 소리."

할머니는 펄쩍 뛰며 목화는 아무나 마음대로 심는 것이 아니라 한다. 나라에서 정한 대로 그 면적을 신고하고 그 신고한 물량만큼 생산을 해내야 하기 때문에 목화씨를 함부로 유출했다간 큰일이 난다고 했다.

"그렇다고 그 몇 개 줬다고 누가 알아?"

할아버지가 할머니를 나무라며 그에게 목화를 한 송이 준다.

"잘 간수했다가 가지고 가시우. 나라 법으로 금하는 일이니."

갑자기 검문에라도 걸리는 날에는 준 사람이나 받은 사람 모두 큰일이 날 수 있으니 잘 숨겨 가라는 당부다.

익점은 처음으로 목화송이를 뜯어내 그 속에 든 씨앗을 만져본다. 부드러운 솜털 속에 새까만 씨앗이 여럿 들어 있다. 솜털을 얼굴에 대어보니 따스한 느낌이 전해 오는 것 같다. 씨앗은 딱딱한 것이 솜털이 그대로 붙어 있다.

그는 이걸 어디다 숨겨갈까 고민하다가 붓대 속에 넣어 가기로 한다. 붓끝은 닳아 짤막한 몽당붓이 되었고 붓대마저도 먹물과 손때가 묻어 시꺼멓게 더럽혀져 있다. 누가 봐도 의심의 눈길이 가지 않을 물건이다. 열 개를 밀어 넣으니 붓대가 꽉 찬다. 그는 가느다란 나무꼬챙이를 분질러 붓대의 끝을 닫고 침을 발라 흙에 한번 문지르고는 옷에 닦았다.

할아버지가 그러한 그를 물끄러미 보고 있다가, 물었다.

"고려라는 나라에는 이런 게 없소?"

"예. 여기 와서 처음 봤습니다."

"그러면 귀한 물건은 귀한 물건이구만? 그런데 기후가 맞을까?"

여기서도 물이 괴는 논에는 잘 안 되고 밭에서만 농사가 잘된다는 이야길 한다. 그렇다면 밭작물이라는 이야기일 것이다.

익점은 강토 전역에 목화꽃이 하얗게 피어오르는 꿈을 꾸어본다. 그리고 따뜻한 솜이불을 해서 덮은 사람들을 그려본다. 그리고… 면포로 만든 옷을 입은 사람들을 그려본다. 그러다 보니 자연적으로 떠오르는 앵두의 얼굴……. 그는 왜 앵두가 그런 꼴을 당하고 거기서 봤던 면포의 씨앗을 이렇게 비밀스럽게 구해 가는지? 그게 곧 바로 이번 귀양길의 의미가 아닌가 하는 엉뚱한 생각을 하게 된다.

'이건 분명 하늘의 뜻인 게야.'

이게 곧바로 빙의다. 빙의망상이 아닌 참 빙의다.

그는 사지를 헤매며 이 고생을 하게 한 것도 다 하늘이 내린 뜻이라 새겨서 받아들이기로 한다. 세상에 무의미한 것은 하나도 없다. 그리고 감당할 수 없는 시련 또한 없을 터. 그는 이를 악물고 자리를 털고 일어난다.

그는 이게 바로 내게 주어진 임무라며 두 내외분이 잡는 것도 뿌리치고 하루 속히 귀국을 해야 한다고 생각하는 것이었다. 이젠 할 일이 생겼다. 이 목화씨를 고려에 갖다 심는 것이다. 그리하여 온 백성들에게 따뜻한 옷을 입을 수 있게 하는 것이다. 목적이 생기면 부단히 그 목적을 위하여 노력하는 길밖엔 없다.

그는 왜 지금까지 끈질기게 앵두의 환상과 함께 살아왔는지 그 뜻을 여기서 찾아낸다. 바로 이 때문이다. 이 일을 행하기 위해 앵두가 지금까지 따라다녔던 것이다. 이게 빙의가 아니고 무엇이더냐?

그는 살아 돌아갈 확실한 이유를 깨달았다.

8

춘래불사춘 그리고 신불신

익점이 교지에서 돌아왔다는 소문은 고려궁궐을 떠들썩하게 만들기에 족했다. 그도 그럴 것이 그는 이미 교지에서 죽은 걸로 돼 있었기 때문이다.

계품사로 원에 입조했던 사신들 중에는 더러는 원에 남고, 혹간 돌아왔다 해도 익점을 그리 좋게 평하지 않았다. 조정에서는 익점이 덕흥군에 붙어 반란을 꾀했다는 소문을 믿는 파와 그렇지 않은 파로 나뉘었다.

아직도 친원파와 반원파 간의 세력다툼은 여전하다. 원은 이미 덕흥군을 내치고 공민왕을 옹위하였지만 고려 조정에 남은 대신들은 아직까지 파당을 풀지 않았다. 따라서 익점의 거취문제를 놓고 파당 간에 치열한 공방전이 벌어지는 것은 당연한 일이었다.

익점으로서는 사지에서 살아 돌아온 일보다 더 난감한 문제였다.

"어떻게 된 일인가?"

"진실을 알고 싶어."

목은과 포은이 제일 먼저 익점을 찾아왔다.

그러한 두 친우에게 익점은 아무 말 없이 책 한 권을 내민다. 그 숱한 죽을 고비를 넘기면서도 간직했던 일지다. 겉장에 〈운남 풍토기〉란 제자(題字)가 붙어 있다. 종이가 모자라 행간에 새로 덧붙여 쓴 잔글씨까지 빼곡하게 들어차 있는 이 서책은 그간의 사정을 말없이 대변해주는 충분한 자료가 되었다.

책장을 넘겨 보는 목은의 얼굴에 차츰 웃음이 감돌기 시작하더니 만면이 웃음으로 변하기 시작한다.

"됐네, 이 사람."

목은이 익점을 덥석 끌어안으며,

"그러면 그렇지."

하며 포은에게 말한다.

"가세. 빨리 상감께 아뢰어 놈들을 주살 내게 합시다."

그동안 익점은 살아 돌아온 자들에 의한 모함을 받았다. 저들은 익점이 원에서 내린 벼슬을 순순히 받아들여 지방순시를 나갔다고 했다.

그러나 처음부터 끝까지 그 경위가 기록돼 있는 일지가 있는 한 아무도 더 이상 그를 괴롭힐 수 없는 일.

익점은 그간의 노고에 대한 왕의 치하를 받고 잠시 동안의 휴가를 얻는다.

"고향에 돌아가 좀 쉬시라는 성은일세."

"춘래불사춘(春來不似春)이라더니."

"신불신(信不信)이로구나."

고향 산청에서는 벌써부터 소문을 듣고 찾아온 마을 사람들과 일가친척들로 북새통을 이루고 있다가 그가 도착하자마자 잔치가 베풀어졌다.

온 동네가 축제분위기로 야단법석이다. 죽었다가 살아 돌아온 아들이기도 했지만 나라가 다 알아주는 큰 벼슬을 제수받았기 때문에 그 축하연도 겸한 자리라서 지방 관아의 관헌들까지도 찾아와 하례를 드리는 바람에 익점은 가까운 친척들 얼굴도 자세히 볼 틈이 없다.

"나리, 감축 드리옵니다."

"축하합니다."

원근 각지에서 몰려온 하객들을 위해 익점은 운남 땅에서 겪었던 여러 가지 이야기들을 한다. 그중에서도 여인천하에 대한 이야기를 할 때는 모두 두 귀를 쫑긋해서 듣는다. 원숭이에게 바나나를 얻어먹은 이야기에 가서는 도대체가 그 맛이 어떠냐고 묻는 사람도 있다.

"도대체가 바나나란 게 맛이 어때요?"

"그건 안 먹어본 사람은 모르지."

드디어 잔치 기운이 한풀 꺾이고 손님들이 돌아가자 그는 장인 정천익을 몰래 불러 이렇게 말한다.

"이것은 운남 땅에서나 나는 목화씨입니다. 이것만 잘 기르면 큰 수확이 있을 것입니다."

"목화씨라?"

"목화꽃에서 이불솜을 뽑고 그 실을 뽑아내어 면포를 짭니다."

그러면서 그는 씨앗을 건네주던 노인의 말을 떠올리며 그게 이곳의 풍토에 맞을지가 걱정이니 여러 가지 방법을 동원해서 심어보라고 한다. 운남 지방은 따뜻한 곳이라 거기에 알맞은 온도를 지키도록 해보라는 이야기다.

"그렇다면 방법은 단 한 가지."

거름을 많이 넣고 그 위에 흙을 덮어 씌워 온상을 하면 열이 난다는 것이다. 정천익은 판서를 지낼 만큼 박학다식하니 그깟 농사일쯤이야 쉬울 일이었다.

"장인어른만 믿겠습니다."

만약의 경우 어느 한쪽이 실패를 하더라도 한쪽은 성공하자며 씨앗을 반으로 나눴다.

이렇듯 용의주도하게 했는데도 씨앗은 발아하지 않았다.

"다른 무슨 비결이 있었던 건 아닐까?"

정천익은 이날부터 침식을 잊고 목화 씨앗을 틔우는 일에 몰두를 했다.

어느 날 정천익은 한 가지 까닭을 찾아내는 데 성공했다. 왜 씨앗이 싹을 틔우지 않나 해서 물속에 담가두었던 씨앗을 하나 건져보는데 거기 아직도 숭숭한 솜털이 달려 있음을 발견했다.

'맞아, 바로 이거야.'

그 솜털이 물기를 차단시켜 발아를 방해한 것이다.

'그러면 그렇지.'

그 길로 정천익은 사위를 찾아가 이렇게 말한다.

"찾았네. 찾았어."

정천익의 설명은 이치에 맞는 이야기였다. 어떤 씨앗이든 물기를 빨아들여 수분 흡수를 해야 발아를 할 수 있다. 그런데 목화씨는 솜털이 그 겉껍질을 촘촘히 덮어 물기가 안으로 흡수되어 들어가지 않는다.

"그렇다면 그 솜털을 벗기면 되질 않겠습니까?"

"그런데 그 솜털을 제거하는 방법이 뭐든가? 거기서 혹시 저들이 목화씨를 심는 걸 본 일이 없었는가?"

그는 목화씨를 심는 걸 본 일은 없다고 한다.

"목화를 심는……."

그러다가 문득 떠오르는 장면이 하나 있어 이렇게 말한다.

"씨앗을 심는 일은 본 적이 없는데 그 씨앗 바가지에다가 오줌을 끼얹는 것은 본 적이 있어요."

오줌을 끼얹어 발로 밟았던가? 밟은 게 아니라 문질렀던가? 운남은 사철 심고 거두는 곳이라 그날도 할머니와 할아버지는 목화씨를 파종할 준비를 하고 있었다. 그런데 그 씨앗을 오줌에 갠 잿가루를 섞어 버무리고 있는 것을 본 것 같다는 생각이 퍼뜩 든다.

"그건 무슨 이유에서였을까?"

익점은 그거라도 무슨 단서가 될 수 있다면 좋을 거라 말한다. 정천익은 벌써 오줌단지의 오줌물을 퍼 와 씨앗을 담갔다 꺼낸 다음 발로 그것을 밟아 문질러본다.

"그러면 그렇지."

정천익은 바로 이거라며 오줌물로 비벼 문지른 씨앗을 들어 보여준다. 솜털이 말끔히 제거되어 있다. 그래야 씨앗이 수분을 흡수할 수 있고 수분이 있어야 발아를 할 것이기 때문이다. 이렇게 간단한 이치를 왜 몰랐을꼬?

"이게 바로 자연의 법칙이야."

그 비법은 맞아떨어졌다.

드디어 씨앗이 움을 틔우기 시작했다.

그러나 안타깝게도 그렇게 어렵사리 싹을 틔운 목화는 며칠 가지 않아 그 싹이 말라버렸다. 정천익은 아무래도 풍토가 맞지 않는 모양이라고 했다. 그도 그럴 것이 성질 급하게 방에다가 흙을 파 들여놓고 군불을 때 온실 재배를 했으니 그게 살 리가 없었다.

정천익의 아내가 사위나 영감이나 하는 짓이 똑같다며 이렇게 나무란다.

"아무리 시험재배라고는 하지만 방에다가 밭을 만들어놓고 씨앗을 심어요?"

"사위가 목숨 걸고 구해 온 거라잖아요?"

"아무리 그래도 그렇지 바람도 햇빛도 없는 방안에서 작물이 자라요?"

다음 해 봄 정천익은 마지막 남겨둔 한 알의 씨앗을 정성스럽게 심었다. 이미 발아과정까지는 성공한 경험이 있으니 노지 재배를 하는 일만 추진시키면 되는 것이었다.

그는 사위가 말한 안남 땅의 기후 조건을 맞추기 위하여 부채로 바람을 부쳤다가 물을 쏟아 부었다가 한낮의 열기를 더하기 위하여 그 곁에 숯불을 피워보기도 했다. 이런 정성 덕분이었는지 정천익의 목화 재배는 일단 성공을 거두었다.

"성공이야, 성공!"

그는 어린아이처럼 즐거워하며 매일같이 밭에 나가 살았다.

겨우 한 포기가 자라났지만 그 한 포기에서 열개의 목화송이를 거둘 수 있었고 거기에서 백 개가 넘는 씨앗을 얻을 수가 있었다.

이듬해 정천익의 밭에는 목화가 무럭무럭 자랐고 헤아릴 수 없이 많은 목화송이를 거두어들였다.

익점은 장인이 목화재배에 성공을 했다는 소식을 듣고 기뻐서 소리쳤다.

"목화! 성공이야 성공."

그러나 아무도 목화가 무얼 뜻하는지는 몰랐다. 그의 가슴 한편에는 장인이 재배에 성공한 목화와 안남 땅에 두고 온 목화가 뒤엉켜 있다. 또 그 속에는 달성귀가 말한 무역수출이라는 말도 포함되어 있었다.

그는 벼슬도 좋고 나랏일도 중요하지만 허울 좋은 감투만 써가지고는 아무 소용없다는 것을 절실히 깨닫고 난 뒤였다. 공명은 그다지 소용없는 짓이다. 진정 나라를 위해 할 일이란 헐벗고 추위에 떨고 있는 백성들에게 따뜻하게 먹고 입는 일을 해결해주는 일이다. 백성들에게는 따뜻한 밥 한 그릇과 추위를 가릴 옷과 이부자리가 있으면 그만이다. 누구 말처럼 '등 따시고 배부르면 천자가 부럽지 않은' 것이 백성들이다. 공부를 해서 벼슬을 한 자는 모름지기 백성을 위한 일을 해야 한다.

"내가 할 수 있는 일은 바로 그 일이야."

그는 앵두가 따뜻한 옷 덕분에 그나마 생명 부지하고 살아 있었던 것을 보게 한 것이나 달성귀 같은 인물을 만나게 한 일이며 목화를 만나 인연을 갖게 한 것을 보면 이 모든 것들이 우연히 된 게 아니라 하늘이 내린 운명이라는 생각이다.

"목화농사를 지어야 해."

이 무렵 익점은 공민왕으로부터 더욱 큰 신임을 얻어 중현대부 예문관제학 겸 지제고를 받아 우문관제학이라는 중책에 올랐다. 그렇지만 목화가 인삼에 못지않은 돈벌이 품목이라는 생각을 지워버릴 수가 없다. 큰돈을 벌어야 해. 큰돈을 벌자면 거기 전적으로 매달려야 한다. 때마침 장인 정천익이 목화재배에 완전 성공을 거두었고 열심히 연구한 결과로 조면법과 타면법은 물론 방적법, 직조법까지 알아냈다 하니 이제 만사를 젖혀두고 그 일에 동참을 해야만 한다는 생각이다.

"무역을 하는 거야."

그는 커다란 무역상을 꿈꾸었다. 신라의 무역 왕으로 장보고라는 인물이 있었다.

장보고는 해상로를 통하여 중국 일본은 물론이고 머나먼 아라비아까지 그 활로를 넓혔었다. 어쩌다가 정치에 관여했다가 비참한 최후를 맞이했는지 모르겠지만 대상으로서의 장보고는 정말 멋진 생애였다고 할 수 있다.

"그러자면 먼저 배를 모아야 하겠지."

배를 모으자면 큰돈이 필요할 것이다. 그러자면 먼저 목화재배에 성공을 해야 한다. 성공의 첫 순서가 뭐지? 대량생산이다. 그 대량생산을 하자면 재배 면적을 넓히고……. 넓히자면 전국적으로 그 범위를 확장해야 한다. 그렇게 되자면 국가 경영체제로 들어가야 한다. 목화재배는 어느 누구 한 사람 개인이 독점할 사업이 아니다.

이 사업을 독점하자면 그 종자 보급부터 제약을 해야 하는데? 종자를 판다? 팔면…. 그 다음은? 그들이 그 종자를 받지 않나…. 종자의 파급을 막는다? 그건 불가하다. 종자의 파급을 막아서는 안 된다. 막을 길이 없다. 결국 안남 땅에서도 여기까지 그 종자가 흘러들지 않았는가? 좋은 샘물을 먼저 길어간다고, 좋은 종자란 날개가 돋치는 법이거늘. 그걸 어떻게 제한해 막을 수 있겠는가? 독점사업이란 없다. 그렇다면 결국 종자를 많이 퍼뜨린 다음 물품 구매를 독점하는 수밖에 없을 일…. 그러자면 거기 또 거대한 자금이 필요하게 된다.

그는 밤새 사업구상에 몰두한다.

"결과적으로 돈이야."

돈이 있어야 전량수매가 가능하다. 그렇지. 종자를 내어줄 때 수확량을 미리 예측해 그걸 전량 수매토록 하는 거야. 그는 하루아침에 세상 돈을 다 긁어모으는 대상이 된다. 대상이 되어선 넓디넓은 세상을 주유한다. 그렇게 되면 목화를 다시 만날 수도 있을 것이라는 꿈같은 생각이다.

"뭘 생각하느라 밤잠도 못 주무시고 그러셔요?"

아내 송이가 묻는다.

"밤이 야심한데 그만 자리에 드셔요."

"알았소."

그는 일단 이렇게 말해놓고선 또다시 궁리에 궁리를 거듭하느라 자리에 들지 못한다. 자리에 누워서도 그 생각을 떨쳐버리지 못한다. 그러한 그를 송이는 이해할 수가 없다.

"탕제를 데워놨는데……."

보약을 달여놓았으니 마시란 것이다.

"고맙소."

익점은 이러한 아내를 대할 때마다 가슴이 더 미어지도록 목화가 그립다. 오랜 시간은 아니었지만 낯선 이국땅에서는 그보다 더 큰 위안이 없었던 목화였다. 그를 살린 목화였다. 그동안 들었던 정도

정이었지만 떠나올 때 회임을 하고 있었는데 그게 어떻게 되었는지 궁금하다.

"여보."

약을 마시고 난 그가 나직이 아내를 부른다.

"……."

송이는 다음 나올 말이 무엇인지가 기다려진다. 뭔지 모르겠지만 남편이 가슴앓이를 하고 있는 문제가 있다는 직감은 들었으나 차마 입 밖에 내어 그걸 물어보지 못했던 송이였다.

"당신에게 할 이야기가 있소."

"……."

송이는 이번에도 더 이상 말이 없다. 그 입에서 무슨 말이 불쑥 튀어나올 것인가? 그 말이 두렵기도 했지만 남편이 무슨 말을 하건 그 말을 믿고 따르겠다는 순종의 의미도 이 깊은 침묵 속에 포함되어 있었다.

"내 지난번 안남 땅에 있었을 때."

아! 안남 땅…. 옷을 지어 입혔다던 여인네…. 이미 들어서 알고 있는 이야기였지만 이런 때 차마 그 이름이 나올 줄은 꿈에도 생각 못했다.

"언젠가 한 번 이야긴 했었지만……."

송이는 더 이상 그 이야길 듣고 싶지 않으면서도 또 한편으로는 끝까지 하나도 빠짐없이 다 듣고 싶은 심정이기도 하다. 부부 간에 비밀이 있어선 안 된다.

"목화라는 그 여인에게서 솜 타는 법과 실 뽑는 법을 배웠소. 이제 장인어른이 목화재배에 성공을 거두었다 하니 돌아가 그 일을 거들어야 할 것 같아요."

그러면서 그는 목화야말로 인삼보다 더 큰 돈벌이를 할 수 있는 효자품목이라는 이야기를 한다.

"목화는 곧 황금알이요."

그는 자신이 생각해도 왜 돈 말이 먼저 튀어나왔는지 모르겠다. 정작으로 하려 했던 말은 목구멍 저 안으로 들어가 더 이상 나오지 않는다.

"낙향을 하시겠다는 말씀이십니까?"

"아무래도……."

그게 좋을 것 같다는 이야기다. 벼슬이라는 건 그에겐 어울리지 않는 일이다. 밤낮없이 서로 제가 옳다고 우길 뿐이지 정작으로 나라를 위해서 일하는 자는 없다. 사리사욕을 빼고 나면 시체뿐인 벼슬아치들이다. 벼슬에만 눈독을 들이는 세상이다. 결국은 뭔가? 재물을 위해서다.

"그게 좋을 것 같아요."

그는 두 어른을 보라고 한다. 두 어른들 모두 시골생활을 하는 것은 벼슬을 못해서가 아니라 이런 세상이 싫었기 때문이라는 말을 한다.

"두 어른들 봐요. 오죽이나 환멸을 느꼈으면 낙향해 조용히 살기를 원했겠소?"

"궐내 일이 그렇게 복잡한가요?"

"부인 같은 사람은 하루만 그 속에 있으라면 아마 질식해서 죽을 거요."

"그렇게나 심하신 말씀을?"

"정말이요. 녹봉은 쥐꼬리만 한 데다가 사람 부려먹기를 개같이 하는 곳이 궐내생활이라는 걸 안 당해본 사람은 모르오."

그러니 사람답게 살자면 딴 일을 하지 않으면 안 된다. 게다가 아직도 조정 일부에서는 원나라에 내통하는 자들이 있어 끊임없이 그를 위협하고 있다. 귀양을 간 몸이면서도 마음대로 배소를 이탈했으니 그것은 엄연히 황명을 거역한 짓이라는 주장이다. 귀양에서 풀려났으면 황제의 명을 받아 떳떳하게 돌아올 것이지 왜 배를 타고 밀항했느냔 것이다. 다행스럽게도 공민왕은 이러한 간신배들의 상소를 묵살하고 저들을 오히려 아부밖에 모르는 소인배들이라고 몰아세웠지만 언제 또 상황이 바뀔지도 모르는 판국이었다. 그런데다가 요즘은 모든 국정을 신돈(辛旽)이란 자가 맡아 하고 왕은 일선에서 물러나 앉았다.

그는 이러한 정치판이 싫다.

"사람이 사람의 도리를 잊어버리게 하는 곳이 바로 궁궐생활이오."

이곳이 어딘가? 고려 서울 개경이다. 개경 사람들은 사치와 환락에 빠져 그걸 깨닫지 못한다. 전혀 다른 세상을 두루 돌아보고 온 그로서는 확연히 눈에 들어오는 사실인데도 그 속에 빠져 있는 사람들은 그걸 못 느낀다.

"사람 사는 도리는 이런 게 아니오."

"군자는 대로행이다?"

송이는 말은 이렇게 하면서도 당신 뜻대로 하라고 한다. 군자는 대로행이다. 아무리 가까운 지름길이 있어도 큰길로 가야 한다. 길이 아니면 가지를 말아야 한다. 정도를 말함이다. 누누이 들어온 말이었고 책에서도 읽은 성인군자의 말씀이다. 남편은 아내의 말보다는 성인군자의 말을 더 따르는 사람이다. 그렇다면 바늘 가는 데 실 가듯이 아내는 남편의 뜻을 따라야 한다. 설혹 그것이 남편의 잘못된 판단이라 할지라도 여필종부 하는 자세로 살아야 한다. 하물며 사내대장부가 옳은 길을 가겠다는 데 그걸 막고 나설 송이가 아니다. 송이는 슬기로운 여인이다.

송이는 이런 마음으로 기꺼이 그를 따르겠노라 한다.

"뜻대로 하시옵소서. 군자 나으리."

"고맙소, 부인."

그는 이렇듯 쉽게 자기 마음을 헤아려주는 아내가 고맙다. 보통의 여자들은 개경을 떠나기 싫어한다. 싫어하는 정도가 아니라 개경을 떠나지 않기 위해 윗사람들을 찾아다니는 추태를 부린다. 사생결단, 한사코, 지방 전보를 막기 위해 그동안 모았던 재물을 쏟아 붓는다. 그러기 위해서는 불가불 부정축재를 해둘 수밖에 없다. 이런 악순환의 고리들을 송이도 어느 정도는 보고 들었을 것이다. 개경에 오면 나쁜 것부터 배운다지 않는가?

"그런데 일을 아주 그만두시진 말고 휴직을 신청하는 게 어떨까요?"

그래야만 일단 정국이 안정되고 마음이 진정되면 그때 봐서 다시 일을 할 수 있지 않겠느냐 명안이다.

"나도 그 생각을 안 해본 건 아니지만."

그건 사내로선 할 수 없는 비겁한 짓이라는 것이다.

"군주를 속이는 처사가 아니오?"

송이는 남의 속에 들어가 보지 않은 이상 그런 걸 누가 일일이 캐묻고 다니나요? 하려다가 그만둔다. 남편의 대쪽성질을 누가 꺾을 것인가? 그리고 또 그게 옳은 생각임에랴.

"공자께서 말씀하셨소. 서운효호 인저유효 하며 우우형제 하여 석어유정 이라하니 시역위정 이니 해기위정 이리오."

누가 공자에게 묻기를 '공자는 왜 정치를 아니 하십니까?' 공자 말씀하시기를 '서경에 효도를 말했음인즉 효도하여 형제로서 우애하여 정치 있는 곳에 시행한다 하니 이게 바로 정치에 참여하는 길이다, 하니 어찌 따로 그 정치 아니한다 하리오. 정치란 반드시 관청에서만 하는 것이 아니다. 효도와 형제간의 우애 있는 생활 그 자체가 바로 그 정치에 참여하는 길이라는 뜻이다. 이건 정치에 참여는 백성의 기본이다. 그 정치라는 것은 그 나라에 덕이 되는 일을 말함이다.

"부인, 내가 하려는 일은 작은 일이 아니오."

그는 장차 나라에 큰 득이 되는 일을 하려 함을 설명한다.

송이는 남편의 말뜻을 알아들었다고 말한다.

"그 말뜻은 알아들었습니다."

그러니 그 방법을 강구해보라는 이야기다. 그래야만 불충이 되지 않는다. 또한 어렵사리 복직을 위해 애써준 친구 동료들한테도 누가 되지 않는다. 자칫 잘못하면 자기 잘못을 스스로 자인하고 물러선다는 인상을 줄 수도 있는 조심스러운 때다.

"아버님 핑계를 대세요."

"……."

"아버님 몸져누우신 지가 언제예요? 살아생전에 효도 한 번 한다고 하세요."

부모가 살았을 때는 예로써 모시고 죽음에 예로써 섬기라 하였다. 그게 효도다. 부모는 오직 자식이 병들까 근심한다. 근자의 효도는 잘 기르는 것이라고 말하지만 개와 말도 키움을 받는데 존경이 따르지 않으면 그게 어찌 효도라 하랴. 힘든 일이 있으면 젊은이들이 수고를 하고 술과 음식이 있으면 먼저 대접을 하는데 그것만 가지고 어찌 효도라 하랴. 항상 즐거운 낯으로 부모를 섬김이 어렵다. 이 어려움이 효도다.

이 어려움이라는 것은 항상 부모 곁에 있어야 한다는 말과 같다. 공자는 또 이렇게 말했다. 배우기만 하고 생각하지 않으면 없어지고 사색만 하고 배우지 않으면 위태롭다.

실천하지 않으면 소용없다는 뜻이다. 효도도 실천하지 않으면 무슨 소용? 배운 자로서 마땅히 해야 할 도리다. 효도는 인륜의 기본적 도리이다. 그 기본 도리를 하겠다는데 누가 뭐랄 것인가. 생각이 여기까지 미치자 그는 용기가 났다.

"알겠소. 그런 명안이 있었구려."

효도를 하기 위해 잠시 낙향하겠다는데 누가 뭐랄 것인가?

그는 이 일을 먼저 목은과 상론한다.

이 무렵 목은은 부친상을 당하여 삼년시묘를 치르고 올라온 지 얼마 되지 않았다.

"부친이 편찮으시다면 이러고 있을 때가 아니잖은가?"

목은은 때마침 이곡 선생의 문집이 간행되었다며 〈가정집〉과 〈죽부인전〉을 건네준다.

"이 책은 선친께서 평생토록 한 업적일세."

익점도 이미 그 글들을 편편이 읽어본 적이 있어 더욱 감회가 새롭다. 〈가정집〉은 글쓴이의 모든 생애가 담겨 있는 마음의 글이고 〈죽부인〉은 지어낸 세상의 일이다.

-글이란 직접 그 사람이 한 일을 기록하는 글이 있고 머릿속으로 지어내는 글도 있느니.

스승은 일찍이 학문에 통달하신 뒤 있을 법한 이야기까지 지어내셨다.

-글 제목 뒤에 '전'이라는 말을 덧붙이는 것은 짐짓 꾸며낸 이야기이긴 하지만 그 이야기를 통해 이루고자 하는 세상이 또 있느니.

스승은 지어낸 이야기를 통해 이상을 펼치려 했던 분이시다. 이제 그러한 어른이 돌아가셨으니 큰 별이 떨어진 셈이다. 익점은 제대로 상문도 못한 회한이 있어 더욱 미안하다. 그렇지만 자신의 입장을 가장 먼저 이해해주는 목은이 한없이 고맙다.

"고마우이."

익점은 목은으로부터 스승의 문집을 받아들고 포은을 찾아갔다.

포은은 마침 외출을 하려던 참이었다.

"마침 잘 왔네."

포은이 반갑게 그를 맞았다.

"내 지금 청한 거사를 뵈러 가려 하는데 함께 가세."

청한 거사는 신돈의 호다.

신돈은 김원명의 추천을 받아 입궐하였고 이내 공민왕의 신임을 얻어내 왕실 사부가 되었다. 이즘은 진평후라는 봉작을 받아 궁궐 안팎을 혼자 활개 치고 다니는 인물이다. 신돈은 '전민변정도감'을 신설해 토지개혁을 단행했다. 부호들이 강제로 빼앗아 간 농지를 본래 주인에게 되돌려주는 일이다. 뿐만 아니라 노비 해방도 시켰다.

"요즘 아무래도 신돈의 태도가 이상해."

신돈은 최영을 느닷없이 모함하여 유배 보냈다.

최영은 1363년 흥왕사의 변을 막아 왕의 목숨을 구해 찬성사가 되었고 1364년 최유가 덕흥군을 왕으로 추대 고려를 향하여 쳐들어 왔을 때 또 한 번 저들을 물리쳐 왕의 신변을 확고히 지킨 장군이다. 1365년 강화도에 쳐들어온 왜구를 물리치고 있던 중 신돈의 모함으로 느닷없이 계림윤으로 좌천 유배 길에 올라야 했다.

포은은 이러한 신돈을 따져야 한다고 말한다. 처음 개혁정치를 단행했을 때는 그도 그 추종자 중 하나였지만 이제는 아니다. 신돈에게서 뭔가 잘못된 낌새를 눈치챘다는 것이다.

"신돈이 권력을 업고 날뛰는 꼴이라니."

도무지 봐줄 수가 없다 한다.

그러한 자리에 익점을 같이 가자고 하는데 빠질 도리가 없다.

"또 무슨 일이 있었나?"

"있다 뿐인가?"

신돈이 이성계까지 모함하려 하고 있단다. 이성계는 함경도 영흥 출신으로 공민왕 5년에 아버지 이자춘과 함께 개경에 왔다. 이듬해 유인우가 쌍성총관부를 공격할 때 이들을 물리쳐 큰 공을 세웠다. 후에 아버지의 벼슬을 이어받아 금오위상장군 동북면상만호가 되었다.

1361년 홍건적의 침입으로 개경이 함락되자 사병 2천 명으로 수도탈환에 앞장서 제1착으로 입성 동북면병마사로 승진하였다. 이어 원의 나하추가 함경도 홍원으로 침입하는 것을 함흥평야로 몰아내어 대파시켰다. 1364년 원나라 연경에 있던 최유가 충숙왕의 아우 덕흥군을 추대 1만여 군사로 쳐들어올 때 최영과 함께 달천강에서 이를 물리쳤다. 뒤이어 여진족의 삼선 삼개가 함경도 화주에 쳐들어왔을 때 이들을 격파한 공로로 밀직부사로 익대공신에 책록된 바 있다.

"이성계를 내치기 위해 모사를 꾸민다는 소문이야."

포은은 어디서 무슨 이야길 들었는지 약간 흥분이 되어 있다.

"이상한 일이 아닌가?"

듣고 보니 이상한 일인 것 같기는 하다. 나라를 지키기 위해 목숨 걸고 싸운 두 장수를 한꺼번에 몰아내려 한다면 거긴 반드시 무슨 꿍꿍이속이 있다. 그렇지 않고서야 혁혁한 전공을 세운 두 장수를 한꺼번에 내치려 한단 말인가?

"제깐 게 아무리 전하의 신임을 받는다고는 하지만 이럴 수가 있는가?"

"그게 사실이라면……."

포은은 이런 일일수록 크게 떠벌려서는 안 된다며 사나이답게 혼자 가서 그 연유를 따지려 했다 한다. 아무리 사임을 하고 낙향을 꿈꾸는 익점이라 할지라도 그런 자리라면 당연히 함께 가야 한다.

"함께 가보세."

"혼자 가는 것 보다는 든든하겠어."

"포은 같은 사람도 두려운 게 있나?"

"두렵냐고? 마침 신돈이 보제사에 납신다는 이야기를 듣고 혼자라도 가려던 참이었어. 이런 기회가 아니면 도대체가 그를 만날 수가 없거든."

그렇다면 신돈은 어떠한 인물인가? 아무도 그에 대해서 아는 바가 없다. 도대체 그가 어디서 지내는지조차 아는 사람이 없다.

"거처를 숨길 정도면."

"일을 꾸미는 게 틀림없나 보군?"

공민왕이 그를 발탁해 전제개혁을 맡긴 데에는 그만한 까닭이 있었다. 그는 전무후무 아는 사람이 없다. 때문에 앞뒤 가릴 것 없이 소신껏 개혁의 역사를 수행할 수 있었다. 있는 자들의 가진 것을 압수해 없는 자들에게 나누어준다. 아무나 할 수 있는 개혁이 아니다.

그런데 갑자기 풍수지리설을 내세워 송도는 기가 쇠했으니 충주로 천도해야 한다는 말을 하기 시작하였다. 처음에는 장난삼아 하는 말인 줄 알았지만 그게 아니었다. 그를 따르던 일부 젊은 신진들이 그런 말을 제멋대로 하고 다닌다는 비난의 소리를 높이자 어디론가 거처를 숨겨버린 신돈이었다.

그러한 그가 무슨 볼일이 있어 백주대낮에 보제사에 나타났는지 궁금하다. 지금 포은은 신돈이 보제사에 있다는 정보를 듣고 급히 그리 가려던 중이다.

두 사람은 서둘러 말을 타고 보제사로 내달렸다.

시각을 잘 맞추었는지 때마침 하마비 앞에 세워둔 신돈의 말 풍운이 보인다. 풍운은 공민왕이 직접 내리신 호마다.

두 사람은 사비에게 말고삐를 맡기고 급히 법당을 향한다.

"허어, 뭘 그리 급히 가시오?"

그런데 뜻밖에도 신돈은 혼자 해우소에서 나오고 있다.

"두 분 혹시……."

소승을 만나러 오는 길이 아닌지요? 신돈은 이미 이들이 올 줄 알았다며 오히려 기다리고 있었다는 말을 한다.

"그렇습니다."

"그렇지요? 내 포은이 날 보러 올 줄 알았소."

신돈은 앞날을 훤히 내다보는 혜안을 가진 것처럼 허풍을 쳤다.

"이미 기다렸다니, 단도직입적으로 묻겠습니다."

"그러시지요."

그때 법당 안으로부터 낯익은 얼굴 하나가 나오는 것이 보였다. 정도전이었다. 정도전은 봉화 사람으로 호를 삼봉이라 했다. 1362년에 진사가 되었고 이듬해 충주사록이 되었다가 진교시주부로 발탁되어 통계문지후로 급 승진된 인물이다.

그는 입궐하기 전부터 이미 그의 호 삼봉에 얽힌 일화로 유명했다.

남한강 상류 단양에 도담삼봉이란 커다란 바위봉우리 셋이 있다. 물속에 잠겨 있지만 그 자태가 아름다워 상춘객들이 많은 곳이다. 셋 중 하나는 가운데 우뚝 솟아 있고 양쪽의 나머지 둘은 키가 좀 작다. 그런데 그중 하나는 이 큰 바위를 마주하고 앉았고 나머지 하나는 등을 돌리고 있는 형상이다. 사람들이 그 모양새를 보고 큰 바위를 지아비로, 마주 앉은 바위를 지어미로 보고, 돌아앉은 바위를 보고는 토라져 돌아앉은 첩의 바위라고 불렀다.

그런데 이 바위산들은 본시 거기 있던 것들이 아니다. 강원도 정선 땅에서 홍수에 떠내려온 것인데 여기 와서 명물이 되었다. 그 유명세 때문에 해마다 정선 관아에서 지세를 받으러 왔다.

하루는 이 지세를 걱정하고 있는 어른들을 본 어린 정도전이 '그런 일 같은 것은 걱정하실 필요 없다'며 그 일을 자기한테 맡기라 한다.

다음 날 정도전이 세금을 받으러 온 사람에게 이렇게 말했다.

"삼봉이 강원도에서 떠내려와 이곳에 머문 것은 여기서 오라고 한 것도 아니요 물난리 때문에 떠내려온 것인데, 이 마을에서 세금을 낸다는 것은 이치에 맞지 않는 일입니다. 그러므로 삼봉이 그렇게 소중한 것이라면 도로 강원도 정선 땅으로 가지고 가시오."

어린아이에게 호되게 당한 징세원은 혼비백산 다시는 그럴 일 없을 거라며 오히려 싹싹 빌고 갔단다. 이 이야기는 모르는 사람이 없다.

이 천하 신동이 뭣 때문에 신돈과 함께 있었을까?

포은은 정도전이 가까이 오기를 기다렸다가 이야기를 꺼낸다.

"이성계가 뭘 잘못했기에 그를 해하려 하는 것이온지요?"

신돈은 서슴없이 잘라 말한다.

"그는 상이 나쁘오."

"상이 나쁘다고 사람을 음해할 수 있소?"

"해하려는 게 아니라 오히려 그를 구하려는 거요."

"어떻게 그를 구한다는 건가요?"

"가래로 막을 걸 호미로 막자는 것이오."

이 무슨 선문답 같은 이야기들인가?

"일즉일체니 일체즉일이라 하였소."

신돈은 일체 천지만물은 비로자나불의 현현으로 본다는 화엄종의 대의를 내세우고 있다. 이는 고려 불교의 두 기둥이었던 대각국사와 의천이 늘 가르치던 말씀들이다. 화엄종은 당나라 유학을 통해 얻어온 신라 원효와 의상을 그 발원으로 대각국사와 의천으로 흘러내려온다. 화엄경이 그 근본 경전이다.

그런데 신돈은 지금 왜 그들을 내세우려는 걸까?

"일찍이 도선이 말했소. 사기(邪氣)는 자라기 전에 잘라야 한다고……."

도선은 신라 국사로 도참사상을 설파했다. 그게 도선비기다. 그 비기에 의해 고려왕조를 세웠다. 신돈은 또다시 그 비기를 내세워 '송도기쇠설'을 내세운다. 그런 어마어마한 일을 하려면 이성계 같은 무장들이 있어서는 안 된다. 최영은 이미 기를 꺾었으니 다음은 이성계라는 이야기다.

"송헌이 무슨 잘못을 저질렀소?"

송헌은 이성계의 호다.

포은은 신돈이 더 이상 도참설 같은 구구한 이야기를 꺼내놓기 전에 그 말을 잘라 이성계를 내쳐야 할 만한 물증이 있냐고 다그쳐 묻는다.

"무슨 증거로 그의 사기를 들먹거리는 거요?"

"문관들이야 탁상공론밖에 모르는 인물들이니 겁낼 게 없고, 무관들이란……."

앞뒤 안 가리고 멧돼지들처럼 저돌적으로 대드는 성품을 가졌으니 그러한 사악한 기는 미리부터 꺾어야 한다는 이야기를 태연스럽게 하는 신돈이다. 이제 왕의 전권을 횡행할 수 있는 신분이니 아무것도 두려울 게 없다는 자만이 팽배해 있다.

"삼봉은 이 일을 어떻게 생각하시오?"

포은은 삼봉에게 이 일을 묻는다.

삼봉 정도전은 그런 일은 자기에게 물을 말이 아니라 한다.

"두 분은 뭔가 오해를 하시는 것 같은데 저는 그런 일로 여기 온 게 아닙니다."

우연히 한자리에서 만나긴 했지만 그는 신돈과 함께 온 게 아니란다. 부친상의 비보를 듣고 입궐했다가 나오는 길에 잠깐이나마 향이라도 피우고 내려가려고 보제사에 들렀다는 이야기다.

"사직서를 내고 나오는 길입니다."

"허어, 이런 일이……. 일신이 역시 부친 편찮으시단 기별을 받고 휴식을 청하고 나오는 길이랍니다."

두 사람은 먼저 상주에 대한 예부터 갖춘다. 상주에 대한 예는 곧 망자에 대한 예로 절을 두 번 한다. 산 자에게는 한 번, 죽은 자에게는 그 곱절로 하는 게 상례다.

"뭐라고 할 말이 없습니다."

두 사람은 쌈지를 열어 노자에 보태라며 부의를 챙겨주기까지 한다. 포은의 쌈지에서 나온 돈은 해동중보였고 일신에게서는 동국통보가 나왔다. 이만한 돈이면 집에까지 가고도 남을 여비다. 보통 서민들은 물물교환으로 상거래를 하였지만 나라의 녹봉을 받고 있는 이들에겐 보다 손쉽게 간직할 수 있는 화폐가 있었다.

"부의가 너무 과합니다."

"그냥 받아 넣게, 이 사람아."

삼봉은 잠자코 부의를 받아 넣는다.

그 사이 신돈은 씽하니 가버리고 없다.

"예의범절이고가 없는 인물이로군……."

"그렇게 몰아세워놨으니 그냥 있겠어요? 그러잖아도 안하무인인 사람이."

그러면서 포은은 두 사람이 꾀병을 하는 게 아니냐고 묻는다. 조정에 무슨 큰일이 있으면 칭병을 하거나 상을 핑계로 나오지 않는 대신들이 있어왔는데, 두 사람의 동시 낙향에는 무슨 곡절이 있는 게 틀림없다는 포은의 말이다.

"그런 게 아니야. 내가 왜 허언을 하겠나?"

정도전이 갈 길이 바쁘다며 가고 나자 남은 두 사람은 법당 안으로 들어간다. 포은이 뭔가를 보여주고 싶다고 한다.

"여기야. 여기서 금용이란 작자가 왕을 시해하려 했어요."

"그걸 최영이 막았다?"

그런 최영을 귀양 보내다니 그게 어디 말이 되는 일인가? 그런데도 왕은 모르는 척했단다. 있을 수 없는 일이지만 실제로 그런 일이 일어났다. 그리고 또 이성계를 꺾으려 한다면, 신돈의 속셈은 무엇일까?

"그렇다면 아직도 왕권을 넘보는 자들이 있다는 이야기 아닌가?"

"신돈을 조정하는 자들이 있거나."

포은은 아직 그런 세력의 움직임은 없는 것 같다 한다.

"그렇다면 그가 직접?"

알 수 없는 일이다. 그런데도 알 수 없는 일은 끊임없이 일어나고 있다. 그게 세상 돌아가는 이치다. 생각해보면 세상이 돌아가지 않아도 이상하지 않을까? 세상은 바쁘게 돌아가야 한다. 그게 변화다. 맹자는 관수법을 설했다. 흐르지 않는 물은 고이고 고인 물은 썩는다.

공민왕은 개혁정치를 단행했다. 북벌정책을 단행하였다. 잃었던 땅을 되찾고 원의 지배에서 벗어나 민족주체성을 되찾자고 하였다. 그러나 지금은 모든 일을 신돈에게 맡기고 뒷짐 지고 물러나 앉았다.

"도대체 왜?"

익점은 이제 이러한 정치현실이 싫다. 싫어서 염증을 느끼고 떠나려는 것이다.

익점은 두 손을 모아 잠시 염불을 왼다. 옴마니 반메훔… 나무아미타불… 옴마니 반메훔… 나무아미타불…….

"이제 이 혼미한 정치판도 그만이다."

그는 나직이 이 모든 것들과의 결별을 선언한다. 그러면서 그는 활짝 핀 목화 꽃밭 속으로 가고 있었다. 그러다가 문득 말을 타고 떠나가고 있는 삼봉을 바라본다. 삼봉신화를 낳은 신동이 부친상을 핑계로 낙향하려는 건 아닐까? 그 역시 이 난세에 혐오를 느끼고 있는 게 아닐까? 그러면서도 신돈의 보제사 내방과 때를 같이해 이곳을 들렀다는 게 풀리지 않는 숙제로 남는다.

"삼봉을 어떻게 생각해?"

법당을 나오며 포은이 묻는다. 포은 역시 삼봉의 출현이 풀리지 않는 것 같다.

"우연이라는 것도 있질 않겠나?"

"그게 사실이라면 좋겠네만."

포은은 아무래도 심상찮은 일이 또 생길 것 같다는 이야길 한다. 한번 의심을 하기 시작하면 한이 없다. 그런 면에선 익점이 좀 느긋한 편이다.

"이번에 내려가면 아무래도 오랫동안 못 볼 것 같아."

"조정의 대들보들이 다 빠져나가는군."

병이 얼마나 위중한가에 달려 있겠지만 병수발 하는데 한두 해 걸린다 치더라도 삼년 시묘까지 치르고 나자면 적어도 오 년은 족히 못 볼 낙향이다. 하물며 이제 다시 돌아오지 않기를 마음속으로 다짐하는 그에게 있어 포은과의 별리는 남다른 것이었다. 포은 역시 믿고 따르던 지기를 떠나보내는 심정이다.

"어디 가서든지 몸조심하게나."

"포은도……."

익점은 차마 떠날 수 없는 걸음걸이를 고향으로 돌려야만 했다. 부모님이 있고 나서야 나라가 있고 내가 있는 것이다. 이제 그 부모님 연로하여 몸을 가누지 못한다는데 어찌할 것인가? 게다가 그에게는 낙향을 하더라도 할 일이 있다. 이제는 그 일을 위하여 전력투구할 때다. 장인 정천익이 목화재배에 성공을 거둔 것이다.

9

한 송이 목화꽃을 피우기 위하여

밤부터 부엉이가 울어쌓는다.

부엉이는 그 집에 온갖 것들을 쌓아놓고 살기 때문에 부자를 상징한다. 부지런하고 말 많은 사람을 일컬어 참새에 비유하지만 부엉이는 엉큼하고 욕심이 많은 사람으로 상징된다. 우선 두 눈이 움펑하게 패인 것도 그렇지만 항상 제 먹을 것을 감추어두고 있는 데에서 그런 인상을 심어줬는지 모른다. 게다가 부엉이는 야행성이다. 주로 밤에 움직이기 때문에 밤마을을 잘 다니는 사람을 또 부엉이 같다고 한다. 밤눈이 밝다는 이야기겠다.

사람들이 정천익을 일컬어 부엉이라고 하는 데에는 어떤 까닭이 있어서다.

"그 사람 또 밤에 나와 있어……."

"누구? 부엉이 영감?"

"누가 아니래. 아예 밭에서 밤을 새운다는구만."

"그뿐인가? 그 사위란 작자도 부엉이가 다 됐다누마?"

사람들은 익점이 벼슬을 그만두고 내려온 데에는 그만한 까닭이 있을 거란 억측들을 하고 있다. 그러니 말들을 함부로 내뱉을 수 있는 것이다. 벼슬을 놓고 농사를 짓는 입장이라면 저나 나나 다 같은 입장이라는 것일 테다.

이게 사람들 인심이다. 관직에 있는 관리에게는 굽실거리고 아부를 해도 까짓 농사일 하는 사람이야 그게 어디 사람인가? 아무렇게나 대해도 된다는 이야기다. 게다가 요즘은 신돈이란 자가 나서서 신분의 높낮이를 없애고 있는 중이라니 신분에 아래위가 없다. 신돈은 고려 왕실의 전권을 위임받은 양 의기양양하게 노비들에게 자유를 주고 있다. 적서차별과 강제로 팔려간 노비해방을 천명하고 나선 것이다.

이런 판국에 조정 일을 보던 사람이 낙향을 해 농사를 짓겠다고 나섰으니 누가 그를 우러러보랴? 농사꾼 취급을 하려는 것이다.

"그런데 그 목화라는 게 뭔고?"

"그러게 말이야."

"긴히 쓰일 데가 있으니 저렇게 열을 올리고 있는 게 아닌가?"

이즘 들어 정천익은 아예 침식을 잊을 정도로 목화재배에 열을 올리고 있다. 그도 그럴 것이 사위 익점이 내려와 목화재배에 지대한 관심을 보였기 때문이다.

"장인어른, 저도 함께 농사를 지을 생각으로 내려왔습니다."

"그런가? 어차피 사돈어른 병간을 하려면 내려와 있어야 하겠지."

정천익은 사위도 다 같은 자식이라며 사위나 딸애를 곁에 두고 보는 게 즐겁다. 그것도 천금 같은 딸이 아니더냐. 그보다는 밤낮없이 외손자들을 껴안고 사는 장모님이 더 이들을 반기고 있다. 이들 부부는 애시당초 벼슬길에 나서는 것을 탐탁하게 여기지 않은 사람들이다. 사람은 무엇으로 사는가? 땅으로 더불어 산다. 농자천하지대본을 부르짖던 사람들이다.

정천익이 시를 한수 지어 농사짓고 사는 일의 즐거움을 토로한다. 아마도 그동안 벼슬살이와 세파에 시달리다가 귀향한 사위의 노고에 대한 위로를 이 한수 시에 의탁한 것 같다.

세상의 일 지저분하여 내 보지 않거니와
뜰에 가득한 송죽은 깨끗하고 고요하기만 하다

익점이 이에 대한 화답시를 지어 올린다. 시를 통해 전달받은 장인 어른의 심사를 충분히 알겠다는 뜻인 듯하다.

산에 구름 끼고 시내에 물새 놀아 그윽한 향취 감도는데
그 누가 수풀 안에서 고요히 수양함을 알겠습니까.

참으로 오묘한 세계다. 시를 통하여 서로의 심중을 주고받을 수 있다는 것은 최고의 수행경지가 아니고서는 안 될 일인 것이다. 이처럼 시문을 통해 서로의 흉중을 주고받은 정천익이 조용히 다음 말을 잇는다.

"병구완 틈틈이 나와서 일을 보게나."

병구완을 한다고 해서 환자 곁에 늘 붙어 있는 것은 아닐 테니까 그 사이 농사일을 해보라는 것이다. 이 농사가 또 보통 농사인가? 세상을 놀라게 할 목화재배다.

"농사짓는 일은 어지간히 터득을 했네만……."

그걸 가공하는 기술이 문제라는 정천익이다.

익점은 그가 본 대로 실을 뽑는 가락이며 실을 감는 물레에 대해서 이야기를 한다. 그렇지만 그가 본 달성귀 역시 그 방면에 특별한 기술은 없었던 것을 기억한다. 그 때문에 노예 아닌 노예를 써야 한다고 말한 달성귀였다. 목화농사는 일일이 사람 손을 거쳐야 한다는 이야기다. 그렇지만 이미 노비조차도 다 해방시켜준 이들에게 있어선 무엇보다도 모자라는 일손이 문제였다.

"일일이 사람 손으로 수작업을 하자면 일손이 모자라서 엄두를 못내."

목화는 씨앗을 심어 그 열매를 따는 일까지는 별로 어렵지 않다. 목화송이를 딴 다음부터가 고역이다. 잘 익은 목화송이는 어린아이 주먹만 한 솜뭉치를 생산해낸다. 그런데 그 솜뭉치는 껍질로 둘러싸여 있다. 먼저 이것들을 껍질로부터 분리시켜내야 한다. 여기까지는 그런대로 또 해낼 만하다.

일단 껍질에서 꺼내놓은 솜뭉치에서 씨앗을 가려내야 한다. 이 과정은 시간이 오래 걸린다. 일일이 씨앗을 가려내기보다는 무슨 기계가 있어야 할 것 같다는 생각이다. 그다음 과정이 또 문제다. 이렇게 해서 가려낸 솜에서 실을 뽑아내야 하는데 솜뭉치에서 거미줄 같은 실의 가닥을 만들어내는 게 노역이다. 다시 이 실을 꾸리에 감아 서로 얽히지 않도록 풀을 먹인다. 풀을 먹은 실은 서로 얽히지 않을 만큼 빳빳해지는데 이 실을 이용해 날줄과 씨줄을 넣어 짜내는 것이 면포다.

또한 솜뭉치를 잘 펴서 옷이나 이불 속에 넣으면 솜옷이 되고 솜이불이 되어 짐승의 털이나 모피에 못잖은 포근함과 따스함을 준다. 그런데 이 일련의 작업과정에 일손이 너무 많이 든다는 문제가 생겼다.

두 사람은 이제 목화가 대량생산될 경우 이 문제를 어떻게 해결할 것인가를 논의 중이다. 정천익은 나름대로는 온갖 연구를 해 타면기와 조면기를 개발해냈다. 이미 누에고치에서 실을 뽑아 명주를 짜는 과정을 알고 있었기 때문에 어느 정도 응용은 가능했다. 그렇지만 누에고치는 끓는 물 속에 넣어 삶은 후 실을 뽑아내는 데 비해 이건 물속에 넣을 수가 없다.

"면포가 무역상품이 된 걸 보면 분명히 무슨 수가 있기는 있을 텐데."

도대체가 그 과정을 알 수가 없다. 이 궁리 저 궁리 대느라 밤잠을 설친다. 그렇지만 별 뾰족한 이치가 터질 리 없다.

그때 마침 웅석봉 단속사에 수도를 왔다는 호승 한 사람이 이들을 찾아왔다.

호승은 말이 좋아 승려였지 삭발체모와는 달리 술이며 고기를 억으로 박으로 먹어대는 호식가였다. 그는 중국 각지를 도는 것으로 모자라 고려까지 왔노라고 그의 행도를 자랑한다.

"걸승을 이렇게 후히 대접해주시니 몸 둘 바를 모르겠나이다."

그는 일단 이렇게 말을 하곤 밥값은 해야 한다며 시키지도 않은 장작이라도 패주겠단다. 그러다가 헛간에 수북이 쌓아놓은 솜뭉치를 보고 입을 딱 벌린다.

"이거, 이건 면화가 아닙니까? 내 고국에서나 보던 것을 예서 보니 눈물이 날 지경입니다."

그러면서 그는 면화는 중국에서도 금수품목이라는 이야길 한다.

"우리 칸께서는 이 면화재배를 위해 무던 애를 쓰셨지요."

중국 대륙에 있어서는 후한 때에 광동성의 해남도와 운남성 서쪽의 애로인이 면화를 심었고 투루판 지역의 고창국에 겨우 그 기술이 전파되었을 정도라고 한다. 호북 지역으로 수도를 옮긴 칸은 이러한 면화를 재배 보급하기 위하여 백방으로 노력하였다.

"우리 칸께서는 사농사에 명하여 농상집요의 농서를 편술하기까지 해가며 면작법을 권장하고 있었지요."

그러니만큼 이 목면의 씨가 밖으로 나가는 일은 국책으로 막고 있는 일이라 한다. 마치 해서는 안 될 일을 한 사람처럼 무언가를 뒤집어씌우려는 말투다.

자칫하면 이 알 수 없는 중한테 꼼짝없이 당할 수도 있겠다 싶어 익점은 이렇게 말한다.

"그러시지요? 그건 저도 잘 압니다."

익점은 근간 원나라 수도 대도를 다녀온 일이 있음과 황제께서 친히 이 씨앗을 고려에도 재배가 가능한지 시험해보라고 명해서 지금 이렇게 시험재배를 하고 있노라고 둘러대었다. 그러면서 그는 황명을 받고 안남 땅까지 순시하고 왔음을 은근히 자랑하였다.

"하! 그렇소이까?"

호승은 마치 칸이 이 자리에 있기라도 한 듯 정성스럽게 머리를 숙여 절을 한 다음 이렇게 말한다.

"소승 몰라뵈어 죄송합니다."

"천만의 말씀을요."

익점은 이 자가 혹시 몰래 민정을 살피러 온 감찰이 아닌가 하는 생각이 들어 미리 겁을 준다. 그는 원나라에서 예부시랑이라는 관직까지 받았던 이야기를 꺼낸다. 그러니 피차 서로 어쭙잖은 인사는 치우고 서로 할 말이 있으면 속 시원히 터놓고 이야기하자고 한다. 지금은 이렇게 부친 병구완을 나왔지만 머잖아 또 복직할 것이라는 말도 한다. 그때가 되면 다시 원나라 황실로 들어갈지 모른다는 거짓말도 꾸며댄다.

"소승 홍원이라 하옵니다."

그의 이야기를 다 듣고 난 호승은 태도를 바꾸어 이름을 홍원이라 통성명한다.

"이렇게 고명한 분을 몰라뵈었습니다."

홍원은 신돈의 하수임을 밝혔다. 신돈은 그 스스로 오도도사심관이라는 새로운 직책을 만들어 그 위에 앉았다. 고려 5도를 전부 총괄하는 심판관이 된 것이다.

"심관께서는 아직도 노비를 풀어주지 않은 지방 토호들을 내사해오라 하셨습니다."

그는 그 수행을 위해 전국각지를 돌고 있다 했다.

"우리 배양촌 판서님께서는 일찍이 사비를 다 방면해주셨더군요."

그 소문은 이미 들은지라 그에 대한 노비방면 문제는 아무 탈 없다고 한다. 그렇지만 이 많은 토지는 어떻게 할 거냐고 묻는다.

"이건 사전이 아닙니다. 나라 땅입니다."

둔전제 실시 이후 관둔제라는 것이 있었다. 관둔제는 국유지 5결을 나누어주어 거기 농사를 짓게 하고 이 농산물로 지방 관청의 경비를 충당하려 한 제도이다. 처음에는 그런대로 실시가 잘되는 듯했지만 날이 갈수록 흐지부지 권문세가들의 입속으로 들어가 버렸다.

때문에 가호둔전을 두었다. 가호둔전이란 종자를 나라에서 보급해 주는 대신 조세를 거두는 형식을 말함이다. 이 또한 과다한 조세부담으로 일반 농민들의 회피현상이 일어나 실패로 돌아갔다.

"이제 우리 심관께서는 이렇게 잃어버린 토지를 철저히 규명해 되찾으려 합니다."

그걸 찾아서 정말로 농사짓고자 하는 농민들 손에 쥐어주겠다는 것이다.

"그 취지는 저도 잘 알지요. 저 역시도 포은과 삼봉 등을 도와 그 일을 추진 중에 있었으니까요."

애초 취지대로라면 좋았다. 신진사류들이 모두 이에 동조해 일을 거들던 중이었다. 이러한 개혁정치는 말없는 혁명이었다. 어물어물 나라 땅을 삼켰던 토호들의 불만은 하늘을 뚫을 듯했지만 새바람을 막지는 못했다. 그런데 그 일을 주도했던 자가 변질되었다는 게 포은의 주장이었다. 포은은 이를 밝혀내기 위해 신돈과의 일전을 준비하고 있었던 것이다.

그 과정에서 낙향을 한 익점은 그간 조정에 무슨 변화가 있었는지 잘 알지 못한다. 한 가지 분명한 것은 인간은 누구나 자기보다 높은 자에겐 굽실거리고 낮은 자에겐 턱없이 고자세라는 것이다. 지금 이 자도 그렇다. 익점이 고위층 이름을 대고 잠깐 휴직상태라는 걸 듣고서야 자세를 낮추질 않는가.

세상은 수시로 변하는 것이라 그 정세를 파악하자면 좀 더 신중을 기해야 한다. 익점은 도대체가 이 호승의 정체를 알 수가 없다. 잘못하면 책을 잡힐 수도 있다. 이미 포은이 신돈에게 선전포고를 한 이상 실권을 잡고 있는 신돈과는 그리 좋지 못한 관계일 것이 뻔하지 않은가? 이 자가 신돈의 수하라면 필시 무슨 까탈을 잡으러 여기까지 온 것이 아닐까? 그렇다면 미리 못을 박아두는 편이 좋다.

"내려오기 전 심관을 만났습니다."

보제사에서 만난 심관 신돈의 모습을 이야기하는 익점이다. 그래야만 이 자의 기를 미리 꺾을 수 있으리란 속셈에서였다.

"그날 심관께서 말씀하셨지요. 가거든 목화 거두는 일에 성공해 나라에 덕이 되게 하라고요."

사위의 이러한 복잡한 심정을 알아챈 정천익이,

"스님께서는 여러 곳을 두루 다니셨다니, 목화에 대해서도 잘 아시겠습니다?"

하고 말머리를 돌렸다.

"목화에 대해선 좀 알지요."

호승은 자기도 자신이 내밀려 했던 올가미를 어디서 어떻게 거둬야할지 모르고 있다가 정천익이 딴전을 부리자 돌파구를 찾았다는 느낌이다.

"소승 고향이 투르판이란 곳인지라."

거긴 목화는 물론이고 포도재배를 많이 한다고 한다.

투르판은 일찍이 대상들이 무역을 다니는 비단길로 저들의 먹거리를 제공하는 곳이라 한다. 때문에 그 어느 곳보다도 정보가 빠르고 동서양의 문물이 먼저 들어오기 때문에 문명이 발달한 곳이란다.

"투르판은 사막입니다."

그 바짝 마른 땅에서 어떻게 포도와 목화가 생산되는지에 대해서 그는 설명을 하기 시작한다.

"그렇지만 좋은 물 있어요."

주변에 만년설로 뒤덮인 높은 산들이 있는데 이 눈 녹은 물을 끌어들이는 관개시설을 했다는 것이다.

"원나라에는 명물 두 개 있어요."

땅 위로는 진시황제 대에 쌓은 만리장성이 있고 땅 밑으로는 투르판의 이 관개수로라는 이야기다. '카레스'라 불리는 이 수로는 만년설의 눈 녹은 물을 지하수로로 끌어들여 사막의 마른땅을 적시게 만들었다. 작열하는 태양빛에 충분한 수분을 받은 이곳 포도는 서역 사람들이 가장 선호하는 비단과 함께 잘 팔리는 농산물 중의 하나로 아라비아 유리와 귀금속을 맞바꾸는 품목으로 선택되었다. 이러한 지역이니만큼 목화재배도 시험해보지 않을 수 없었을 것이다.

"그 지하 수로를 이으면 만리장성보다 더 길어요."

투르판의 땅 밑으로는 거미줄 같은 물길이 뚫려 있어 사철 언제라도 풍부한 물을 이용할 수가 있단다.

칭기즈칸은 제일 먼저 이 지역을 정복해 그 아들에게 맡겼다. 그 세력이 서역으로 진출해나가 여러 한국들을 세웠다.

호승은 거기 세상에서 제일 뜨거운 화염산이 있다는 이야기도 한다.

"화염산 밑에 고창국이 있지요."

고창국 사람들은 말 대신 낙타를 타는데 이들 역시 면포를 짜는 데는 기술자라 한다. 신라의 혜초가 이 길을 통해 인도에 가 불법을 구해 왔다.

그는 또 고비사막 한가운데 돈황이라는 곳이 있다면서 거기 동굴 사원이 있다는 이야기도 한다. 그 동굴 안에 수많은 불서들이 있는데 그중에는 혜초의 기록도 있다고 한다.

"혜초는 천축국을 다녀온 기록으로 〈왕오천축국전〉을 남겼지요."

익점은 이 호승의 해박한 지식들과 많은 경륜에 감탄을 하면서 그가 보고 들은 안남 지역 이야기를 한다.

"그 서책을 읽어보았습니까?"

"너무 많은 서적들이 있어 다는 못 읽어봤습니다만."

대충 훑어본 바로는 혜초가 천축국을 오가며 듣고 보고 느낀 점을 쓴 글이라 한다. 익점이 또 묻는다.

"그런 글이 왜 거기 있었을까요?"

"천축국을 오가는 모든 사람들이 고비를 지나지요."

고비는 사람이 견디기 힘든 모래사막인데 그 가운데 오아시스가 있다. 돈황에는 월아천이라는 오아시스가 있어 모든 여행자들이 여기서 묵고 간다.

"혜초도 돈황에 머물며 그 글을 써 정리했을 것으로 생각합니다."

익점은 자기도 운남 땅을 돌며 쓴 글이 있다고 한다. 중이 그 글이 어디 있느냐고 좀 보자 한다.

"그 글은 지금 개경에 있습니다."

"개경에요?"

익점은 〈운남 풍토기〉를 좀 더 상세하게 다시 쓸까 생각 중이라고 말한다.

호승은 이렇게 며칠을 친구처럼 지냈다.

그는 그 틈틈이 솜에서 씨앗을 분리해내는 씨아와 실을 뽑아내는 물레며 베틀 만드는 방법 같은 걸 가르쳐주었다.

"마침 이전에 사농사에서 일한 경험이 있걸랑요."

그는 중이 되기 전에 관리였었다며 겸연쩍게 웃는다. 쌀로 담은

쌀 술맛이 참 좋다는 것이다. 지금 같은 형편에선 이런 집이 아니고서는 술맛을 보기 어려운 때라 그도 얻어먹을 것은 얻어먹고 보겠다는 심산인 것 같았다.

"술맛은 대리국 옥룡설산 아래 샹그릴라 술이 일품이지요."

"어떻게? 그 샹그릴라 술맛을?"

"내 아까 그러잖았소? 나도 화남 땅을 돌아 안남까지 두루 살피고 왔노라고요."

익점은 리장과 나시족들의 생활 풍습, 그리고 여인천하를 이야기한다. 홍원은 여기서 한풀 꺾인다. 사실 자기는 화남 땅은 가본 일이 없단다. 단지 세상에서 제일 살기 좋은 곳으로 샹그릴라를 꼽는다는 이야길 들어본 적은 있다고 했다.

"지상의 낙원을 직접 보셨군요?"

홍원은 그 설산이 손오공이 잘못을 저질러 갇히기도 했던 산이라는 이야기를 한다. 손오공은 당나라 구법승 삼장법사를 따라 불경을 구하기 위하여 천축국을 향하는 원숭이 왕 미후를 일컫는다. 이 원숭이는 잔재주가 많기로 유명하여 온갖 모험을 펼치는 〈서유기〉의 주인공이다.

익점도 서유기를 읽은 적이 있다. 스승께서는 지어낸 이야기 같은 것은 사람을 미혹시키는 위작이지만 그 속에서도 진실은 찾을 수 있다고 가르치셨다. 그게 소설이다. 때문에 많은 독서를 주문하였던 것이다.

이제 그 독서의 노고에 대한 값어치를 인정받을 때인 것 같다.

"리장 고성의 술이 왜 유명하냐면 옥룡설산의 눈 녹은 물로 빚었기 때문이지요."

익점은 설산의 눈 녹은 물을 시내까지 들어와 큰 호수를 만들었는데 그 맑고 찬 물이 땅속에서부터 퐁퐁 솟아오른다고 한다.

"그 물방울의 기포가 마치 보석 같아서 아침 햇살이나 지는 햇살에 비춰보면 영락없는 황금 비취예요."

그 황금 비취 속에 설산이 얼비쳐든다.

"그래서 샹그릴라의 술을 황금주라고도 하지요."

익점은 이 배양리 물 또한 동분서출 하는 황금수로 그에 못지않다는 이야기를 한다. 그러면서 술을 권한다.

"여기 배양리 물 또한 그에 못잖은 청정수랍니다."

홍원은 익점의 박학다식함에 놀란다.

"동분서출이라면……."

"물이 동쪽에서 솟아 서쪽으로 흐르는 걸 말하지요."

세상의 기운은 동쪽에서 솟아 서로 지는 해와 같다. 그렇듯 이 자연스런 기운을 안고 솟아나 흐르는 물이 제일 좋은 물이 된다. 동분서출 하는 물이 바로 황금 샘이라는 것이다. 물 하나에도 그 기운을 따져 마시는 게 신선이다. 술이 들어가면 누구나 신선이 된 듯 착각하게 마련이다.

불그스레하게 취기 오른 두 젊은이의 이야기를 들으며 정천익은 연장을 만들기 시작한다.

이렇게 해서 정천익은 베 짜는 데 필요한 여러 가지 기구들을 만들게 되었다.

실로 우연스런 일이었다.

그러나 익점은 이 모든 게 우연이 아니라 생각한다. 처음 앵두를 통해 면포를 본 데서부터 목화를 통해 베 짜는 것을 본 것이며 안남의 노인네 집에서 그 씨앗을 구해다 심은 것, 그리고 그걸 살린 정천익의 정성, 또 거기다 금상첨화격으로 홍원이라는 호승으로부터 솜 타는 기구들을 만드는 방법과 타면기술까지 배웠으니 이 모두가 하늘의 계시가 아닌가 싶은 것이다.

처음 목화송이에서 씨앗을 가려내는 일을 하는 것이 씨아다. 씨아는 쐐기처럼 두 개의 나무 가닥을 맞물려 돌아가게 해 씨와 솜을 분리하는 장치이다.

그다음으로 어려웠던 문제가 활이다. 일단 씨앗을 가려낸 솜뭉치에서 실을 뽑아내는 단계다. 이 과정이 가장 난제였는데 의외로 간단한 방법이 있었다. 커다란 대나무 활을 만들어 솜뭉치에다 대고 활줄을 퉁퉁 퉁기는 것이다. 이 활줄에 솜이 묻어난다. 이 묻어난 솜을 두 손가락으로 비벼 문지르면 가느다란 실이 된다. 이 실을 물레에 걸어 돌린다. 그러면 물레에 실이 감긴다. 이 실을 다시 가락에 되감으면 실꾸리가 된다. 이 실꾸리들을 베틀에 걸어 날줄과 씨줄로 교차시켜 베를 짜면 되는 것이다.

여러 번 시행착오가 있었지만 일은 순조롭게 잘 진행되었다. 마침 처남들의 손재간이 있어 연장을 다루는 데에는 저들의 도움이 컸다.

"이젠 됐지요?"

드디어 만들어낸 기구들의 쓰임새가 시험에 성공했다.

"이렇게 간단한걸."

"알고 나면 쉽지."

무엇이나 알고 나면 쉬운 법이다. 그렇지만 그 알 때까지의 고생이란 이루 말할 수 없다. 드디어 전 과정을 일일이 시험해 성공을 거두었다. 면포를 짜내는 데도 일단 성공을 거두었다.

"드디어 완성이야."

그러나 사람의 일은 한 치 앞도 모른다 했던가.

호사다마란 말이 있었던가.

몇날 며칠 걸려 이제 막 베를 한 필 끊었는데 부친이 돌아가셨다는 비보가 날아들었다.

"아버님이?"

익점은 아버지의 운명도 모른 채 베틀 만드는 일에만 전념하고 있었던 자신을 원망한다.

"매형! 어서 가보세요. 말안장 얹어놨어요."

처남인 문래가 망연자실 주저앉아 있는 그를 일깨운다.

"아버님 병구완을 위해 내려왔는데……."

내 어찌 이럴 수가 있단 말인가? 익점은 그제야 목화에 너무 골몰해 있었던 요 며칠을 후회하며 통곡한다. 아버지의 임종도 모르고 베틀에 미쳐 있었다니.

"어서 가보게. 나도 뒤따라 감세."

익점은 장인이 잡고 있는 말고삐를 낚아채듯 빼앗아 쥐고는 집으로 내달린다. 그렇다. 어찌 이럴 수가 있단 말인가? 그깟 베틀이 뭐라고 아버지 마지막 가는 길도 지켜드리지 못했단 말인가? 그는 저절로 흘러내리는 눈물을 닦으며 박차를 더한다.

"아이구, 도련니임."

동구 밖에 이르니 언제부터 나와 기다렸는지 금용이 거기 서서 울고 있다.

"천만다행이어요."

뭐가 또 천만다행이란 건가?

"나리께서 다시 또 깨어나셨구만이라요."

"아버님께서?"

하늘이 도우는구나. 하늘이. 자식 된 도리로 그 부모님의 임종을 못 지키면 불효자다. 그 떠나면 마지막 가는 저승길에는 전송이 필요하다. 데리러 오는 저승차사에게 가는 길 내내 잘 보살펴 데려가 달라고 부탁을 해야 한다. 그 일을 누가 할 것인가? 때문에 자식이 필요한 것이다.

"아버님!"

익점은 문지방을 넘기가 바쁘게 아버지 문숙선의 손을 잡았다. 아직 체온이 남아 있다. 이제 쇠약할 대로 쇠약해 뼈만 남은 앙상한 손가락이 파르르 떨고 있다. 두 눈에서 눈물이 주르르 흘러내리는 것이 보인다.

"그래. 보고 싶은 사람은 꼭 보고 눈을 감느니……."

황약국의 말이다. 약국 어른은 수많은 죽음들을 보아왔다. 그는 자기 경험에 비추어볼 때 꼭 보고 싶은 사람이 있으면 그가 올 때까지 마지막 숨을 아껴둔다는 이야기를 한다. 어떤 사람의 경우는 죽었다가도 다시 깨어 일어나 그 임종을 지키게 한다는 것이었다. 그건 자식의 가슴에 한을 남겨주지 않기를 바라는 부모 마음이다.

"이제 편히 가시게나……."

평소 아버지와 친분이 두터웠던 황약국의 말이다.

익점은 아버님의 두 눈에서 빛이 사라져가는 것을 느낄 수 있었다.

"아버님……."

그 가느다란 시선의 초점이 거두어지자 손바닥의 온기도 차츰 식어갔다.

황약국이 속광을 한다. 속광이란 입과 코에 솜을 대어 숨을 쉬는지 안 쉬는지를 마지막으로 확인해보는 것이다.

"고복하세요."

숨이 멎었음을 확인한 황약국이 초혼을 알린다. 사람이 죽으면 먼저 망인의 옷을 지붕 위에 올린 뒤 -복, -복을 외치며 그 죽음을 알린다. 그리고 수시를 한다. 시신이 더 굳기 전에 손발을 바로 펴 끈으로 대충 묶는 일이다. 그다음으로 염습을 해 입관을 하게 된다.

온 집안이 곡소리로 가득 찬다.

익점은 죽음이란 게 어떤 건지는 알고 있었지만 너무나 허망하다는 생각에 더욱 서럽게 운다. 도대체 삶과 죽음이란 무엇이란 말인가?

죽은 자는 말이 없다 했던가? 한 생을 다 살고 또 다른 생으로 이어지는 순간의 고요함으로 누워 있는 아버지를 마지막으로 보는 그의 심정은 찢어질 것만 같다. 이럴 줄 알았으면 좀 더 마음 편하게 잘해드릴 것을.

"이걸 쓰게나."

옷을 갈아입히고 염을 하려는데 정천익이 이제 막 베틀에서 끊어온 베를 내민다.

"사돈도 좋아할 걸세."

아들이 가지고 온 목화씨를 심어 그 실로 짠 베라니, 망자도 기뻐할 거라는 것이다. 지금까지 시신을 감싸던 베로는 명주나 갈포가 있었다. 갈포는 몇 년 지나면 썩어 없어져 다행이었지만 부자랍시고 명주를 쓰면 잘 썩지 않는다.

"목면이라 썩지 않는 폐단도 없을 테고."

목면은 땅에서 난 소재라 땅으로 돌아가는 데에는 별 지장이 없을 일이다.

시신은 썩어서 땅으로 돌아간다. 때문에 사람은 땅에서 태어나 땅으로 돌아간다는 말을 쓴다. 누구나 양지바른 곳에 잘 묻어 곱게 썩도록 해야 한다. 그래야만이 다음 생에 그 잘 썩은 옷을 다시 입고 나올 수 있기 때문이다. 그런데 썩지 않는 물건들이 몸에 걸쳐져 있으면 될 것인가? 그 또한 곱게 삭아 내리는 물건이어야 한다.

"그 참 보기 드문 물건일세."

염을 맡은 사람들이 말한다.

"호재야."

사람들은 익점이 부친의 염습을 위하여 일부러 이 베를 짠 줄로 생각하는 모양이다. 이를 위하여 벼슬자리도 그만두고 낙향해 부모의 주검을 미리 준비하고 있었으니 이 얼마나 효행이냐는 것이었다.

"나도 우리 어머니 장례에는 면포를 쓰고 싶은데."

"엑끼 이 사람아. 이런 베를 아무나 구할 수 있는 줄 아나?"

산 사람이나 따뜻하게 입고 덮으라고 목화재배에 열을 올렸더니 사람들은 죽은 자를 위한 장례용품으로 생각하는 것 같았다. 하기야 산 사람보다는 죽은 자가 먼저다. 산 자는 어떻게든 살 수가 있지만 죽은 자는 모진 생을 살고 난 다음 마지막 보상을 받는 자리가 장례식이다. 그렇다면 이건 그만큼 귀중품이라는 이야기가 될 것이다.

'승산이 있다. 바로 이거야.'

사람들이 귀중품으로 알고 찾는 물건이라면 보급도 그만큼 빨라질 것이다. 소비가 생산을 부추긴다. 생산은 돈을 낳고 돈은 생활을 편케 한다. 온 나라 백성들의 생활이 편하면 좋은 나라다. 그의 머릿속에는 온통 이 생각뿐이다.

공자는 '인명은 재천'이라 했다. 사람의 살고 죽음은 하늘이 정하는 일이다. 불가에서는 윤회를 설했다. 한번 태어난 생명이란 또 다른 그 무엇으로 환생한다는 것이다. 그 사람의 업보에 따라 그다음 생이 이어진다. 아버지 문숙선은 살아생전 공덕을 쌓은 분이시다. 남 못살게 한 일도 없고 해코지를 한 적도 없다. 고려장 할 만큼의 나이는 아니었지만 그래도 수를 누렸고 자식들도 잘 키웠다. 그러니 그 죽음을 슬퍼할 것만은 아니다.

"호상이야."

호상이니까 너무 슬퍼 말라는 위로의 말이다.

"그래도 이렇듯 너무 갑자기 가실 줄은……."

익점은 문상 온 사람들이 위로를 할 때마다 눈물이 앞을 가린다.

"자네 어른은 죽을 복을 타고난 걸세."

나이 들어 너무 오래 병석에 누워 있는 것도 고역이라는 이야기들이다. 이왕 죽을 바에는 적당히 고생하고 눈 감는 게 죽는 사람에게나 산 사람에게나 이롭다는 것이다.

익점은 장례식이 끝나기를 기다려 무덤 옆에 시묘를 할 차비를 시킨다. 그러면서 무덤가에 목화를 심으라 분부한다.

"아버님께서는 그 목화꽃을 본 일이 없느니라."

마을 사람들은 이 얼마나 지극한 효성이냐고 감복한다. 지금까지 무덤가에 꽃을 심는 일 같은 건 없었던 것이다.

시묘란 망자와 산자의 마지막 더부살이다. 망자는 이승에서 저승으로 가기 위해 마지막 청산해야 할 일들이 있을 것이고 산자는 이를 지켜야 한다. 아침저녁으로 공양도 해야 하고 묘 주변을 살피기도 해야 한다. 또한 살아생전에 잘못했던 것들을 고해도 하고 그 해원을 위한 곡도 해야 한다. 이렇게 삼 년을 머리 풀고 참회하는 자세로 홀로 무덤을 지킨다는 것은 그리 쉬운 일이 아니다. 때문에 대개의 사람들은 한 석 달 정도로 시묘를 마감한다.

"귀신이 뭘 알까."

"그래도 그렇지가 않지."

이를 지키는 사람들은 귀신을 섭섭하게 하면 꼭 그 재앙이 돌아온다고 믿어 산 사람 먹을 것은 없어도 귀신 줄 제삿밥은 차려야 한다 했다. 그렇지 않은 사람들은 귀신이 뭘 아냐며 사흘 아니면 석 달 만에 탈상을 하고 치운다. 그러나 익점은 자식 된 도리로 부모님의 삼년상은 지켜야 한다고 믿는다.

"아이고 아이고 아이고……."

어느 날 어떤 사람이 그를 찾아왔다며 금용이 묘막으로 데려왔다. 찾아온 사람은 방립을 깊숙이 눌러쓰고 장죽을 짚었다. 바짓가랑이에 감발까지 친 것이 한눈에 봐도 먼 길을 온 것 같은 행색이다. 익점이 잠시 머뭇거리고 있자 그가 먼저 방립을 벗는다.

"아니. 이게 뉘시오이까?"

익점은 뜻하지 않은 곳에서 삼봉을 만나 반가움을 감출 수 없다. 시묘살이하는 상주로서의 예의범절도 잊고 그의 손을 덥석 잡는다.

"내 일찍이 상문을 해야 하는데도 늦었습니다."

삼봉은 자기도 이제 막 시묘를 끝내고 탈상을 해 자유의 몸이 되었다고 한다.

"그러니까 그때 보제사에서 내려가신다고 했을 때 그 말이……."

"참말처럼 믿기지 않으셨다 이 말씀이시군요?"

"솔직히 말하자면 그랬었습니다."

"그럴 만도 했지요."

삼봉은 신돈이 보제사에 있었던 건 실로 우연스런 일이었다고 말하며 신돈에 관한 소식을 전한다.

"신돈이 오도도사심관이란 걸 맡았지요."

오도도사심관이란 이 새로운 벼슬은 전국 5도를 한 손에 쥐고 흔들 수 있는 판관 같은 자리라는 것이다. 신돈은 스스로 이런 자리를 만들어 나라를 쥐고 흔들 속셈을 꾸몄다. 또 실제로 암행을 시켜 지방 토호들에 대한 1차 조사를 실시했다는 것이다.

"그러다가 결국 왕의 눈 밖에 났지요."

"어쩌다 그런 일이?"

"그 자가 지금 어디에 있는지는 아무도 몰라요."

신돈은 또 신출귀몰하게 그 자취를 감추어버렸다는 이야기다.

"고려 불교가 썩었어요. 그 요승이 들어서요."

신돈은 절의 중들을 먼저 제 손아귀에 넣었다. 불도를 통한 일종의 역성혁명을 일으키려 했다는 것이다. 이즈음 늘어나는 게 절이었는데 그게 다 그 연유라 한다. 이제 알 만한 사람은 다 아는 사실이다. 그러니 제 손으로 요승 신돈을 잡아 처단할 것이란다.

"내 이 중놈을 꼭 잡고 말겠어요."

익점은 혈기왕성한 삼봉을 대하니 따라서 충정이 끓어오르는 듯하다. 그동안 너무 세상을 등지고 살았었다는 생각이다.

"그래, 다시 올라갈 생각이신가요?"

익점은 삼봉이 다시 관직에 복귀할 것인가를 묻는다. 누구나 부모상을 당하면 삼년시묘를 하는 것으로 돼 있다. 일종의 안식년제가 되는 셈이다. 그렇지만 정치에 환멸을 느낀 사람들은 그걸 빙자하여 고향에 눌러앉고 마는 경우가 있다.

익점은 지금 삼봉에게 그 점을 묻고 있는 것이다. 이 말은 어쩌면 자기 자신에게 하는 질문과도 같은 것이었다. 시묘살이를 끝내고 나서 다시 관직에 복귀할 것인가 말 것인가 하는 답을 삼봉이 가지고 있지 않나 하는 생각에서였다. 비록 마음속으로는 다시 벼슬살이를 하지 않겠다고 벼르고 내려왔지만 어쩌면 그 결정이 잘못되었을 수도 있다는 생각에서다. 삼봉 정도의 신동이라면 거기 걸맞은 해답도 가지고 있지 않을까?

"나도 처음엔 낙향해 살 작정이었습니다."

삼봉은 벌써 익점의 속맘을 읽었다.

"그렇지만 한편으로 또 생각해보니 피할 운명이 아니더군요."

배운 자란 모름지기 배운 값을 해야 한다. 머릿속으로 알기만 하고 현실을 회피하면 그게 어찌 지성인이라 하겠는가? 지성인은 아는 바를 실행에 옮기는 수고도 마다하지 않아야 한다는 것이다. 그래서 지식인과 지성인은 다르다.

삼봉은 시묘살이에서 문득 깨우친 바가 있다 한다.

"하루는 비가 부슬부슬 내리는데 늑대들이 마구 울부짖으며 시막으로 들이닥치는 거예요."

그는 엉겁결에 짚고 있던 대작대기를 들어 이놈들을 마구 때려 쫓는데 그중 하나가 해골의 탈을 뒤집어쓰고 핼금핼금 뒤돌아보며 도망을 가는데 그 탈바가지가 영락없는 자기 모습이더라는 것이다.

"그게 바로 나였어요."

늑대는 없었는데 늑대가 있는 것으로 보이는 착시현상……. 지금까지 관료생활에 환멸을 느꼈던 것은 내 속에 관료가 들어앉아 있었기 때문이라는 것이다. 썩어 문드러진 것을 본 사람은 썩어 문드러진 것을 꿈꾸고 향내 나는 향내를 맡은 사람은 향기를 꿈꾼다는 것이다.

"즉 다시 말하면 나는 내가 아는 것만 보게 된다는 말씀입니다."

그렇기 때문에 불가에서 하는 수행은 소용이 없다. 수행만 하고 그 기운만 돋우어서 무얼 할 것인가? 수행과 양기로써 북돋아진 수양을 바로 깨닫고 써야 하는 게 올바른 이치라는 것이다.

"삼봉께서는 지금 이 나라가 수양한 것을 바로 쓰는 이가 없어 이렇다 하심입니까?"

"바로 보셨습니다. 그러니 저런 요승이나 횡행하는 세상이 된 것이지요."

그러니 딴생각 말고 시묘살이 잘 끝내고 다시 입궐하라는 삼봉이다. 자기도 한 바퀴 바람을 쐬며 민심을 살핀 다음 상경할 거란다. 어떻게 익점이 딴 맘을 품고 있었던 것을 눈치챘을까?

그는 그때 보제사에서 벌써 그 맘을 읽었다고 한다.

"사실은 나도 그때 아버님이 위독하다는 기별만 받았을 때였으니까."

똑같은 사람이 있나 보다고 생각했단다.

"그렇지만 문공은 나보다 효자임에는 틀림없어요."

"……?"

"어쨌건 아버님을 삼 년이나 더 살려두셨잖습니까?"

그는 아버님의 운명을 동구 밖에서 보았다 한다. 허겁지겁 들어가는데 벌써 지붕 위에 옷가지가 올라가고, -복 -복 하는 소리가 들리더라는 것이다.

"그만해도 해볼 도리는 다해본 것 아닙니까? 저는 약 한 첩도 내 손으로 못 지어 올려봤으니까요."

그 한이 남는다는 삼봉이다.

"내 정신 좀 봐요. 내 남의 시막에 와서 이러는 게 아닌데."

삼봉은 다시 입궐해서 만나자며 작별을 고한다. 그때가 언제가 될지는 몰라도 그날이 오면 나라를 위해 큰일을 해보자는 그였다. 그러면서 그는 무덤가에 피어 있는 목화꽃을 보고 이게 뭐냐고 묻는다.

익점은 그간의 사정을 간단하게 설명했다.

"그런 일이 있었군요."

그는 다시 자리에 앉는다.

"문공이야 말로 큰일을 했소이다."

바로 이런 일이 나라를 위한 일이라는 삼봉이다. 올라가 복직이 되면 이 일부터 널리 알려 보급하는 데 힘쓰겠다고 다짐한다.

"그런데 문공. 이렇듯 획기적인 일을 했는데도 이걸 심을 땅이 없어 무덤 주변에다가 이렇게 심어놨단 말이오?"

삼봉은 익점이 목화를 심을 땅이 없어 여기다 이렇게 심어놓은 줄 아는 모양이다. 삼봉의 집안 역시 넉넉지 않은 향리의 보통 집안이다. 부친 정운경만이 유일하게 개경에 올라가 관료생활을 좀 했지만 청백리였다. 그래도 그 덕분에 삼봉은 개경 맛을 보았고 이곡선생 문하에서 공부를 했다.

그렇지만 그 신분 때문에 어울리는 친구들이 별반 없었다. 삼봉의 할아버지 정운종은 그런대로 향리에서 알아주는 집안이었지만 그 할머니의 신분이 변변치 못했다. 그 할머니가 우씨 집안의 우연이라는 사람의 딸인데, 우연의 출생성분이 신통찮다. 따져 말하자면 승려 김진과 여자 노비 사이에서 출생한 사람이 우연인데 그가 바로 삼봉의 할머니라는 것이다.

그러잖아도 따지기를 좋아하는 호족의 자식들 사이에서는 이보다 더한 흉허물이 없었다. 전조 신라에서는 골품제도가 성했을 만큼 그 핏줄을 중시했다. 때문에 삼봉은 그 천재성에도 불구하고 늘 혼자였던 것이다. 포은은 그러한 그를 두고 '앞으로 일 저지를 놈'이라고 말했었다. 그날 보제사에서 두 사람이 마주쳤을 때도 그러지 않았던가?

"초록은 동색이라더니만."

그 말은 신돈의 출신 신분을 두고 한 말이었다. 신돈 역시 그 신분이 반듯하지 못했다. 옥천사 사비의 아들이라잖은가?

"두 놈 다 중놈의 새끼들이 돼 갖고서."

무슨 모의를 하고 다니는지 모르겠다는 포은의 악담이었다.

그러한 그가 느닷없이 천하를 주유하고 다니는 것은 무슨 까닭일까? 그리고 여기까지 찾아온 건 또 무슨 연유인가? 한때 그렇게 죽이 잘 맞는 듯하던 신돈을 요승이니 어쩌니 하면서 찾아 나선 이유는 또 뭘까?

익점은 뭔지는 잘 모르겠지만 무슨 새로운 변화가 일어나고 있음을 직감한다.

도대체 나라에 무슨 변고가 일어나고 있는가? 갑갑하다. 이렇게 은둔생활을 한다고 끝날 일이 아닌 것 같다는 생각이다. 배운 자는 모름지기 그 배운 바를 행해야 한다. 배우고도 행하지 않으면 무슨 소용인가?

그는 목화재배 따위는 장인어른에게만 맡겨둬도 다 잘할 거라는 생각을 다시 해본다. 배운 학문을 농사짓는 데 쏟는다는 것은 옳지 못하다. 삼봉 같은 이도 저렇게 다시 발 벗고 나서질 않는가?

익점은 다시 시골생활을 접고 벼슬길에 오를 생각이 일어나는 자신을 보고 참 알 수 없는 것이 사람이 마음이라고 혼자 웃는다.

10

까마귀 우는 곳에 백로야

시묘살이가 끝나자 익점은 성균관 대사성에 보임되었다.

그동안 고려 궁전은 한껏 정비돼 있었다. 황도답게 바깥성인 나성은 견고한 석성으로 둘러치고 안으로 또 네 겹의 성을 둘러쌓았다. 남대문을 들어서면 25만 평이나 되는 드넓은 부지에 근정전인 회경전을 비롯하여 귀빈의 침실인 만명정과 장화정이 늘어섰다. 모두 고래등걸 같은 기와집들로 이전에 느끼지 못했던 웅장함이 있다.

그런데 그동안 못 보던 건물이 하나 눈에 띄었다.

"저건 무슨 집인가?"

익점은 함께 걷던 성균관 박사에게 묻는다. 함께 걷던 사람은 대사성이 뭘 보고 묻는지 알 수 없어 손을 이마에 얹고 살피는 듯하다가 하는 수 없이 이렇게 대답한다.

"영전입니다요."

"영전이라니? 무슨 영전이 궁 안에 있는가?"

그는 또 마지못해 이렇게 궁색한 답변을 한다.

"왕비마마의 영전이랍니다."

"왕비마마라면?"

"……."

그는 상관이 왜 이렇게 집요하게 묻는지 그 속내를 알 수가 없어 대답을 머뭇거린다. 시묘를 끝내고 이제 상경했으니 궁궐 내부의 변화를 몰라서 묻기야 하겠지만 그 질문의 요지가 뭔지 파악이 되질 않는다.

공민왕은 사랑하는 왕비 노국대장공주가 죽자 식음을 전폐하였다. 그리고는 차츰 실성한 사람처럼 되어갔다. '난산이라 하였더냐?' 정말로 왕비의 죽음이 아이를 낳다가 그리 되었는지 누군가에 의해 죽임을 당했는지 의심하는 말만 되풀이하였다. 드디어는 모든 정치를 신돈에게 맡기고 불사에 전념하였다.

불사라는 게 따로 있는 게 아니다. 열심히 불경을 외우는 것도 아니고 마음 수양에 힘쓰는 것도 아니었다. 죽은 노국공주에 대한 집념이었다.

"이것 봐라. 닮았느냐?"

왕은 손수 노국공주의 진영을 그리느라 침식을 잊었다. 마침내 그림이 완성되자 벽에 걸어놓고 울고 웃고 하다가 그 그림을 걸 영전을 지으라고 명하였다. 그렇게 지어진 게 영전이다.

박사가 자기 상관의 물음에 답을 머뭇거린 것은 그간의 왕에 대한 행동이 일반상식을 벗어나는 짓들이었고 그걸 어떻게 전하느냐에 따라 질문한 사람의 반응이 달라질 수도 있을 것이기 때문이었다. 말을 잘못했다간 왕을 비방하는 투로 들릴 수도 있을 것이고 상관이 무슨 꼬투릴 잡을지도 모를 일이기 때문이었다.

성균관이 어떤 곳인가? 최고 교육기관이 아니던가? 그런 기관에 몸담고 있는 박사 정도라면 말이 '아' 다르고 '어' 다르다는 걸 알 인물이다. 그렇다면 성균관 대사성이란 또 어떤 자리인가? 그 최고 책임자의 자리다. 그 책임자가 자기 수하의 심중을 모르겠는가?

박사는 짓다 만 영전에 관한 이야기를 한다.

"왕비마마가 돌아가시자……."

마음 둘 데 없는 왕은 신돈을 통해 위안을 얻었다. 신돈은 심중술로 왕을 위로하였다. 왕은 차츰 이성의 눈을 잃어 술과 여자를 탐하게 되었다. 그럴수록 첫사랑과도 같았던 공주에 대한 그리움을 못 잊어 그 영전을 짓는데 국고를 털어 바쳤다. 당연히 반대 상소가 올라와 공사가 지연되고 있는 중이었다.

익점은 박사의 머뭇거림을 보고는 한 다리 건너뛰어 또 이렇게 묻는다.

"자제위란 어떻게 생긴 건가?"

공민왕은 왕비를 잃은 슬픔을 달래기 위하여 술과 여자를 가까이 하였다. 이것도 모자라 이젠 어린 남아들을 궁중으로 끌어들여 시중을 들게 하였다. 아울러 온갖 기행과 가학행위를 일삼았다. 심지어는 이들을 후궁과 놀아나게 하고는 그걸 엿보며 즐기기까지 하는 관음증까지 보였다. 이들 미동들을 전담한 부서를 자제위라 했을 정도로 그 규모가 커졌다.

궁중에는 궁중생활을 돕기 위해 수많은 궁녀들이 있다. 마찬가지로 환관들도 있다. 환관은 거세된 남자로서 궁중 일을 돕거나 유력자들의 사역을 돕는다. 이들은 남성을 거세당했기 때문에 남성으로서의 구실을 못한다. 때문에 권력자들이 자기 여성들을 지키는 수단으로 이러한 자들을 고용해 부려먹었다.

그 시초는 중국의 궁형에서 비롯되었다 한다. 고대 중국에서는 죄인에게 내리던 5대 형벌이 있었다. 그 첫째는 사형이다. 둘째 형벌이 궁형으로 성을 제거하는 것이다. 다시는 그 씨앗을 퍼뜨리지 못하게 남성은 남성의 그것을, 여성은 여성의 그것을 제거해버리는 형벌이었다. 셋째가 월형으로 뒤꿈치를 베어내 걷지 못하게 하는 벌이다. 넷째는 의형으로 코를 베어내 창피해서 바깥출입을 못하게 하는 것이다. 다섯째는 경형으로 얼굴이나 팔뚝 살을 도려내어 거기 죄목을 써넣는 형벌이다.

환관제도는 이 궁형을 받은 자들을 후궁에 데려다 일을 시킨 데에서부터 일종의 벼슬아치로 취급받게 된 것이다. 그 부르는 이름만도 시인, 엄관, 정신, 내수, 중관, 혼시, 환시, 환자, 황문 등으로 다양하다.

환관들은 궁중 깊숙이 자리 잡고 있어 그 모습이 드러나지 않고 있지만 실제로 권력을 잡은 여자와 가장 가까이 지내고 있으므로 그 실세가 막강하다. 당나라 고력사라는 환관은 황제의 신임을 받아 모든 정사가 그의 손을 통하지 않으면 안 될 세도가가 되기도 했다. 결국 나라를 망해먹게 만들었지만.

지금 공민왕은 고력사 같은 존재인 신돈에게 정사를 내맡겨놓았다가 그에게 나라를 들어 바칠 뻔한 위기를 맞았다. 왕은 그간 남몰래 드나들던 신돈의 시녀 반야에게서 아들을 얻었는데 신돈을 처형한 후 궁중에 불러들여 이름도 없던 아이를 강령부원대군에 봉했다.

그러나 왕의 괴팍한 짓은 그 도를 지나쳐 자제위라는 걸 설치해놓고 거기 뽑혀 올라오는 미동들과 어울려 황음무도함을 저질렀다. 이들 중 홍륜, 한안, 권진, 홍관, 노선 같은 아이들은 공공연히 왕과 가까운 사실을 흘리고 다니며 매관매직을 했다. 그뿐인가? 미동 중 하나인 홍륜이란 자는 왕의 여자인 익비를 임신시켰다. 이 있을 수 없는 소문은 이미 궐내에 쫙 퍼져 있는 공공연한 비밀이 되었다.

익점은 수년간 궐을 비워 그간의 사정에 어둡다며 솔직한 이야기를 해달라고 한다.

"나는 내부 사정에 너무 어두워."

그러니 하루속히 현상을 파악하고 직무에 임할 수 있도록 도와달라는 것이었다.

그 말에 마음을 놓은 박사는 이렇게 말문을 열었다.

"궐내 사정은 너무나 복잡합니다."

황성은 풍기문란 그 자체고 왕 자신이 그 회오리바람의 눈이란 것이었다.

"이건 차마 말씀드리기 어려운 일입니다만."

"이 사람아, 자네와 나 사이에 그런 벽이 있으면 어찌 일을 하겠는가?"

박사는 아직 공민왕은 홍륜과 익비의 사이를 모른다며 그 일이 들통 나는 날이면 무슨 날벼락이 떨어질지 모른다는 이야길 한다. 지금 고려 왕실은 광평부원군 이인임이 당할 자 없는 실세라는 말을 덧붙인다. 그는 자기 상관이 지금 궐내에서 실세를 잡고 있는 자가 누구인가를 묻고 있는 것으로 착각했던 모양이다. 이인임은 홍건적이 쳐들어왔을 때 1등공신이 되었으며 동령부를 정벌하여 광평대원군에 책봉되었고 지금은 수시중이다.

고려 시중은 최고 정무기관으로 중서문하성의 종1품 벼슬이다. 수상의 자리인 것이다. 이인임의 주변에는 안사기, 경복흥 지윤 등 고관들이 포진해 있다. 그러니 이들에 대한 이야기를 함부로 한다는 것은 목숨이 두 개라도 모자랄 일이다. 그런데도 박사는 묻지도 않은 이야기의 실마리를 제 스스로 풀어나간다.

"그런데 이상한 소문이 돌고 있습니다."

"소문이라니?"

"왕실의 비밀을 지키기 위해서 저들을 몰 쓸어버린다는 것입니다."

"쓸어버리다니? 누구를 쓸어버린다는 말인가?"

"누구긴 누구겠습니까?"

왕비와 놀아난 홍륜을 두고 하는 말이란다.

"그런 놈이야 당해도 싸지."

"그렇죠? 그런데."

일은 그리 간단하지 않다는 것이었다. 나쁜 일을 저지른 장본인이야 벌을 받아 마땅하지만 그걸 소문 낸 자들의 입도 봉해버리겠다는 이야기다. 그걸 밀고한 자로서 최만생이란 자를 지목하고 있는데 이제 저들은 죽은 목숨이란 거다.

"무슨 이야기가 그리 복잡한가?"

"말하자면 이런 거지요. 누군가가 있어 홍륜과 최만생의 입을 영원히 봉하려 한다면 이들이 살아 있어선 안 될 또 다른 존재가 있다는 거 아니겠습니까?"

"그게 누군데?"

"그걸 모르는 게 문제라는 겁니다."

그건 왕의 측근일 수밖에 없다. 왕의 안위를 위해서는 있을 수 있는 처사다. 이보다 더한 일도 얼마든지 있을 수 있다. 그런데 이미 공공연한 사실을 두고 문제 삼아 저들을 제거하려 한다는 소문이라면 거긴 반드시 또 다른 복선이 있을 것이다.

익점은 또 다른 문제가 숨겨져 있다는 사실을 간파한다. 이를 뒤집어 생각해보자. 홍륜이나 최만생 같은 자들을 궁지로 몰아넣는다. 그러면 저들의 행동이 어떠할 것인가? 쥐도 급하면 고양이를 문다는 식으로 다급한 마음에 쫓는 자를 되덮어 칠 것이다. 그 쫓는 자가 누구인가? 왕이 아닌가?

"그렇게 덫을 놓는 거야."

박사는 혼자 중얼거리는 상관의 말을 미처 알아듣지 못한다. 들었다 할지라도 거기까지 깊이 있게 생각하지는 못했을 것이다. 그렇지 않고는 당장 저들을 잡아다가 물고를 낼 일이지 소문만 흘리고 다닐 필요가 있을 것인가? 일개 성균관 박사 정도가 이 소문을 알 정도면 이미 모르는 사람이 없을 일이 아닌가.

"그러면 누가 덕을 볼까?"

만약 익점의 추측대로 누군가가 있어 저들을 조종하고 있다면 그 화살은 왕의 가슴으로 되돌아갈 수밖에 없다. 왕이 죽고 나면? 그다음은 누구인가? 왕은 마땅히 대를 이을 후사가 없다. 그래서 신돈의 시녀에게서 낳은 강령부원대군을 궁중으로 데려다 놓았다. 그의 아명은 모니노로서 명목상으로는 궁인 황씨의 소생으로 돼 있다.

"옳거니."

황씨의 소생으로 적을 올리게 한 것은 명덕태후의 명이라 하였다. 명덕태후는 남양 홍씨로 공민왕의 어머니다. 명덕태후가 이 일에 개입되었다면 혹시 그 친정인 남양 홍씨들이? 아니면 정안공이? 충숙왕 재위 당시 원나라 복구장공주를 계비로 맞아들였을 때 공주는 태후를 몹시 투기하였고 이 때문에 태후는 정안공의 집에 가 머물렀었다.

"아니야. 아니야……."

아무리 생각을 대 봐도 해답이 나오지 않는다. 도대체가 명덕태후께서 자신의 아들인 공민왕을 해치려 할 명분이 서지 않기 때문이다. 그런데도 한 가닥, 가닥이 잡히는 게 있다. 그 배후가 누구이든지 간에 왕을 해할 음모를 꾸미고 있다는 사실이다. 후궁과 놀아난 일개 자제위 미동 따위를 잡기 위해 이렇듯 그물코를 조여갈 필요는 없을 것이기 때문이다.

"궁지에 몰리면 쥐도 고양이를 문다."

그 이치를 이용해 어부지리를 얻는다. 그 그물코를 쥐고 있는 자들이 있다.

익점은 무언가 모를 모종의 음모가 진행되어가고 있다는 느낌을 받자 온몸이 섬뜩해지는 전율을 느낀다. 유사 이래 지금까지 끊임없이 자행되어오는 권력과 자리 다툼이 여기 이 황실에서 또다시 일어날 징조인 것이다.

왜 또 이런 아비규환 속으로 돌아왔는가?

그는 차라리 목화밭으로 되돌아가고 싶은 심정이다. 다시 이 정치판에 들어온 것을 후회하기 시작한다.

이날 밤 익점은 착잡한 심사를 달래기 위해 오랜만에 시 한 수를 적어 내려간다.

한 송이 목화꽃을 바라
마른땅 갈아엎고 비 기다리고
송이송이 맺힌 그 꽃 꺾어

임께 바치려는데
시절이 하 수상해 꽃송이도
고개 숙여 필 동 말 동 하여라

익점은 며칠을 곰곰이 생각하다가 이 시를 장인 정천익에게 부쳤다. 그러면서 근간의 문안을 여쭌다. 세상에는 믿을 사람이 하나도 없다.

정치란 도대체 무엇인가? 백성들이 잘 먹고 잘 입도록 하는 것이다. 유유자적할 때가 아니다. 음풍농월이나 할 때가 아닌 것이다. 나라가 누란의 위기에 처해 있는데 꽃 타령이나 하고 있을 때인가?

다음 날 입궐 하자마자 익점은 포은을 만났다.

"그러잖아도 찾고 있던 중이었네."

포은은 아무래도 심상찮은 일들이 꾸며지고 있다는 이야길 한다. 그렇다면 그 진원지도 대략 밝혀졌다는 뜻이겠다. 지금의 조정은 다시 친원파와 친명파로 갈라지고 있다. 익점이 시골에 있는 동안 명나라가 일어난 터라, 명나라와 손을 잡아야 산다는 편이 더욱 강건해진 것이다. 새로 생겼다기보다는 반원파는 저절로 친명파가 되는 것이고 친명파가 아니면 친원파가 되는 세상이 되어버렸다.

포은이 이 일로 명나라에 사신으로 다녀왔다. 두 나라가 더욱 돈독한 유대 관계를 가지고 우호국이 되자는 친선사절단 같은 것이었다. 때문에 포은이 중임을 맡았던 성균관사성 자리를 익점에게 물려준 것이었는데, 그 사이 또 무슨 일들이 일어난 모양이다.

그런데 한 가지 이해할 수 없는 일은 아직까지 원나라에 끈을 대고 있는 세력이 잔재한다는 사실이다. 왕도 일찌감치 원을 배척하고 나섰고 원나라 황실을 업고 왕좌를 뒤엎어버리려던 세력들도 일망타진 되었다.

"그렇다면 그들이 누구인가?"

"나도 믿기 어려운 일이지만……."

이전에 원나라와 치열한 전쟁을 치렀던 자들이란 것이다.

"이인임과 그의 측근들을 두고 하는 말인가?"

이인임은 동령부를 정벌하고 출세가도를 달려온 사람이다. 그러한 그가 어찌 원나라를 다시 섬기겠다는 것인가? 포은의 말은 달랐다. 원나라를 다시 섬기겠다기보다는 그 반대파들을 숙청하려 하는 것 같다는 이야기다. 그 반대파라면 누구인가? 바로 외직에 나가 있는 자들이다. 외직이라면 군수권을 지고 황궁 밖에서 일하는 사람들이다. 저들은 원나라와 치열하게 싸웠던 자들이다. 그러니 다시는 원나라를 쳐다보기도 싫은 무관들이다. 그렇다면 최영과 이성계 등을 말함이 아닌가. 내근을 하는 자들은 외근을 하는 자들보다 편한 자리에 앉아 있다. 그러면서 저들보다는 자기네들이 더 우월하다는 생각을 한다는 것이다.

"일단 정리를 한번 해봅시다."

파가 나누어진 것은 겉으로야 어떻게 되었든 간에 내직을 하는 이인임 일파와 외직에 나앉은 최영 일파를 뜻한다. 그 위에 왕이 있다. 그런데 이 군주가 유명무실하다. 그렇다면 그 존재를 갈아 치워야 한다. 지금까지 숱하게 일어났던 사건들이다.

"그 사건이 다시 일어난다고 봐야 하나?"

"그렇다고 봐야겠지?"

"막을 도리는 없을까?"

"무조건 막는 것만이 능사인가도 생각해봐야겠지."

포은의 이 말은 또 무슨 뜻인가? 왕이 이미 군주로서의 자격을 상실했다는 이야기 아닌가? 그동안 썩을 대로 썩어빠진 고려왕실에 대한 내막을 모르는 두 사람이 아니다.

"그렇다고."

그다음 말을 차마 곧바로 잇지 못하는 익점이다. 일이 일어나는 걸 보고만 있자는 겁니까? 또다시 왕이 죽는 것을요? 혀끝에 날름거렸지만 차마 그다음 말은 입 밖에 낼 수가 없다.

"만나자마자 또 골치 아픈 이야기부터 나오니 다시 낙향할까 봐 겁나네."

포은이 웃으며 화제를 바꾸었다.

"삼봉한테 자네 시골 이야기 들었어. 무덤가에까지 목화를 심어 연구를 하고 있었다면서?"

"연구를?"

"그게 연구지 뭔가?"

포은은 목화에 대해서 묻는다.

"그래, 농사는 지을 만하던가?"

"농사일을 해봤어야지."

생전 처음으로 해본 농사일이라 힘들긴 했지만 목화야말로 장려되어야 할 작물임을 피력하는 익점은 어느새 목에 힘이 들어가 있다.

"백성들이 따뜻하게 살 길이야."

"나는 아직 보지를 못해서."

"그러잖아도 보여드리려고 목화 몇 송이를 가지고 온 게 있지."

익점은 소매 끝에서 목화 한 송이를 끄집어내 보인다.

"한번 만져봐. 얼마나 따뜻하고 부드러운지. 그리고 이 솜으로 실을 뽑아 이불을 해 덮고 또 옷을 해 입는다고 생각해봐."

"그러잖아도 〈운남 풍토기〉에서 그 내용은 읽어봤어."

"그 이상이라니까."

"삼봉의 말로는 이게 그리 까다로운 작물이라 하던데?"

"몇 번의 실패를 거듭했었지."

익점은 그간의 실패와 성공담을 소상히 이야기한다. 그러면서 덧붙인다. 이걸 온 나라 온 백성들에게 보급해야 한다고, 머잖아 의복에 혁명이 일어날 거라고도 한다. 온 나라가 다 입고 남으면 그때 가서는 무역을 해도 된다.

"나도 그 생각을 하고 있지만……."

직조는 신라시대부터 있어왔다. 조하방이라는 관영 직조소가 있을 정도였고 이를 장려하기 위하여 해마다 7월 15일부터 8월 한가위까지 한 달 동안 누가 베를 많이 짰는가, 시합을 벌이기도 하였다. 이는 길쌈을 장려하기 위한 국가적 시책이었다.

고려조에 내려와서는 가내공업이 더 성해져 관영기관인 잡직서에서 생산되는 양보다 더 많았다. 또한 염색을 맡은 도염서가 있을 정도로 비단생산이 늘었다. 뿐만 아니라 각 사찰에서도 직조소를 두어 길쌈을 하게 하였다. 사찰 노비들인 이비들의 길쌈 솜씨는 더욱 섬세하고 그 품질이 좋아 백 모시는 물론 꽃무늬까지 수를 놓았다. 이러한 화문저포와 고려직문저포는 당당한 수출품목으로 상품전시회가 열릴 정도다.

그렇지만 이러한 것들은 모시와 비단이다. 그리고 일반서민들이 입는 옷은 삼베나 마포 정도다. 이 판국에 면포가 들어왔다는 것은 놀라운 사실이 아닐 수 없다.

"그래, 이걸로 어떻게 베를 짜는 건가?"

익점은 솜뭉치를 들고 이게 어떻게 실이 되고 베가 되는지 궁금해 하는 포은에게 간단명료하게 설명한다.

"먼저 솜에서 씨를 제거합니다. 씨를 빼내는 씨아가 있습니다. 씨를 뺀 목화로 솜을 타지요. 말판 위에 펴놓고 고치말이를 합니다. 그 다음 물레로 실을 잣아 올리는데 이때는 손재주가 있어야 합니다. 손끝의 힘에 따라 실이 가늘어졌다가 굵어졌다가 하기 때문에 일정한 힘을 유지해야 하지요. 그다음은 길쌈하는 과정과 같아서 무명날기, 베매기, 풀 먹이기를 거쳐 베틀에 올려 베를 짜는 것입니다."

그런데 문제는 일일이 사람 손을 거쳐야 하기 때문에 대량생산이 어렵다는 것이다. 따라서 나라 차원에서 이 일을 추진하지 않으면 안 된다는 이야기다.

"어떤가?"

"벌써 부자가 된 기분인데."

"그렇지? 그러기 위해선 많은 농지가 필요해. 일꾼들도 필요하고."

"그 문제라면 교정국을 더 늘리면 될 일."

사원의 승니들에 의해 베를 짜던 일을 말함이다. 이에는 사영공장이 있고 관영공장이 있다. 그렇지만 지금은 신돈이 저들을 다 풀어 방면해버렸기 때문에 일손이 없어져버린 상태다.

포은은 그들을 다시 불러들여 일을 시키면 되지 않겠느냔 이야길 하는 것이다. 아니면 잡직서나 도염서의 규모를 더 늘려 잡으면 된다는 것이다. 일꾼들의 문제는 이로써 해결된다 치자. 그렇지만 농사지을 땅은 어디서 구하는가?

농지는 한정돼 있다. 농사를 지어 입에 풀칠하기도 바쁘다. 그나마 아껴둔 양곡은 전쟁이 다 앗아갔다. 나라에서 세금을 너무 많이 거둬 먹을 것도 남아 있지 않은 형편인데 거기다가 목화를 심으라면 누가 말을 들을 것인가?

"입이 급할까, 옷이 더 급할까?"

포은은 먹는 일이 시급한 이때에 어떻게 목화를 경작할 땅을 비워둘 수 있겠느냔 실질적인 질문을 한다. 땅이라고 생긴 땅은 절이 다 갖고 있고, 농토라는 농토는 몇몇 공신들이 다 차지하고 사욕을 채울 뿐, 내놓지 않고 있다.

"그건 나도 생각해둔 바가 있다네."

익점은 운남땅에서 본 고산족들의 경작지에 대해서 설명을 한다. 저들은 가파른 산꼭대기까지 일구어 씨를 뿌렸다. 그렇게 본다면 이 땅은 어디나 일구기만 하면 농토가 될 수 있다. 게다가 밭을 갈 소가 있고 힘센 농군들이 있다. 농군들에게 사역을 면제해주고 목화재배를 시키면 된다는 발상이다.

"밭을 일굴 일꾼들에게는 특별히 사역을 면제해주는 거야."

"그걸 국가시책으로 삼자는 이야긴 〈운남 풍토기〉에서 벌써 피력하지 않았던가?"

익점은 포은이 그저 안부 삼아 목화 이야길 물은 것이 아니란 걸 알았다. 이미 이 일을 구체화시켜 국책사업에 반영할 모양이다. 포은은 익점이 낙향해 있는 동안 태상소경보문각 응교 겸 성균관 직강을 거쳐 성균관사성에 올랐다가 명나라에 사신으로 갔다 오기도 했다. 그러니만큼 나라 안팎의 사정을 골고루 아는 폭넓은 안목을 가졌다.

"포목이야말로 인삼에 버금가는 효자품목이라 하지 않았나?"

그러니 더 구체적인 농사법을 이야기해보자는 것이다.

익점은 천군만마를 얻은 느낌이다.

"지금 그 일은 장인어른께서 하고 계신다네. 작물 재배에는 확신을 얻었고 실을 뽑고 베를 짜는 일은 일손만 충분하면 그런대로 해나갈 수 있고."

농토와 일손만 충분히 구하면 된다는 것이다.

포은은 나라를 위한 길은 말로만 하는 것이 아니라며 어느 게 백성들이 편안하고 배 불리 먹고 따뜻이 입을 수 있는 길인지를 찾아 그 길을 열어주는 게 급선무라 한다. 그 일을 찾아 행하는 것이야말로 국록을 먹고 사는 사람이 할 일이란 것이었다. 그런데 왜 나라가 이 모양 이 꼴로 되어가는지 모르겠다고 한다.

이야기가 다시 정치판으로 돌아왔다.

"반드시 무슨 일이 일어나고 있음이 분명해."

이럴 때일수록 처신을 잘해야 한다. 출세를 위한 처신이 아니라 품위를 잃지 않는 처신이 필요한 것이다.

"어정쩡한 회색이 되어 숨어 있다가 나중에 나타나 이긴 자의 편에 선다는 것은 천하에 비겁한 자들이나 하는 짓이지."

"이를 말인가?"

"그렇지만 일신은 한 군주를 위해 목숨이라도 바치겠다 했다면서?"

"하늘의 해가 둘이 없듯 신하에겐 임군이 둘 있을 수 없다 했지."

"그게 그 말 아닌가?"

"그 뜻이 좀 다르지 않을까?"

"병든 나무는 베어야 새싹이 돋는 법 아니겠는가?"

"새싹이라? 너무 오랜 세월이 걸리지 않을까?"

"그렇다고 썩은 나무가 다시 열매 맺을 일은 없지."

놔두고 보자는 이야기인가? 이들은 마치 선문답을 하듯 서로의 뜻을 주고받다가 다시 말머리를 돌려 목화재배로 돌아왔다.

"목화는 추위를 많이 타."

그러니 북쪽의 추운 지역에는 잘 안 될 거라는 말이다. 익점은 그동안 장인 정천익이 경상 · 전라 지방은 물론이고 양광도 일대까지 그 재배 면적을 넓혀 시험을 해본 결과를 이야기한다.

"한강 이북 지역은 아예 안 되고, 금강 이남 지역이라야 적지라는 판단을 얻었다네. 특별히 잘되는 곳은 남녘에 있는 도서지방들인데 삼별초가 싸우던 진도에서는 그 수확이 월등했다는 보고야."

"벌써 그런 시험재배를 해봤단 말인가?"

포은은 농사일을 주관해 맡아하던 전농시승이란 벼슬을 하던 시절 이야기를 하며,

"내 그때 그 일을 알았었더라면 국가적 지원을 아끼지 않았을 텐데……."

한다. 익점은 장인 정천익이 배양촌 판서라는 이야길 한다.

"그랬었지, 참 그랬었어."

포은은 이렇듯 백성들에게 실질적 도움이 되는 일은 즉각 처리해야 한다면서, 산을 일구어 개간을 할 것과 하천부지를 이용하여 목화재배 면적을 더욱 넓힐 것을 구상한다. 산은 얼마든지 있다. 농지가 아니더라도 보다 많은 땅을 개간을 해 목화를 심을 수 있다. 강변에 널려 있는 게 하천부지이니까 그런 곳에는 땅이 비옥하여 거름도 하지 않아도 되니 일단 땅 문제도 해결이 된다.

"좋아요, 금명간 좋은 결과를 들려줄게."

그러나 이 일은 금세 반대에 부딪치고 만다.

"그게 무슨 쓸데없는 소리오?"

"목화가 도대체 무엇이오?"

산을 개간하자면 거기 드는 일손은 물론 산불이나 산사태가 나 집이 무너질 우려가 있다는 것이고 강변 하천부지를 파면 물이 범람해 들어와 수해가 날 거란 탁상공론이다. 게다가 도대체 목화가 무엇이기에 농사를 젖혀두고 심어야 할 작물인가? 지금까지 면포 없이도 잘 입고 잘 살아왔는데 왜 그런 게 필요 할 것이냔 것들이었다. 반대를 하기 위한 반대였다. 도대체 그런 씨앗을 들여온 자가 누구며 무엇 때문에 그런 금수품을 숨겨 들여왔느냐 그 자를 문초해야 하지 않나, 하는 사람까지 나왔다.

"오히려 불난 집에 부채질한 셈이 되고 말았어."

포은은 미안하다며 머잖아 다시 이 문제를 상감께 주청 드리겠다고 하였다.

"그렇지만 어느 천년에 상감을 만나지?"

포은의 불만이 또 나타난다. 초창기 공민왕은 개혁적이고 진보적이었다. 호복을 벗고 변발을 바로잡는 데도 앞장섰다. 그렇지만 지금은 어느 구석에 들어박혀 노는지 그림자 보기도 어렵다 한다.

익점은 미안해할 필요 없다고 한다.

"필요한 것은 알아서 다 펴지게 돼 있어요."

배양촌은 물론이고 이웃 고을에까지 목화종자가 퍼져 있고 베 짜는 기술이 전수되고 있는 중이질 않는가? 그러잖아도 언제 무슨 일이 일어날지 모르는 일촉즉발 직전에 이런 문제까지 들고 나와 일을 더 어수선하게 만들지 말자는 익점의 말이다.

"아직은 시기상조인 것 같아."

"그래, 그래도 발 없는 말이 천리를 가지."

좋은 것은 바람처럼 번진다는 말이다. 입소문을 타 저절로 면화 시배지가 넓어지기를 바라는 두 사람이다.

포은은 말은 이렇게 했지만 일이 뜻대로 풀리지 않는 불만을 참을 수가 없다. 반대가 반대를 하기 위한 반대가 되어버린 것은 몇 차례에 걸쳐 시행하려 했던 전제개혁에 대한 논의가 다시 싹틀까 봐 지레 겁을 먹은 저들의 속셈이라는 것을 누구나 다 알고 있는 사실이었다. 저들이 누구인가? 공신록을 먹고 있는 일부 토호들이다. 저들은 아직도 사병을 거느릴 정도로 막강한 사조직을 가지고 신진사대부들을 위협한다. 보수와 진보, 신 · 구 양당 간의 파벌의식이다.

이제 나라는 눈에 보이게 보이지 않게 이들 두 집단의 대결구도로 전환되었다. 신진사대부라면 젊은이들로 정몽주를 비롯한 길재, 이색, 이숭인, 정도전, 조준, 이성계 같은 이들이 주로 이 축에 들었다. 그런데 이들 중에서도 서서히 내정개혁을 추진하자는 사람들이 있었고 하루아침에 확 갈아엎어야 한다는 혁명파들도 있었다.

아직 눈에 띄지 않는 이러한 변화를 익점은 피부로 느낀다. 너무나 갑자기 맞는 이 새로운 정국구도가 그는 아직 낯설다. 도대체가 그 입지를 정할 수가 없을 정도로 복잡한 세상이다.

그런데 갑자기 그를 찾는 이들이 많아졌다.

"문익점이란 자가 누구인가?"

"도대체 그 자가 무슨 꿍꿍이속으로 다시 땅 이야기를 끄집어내는가?"

목화 심을 땅을 개간하자는 제의가 마치 기존해 있는 자기네들의 땅을 빼앗아 갈 목적으로 말한 것처럼 으르렁거리며 대들었다. '입 조심하라구. 그러다가 큰코다치는 수가 있어.' 하고 위협하는 사람도 있었다.

"이 보라구. 이렇게들 밍밍하니까 일을 성사시키지 못하는 거라구요."

정도전이 그를 찾아와 하루아침에 저들을 꺾어놓지 못하면 절대로 개혁 같은 건 없을 거라 격분한다. 그러면서 슬며시 이렇게 말한다.

"그 요승은 반드시 없어진다 하지 않던가요?"

그처럼 없어질 것들은 하루아침에 없어져야 한다는 말을 되풀이한다. 그러면서 그는 또 이렇게 말한다.

"포은은 다 좋은데 사람이 너무 물러 터졌어."

그래가지고는 큰일 못 한다는 말이겠다. 그러니 자기를 따르라는 말 같기도 했다. 학문으로 보면 자기보다 한 수 위인데 처신하는 것을 보면 영 아니라는 것이다. 그러면서 '쾌도난마'라는 말을 썼다. 베어버릴 것은 단칼에 베어야 한다는 것이다. 어물쩍하다간 되레 베임을 당한다.

익점은 삼봉의 말이 무엇을 뜻하는지 짐작이 가는 것 같았다. 그리고 그 내막이 포은의 말과도 맞닿아 있다는 것을 느낀다. 삼봉이 이 점을 은근히 떠보려고 왔던 것일까? 아니면 이를 주지시키려 왔던가.

"세상은 참으로 묘하이. 바람이 불 듯 눈에 보이지 않으나 흐르는 것이 있고 가만히 있는 듯하지만 움직이는 기운이 있어."

삼봉은 세상 이치는 이와 같아 그 움직임을 따라야 한다고 했다.

"오리는 바람을 거슬러 앉지 않지."

그는 또 기운에 대한 이야기를 한다. 물결을 거슬러 올라갈 수 없듯 이 기운도 거슬러 올라갈 수 없다.

"그런 걸 대세라고 하지 않는가?"

도도하고 탕탕한 물결 속에서는 떠밀려감이 있을 뿐 개인은 없다 한다. 그런 걸 정치라 한다. 정치는 집단행동이다. 어느 한 군왕의 절대 권력이란 없다. 군주는 상징적인 존재일 뿐, 정치는 중지를 모아서 해야 한다.

"홀로 독야청청은 없다네."

삼봉은 뭔가 앞일을 내다보고 있는 것 같은 말들을 한다. 선견지명이 있었던 것일까?

다음 날 익점은 공민왕의 시해 소식을 들었다.

사건의 전모는 이렇다고 했다. 홍륜이 익비와 놀아나 임신을 시키자 이를 눈치챈 최만생이 왕에게 이 사실을 일렀다. 소문을 두려워한 왕은 최만생을 포함한 홍륜 일당을 죽이려 하였다. 겁을 먹은 최만생이 오히려 홍륜, 권진, 홍관, 한안, 최선 등 함께 놀아난 자제위 아이들을 충동질해 왕의 침전으로 뛰어들었다. 이에 신하들이 모두 혼비백산 하는 가운데 왕은 홀로 죽어갔다. 이강달이 홀로 시해당한 옥체를 지켜 명덕태후가 들어오자 분부 받들어 이를 수습하였다.

"거 참 이상한 일이로고."

"뭐가 그리 이상한가?"

이상한 게 한두 가지가 아니질 않은가?

죄인들은 이튿날 금방 효수되었다. 그걸로 끝이었다. 누구 하나 붙잡고 늘어져 진상을 규명하려는 이 없었다. 이미 알려진 사실 그대로를 받아들여 처단하였을 뿐이다. 그만큼 부정부패에 시달려온

탓이었든지 왕의 실정에 대한 무관심이었는지 모를 일이다. 아니면 사건이 축소되거나 은폐되었을 수도 있다.

어쨌거나 뜨거운 감자로 떠오른 것은 누가 다음 보위에 오르느냐가 문제다. 거기 따라서 이번 사건의 전모가 드러날 수도 있다.

그러나 큰 격돌 없이 이인임의 추천을 받은 강령부원대군 우가 왕으로 추대되었다. 아명을 모니노라 하는 우는 이제 겨우 열 살, 신돈의 처형 후 명덕태후가 거두어들여 아직 그 치마폭에 숨겨진 인물이다.

"그러고 보니 그 실세가 금방 드러나네."

"그렇다고 섣부른 추측은 금물이야."

"그렇지만……."

소문이 난무하다. 서로 보는 눈과 관점이 다르기 때문이다. 한 가지 확실한 건 이인임 일파가 실세를 잡았단 사실이다. 왕을 추대하는 과정에서 누가 다른 이를 왕으로 추대했던가? 태후와 좌시중 경복흥 두 사람만이 겨우 반대의사를 표명하였다. 경복흥은 신돈을 제거하려다가 유배까지 다녀온 인물이니 당연히 그렇다치더라도 태후는 왜 그랬을까? 태후는 피를 흘리는 왕의 마지막 소리를 지금도 기억하고 있을 텐데…….

"그걸 몰라서 묻나? 허수아비 앉혀놓고 마음대로 주무르려는 수작들이지."

"미리 대비들을 했어야 하는 건데."

뭘 어떻게 미리 대비해둘 수 있었단 말인가? 아무도 예상 못했던 일이었다.

국상을 치르는 동안 별의별 소문들이 나돌고 나라는 온통 소문과

소문으로 어수선하기 이를 데 없었다.

어쨌거나 모니노는 그 출생의 비밀을 안고서도 등극을 해 우왕으로 불리게 되었다. 궐 밖에서 천방지축으로 자란 아이라 아직 궁중법도도 모르는 열 살, 당연히 명덕태후의 수렴청정을 받아야 했다.

태후는 어린 왕을 올바른 군왕의 길로 제도하려고 애를 썼다. 그렇지만 호시탐탐 이런 기회를 엿어 득세하려는 무리들로부터 어린 왕을 지켜내지는 못했다. 예상대로 그 실권은 이인임이 쥐고 그는 지윤, 임견미, 염흥방 등 자기편을 높은 자리에 올려 아성을 쌓기 시작하였다. 자연히 그의 눈에 난 자들은 실각을 했다.

우왕 원년, 익점은 전의주부로 전보 발령을 받았다. 전의주부란 국가 제사를 지낸다거나 벼슬아치들의 호를 지어주는 정6품 벼슬이다. 이런 한직을 줄 때부터는 억울하면 집에 가라는 뜻일 게다.

"이게 대체 무슨 처사인가?"

이인임의 전횡은 인사이동뿐만이 아니었다. 뜻밖에도 그는 다시 원나라와 교섭을 하겠다는 친원파로 선회를 하였다. 그 자신이 원과 맞서 싸운 공로로 공신이 된 인물이다. 알 수 없는 것이 한 치 혀끝과 사람 속이라 했든가? 그의 친원 정책은 구실일 뿐, 이는 단지 친명파를 견제하기 위한 허울에 불과했다. 이를 빌미로 그는 한 사람씩 한 사람씩 그 반대파들을 숙청해나가기 시작한다.

"원나라 사신을 불러들인대……."

설마 했던 일이 사실로 드러나자 익점은 상소문을 작성해 올렸다. 원나라의 간섭에서 벗어나 자주국가의 기틀을 다지기 위하여 수많은 인물들이 아깝게 죽어갔음을 기억하라는 강력한 상소문이었다. 포은 역시 같은 상소문을 올렸다. 열 살짜리 왕이 이런 걸 알 리 없었다. 글이나 읽을 줄 알았을까?

"뭐 이 따위 상소문이 다 있어?"

두 사람은 당장 좌천이 되어 지방으로 쫓겨났다. 익점은 청도로, 포은은 언양으로 유배 아닌 유배를 가게 된 것이다.

"그래도 변방으로 쫓겨나지 않은 게 다행이네."

두 사람은 유배 아닌 유배 길에 오르면서 허허롭게 웃었다. 다음을 기약할 수밖에 없는 길이었다.

"한번 찾아가겠네."

다행스럽게도 청도와 언양은 그리 멀지않은 길이다. 비록 하늘 높이 솟아 있는 운문산을 넘는 길이긴 하지만 서로 같은 산줄기를 두고 동서로 나뉘어 있는 곳이다.

그해 가을 익점은 포은을 찾아 운문재를 넘었다. 포은이 요도에 들어가 두문불출한다는 소문을 들었기 때문이었다.

"요도라니? 거기 섬이 있단 말인가?"

익점은 포은이 동해 바닷속으로나 들어간 줄 알고 황급히 하인에게 말구종을 잡혔는데 실상은 그게 아니었다.

포은은 태화강 구곡천과 대곡천 사이에 밀려든 모래삼각주를 일컬어 스스로 요도라 부르며 고도절해에 갇힌 섬 생활을 하고 있었다.

"이 어인 일인가? 의관도 다 벗어버리고."

"날 같은 사람이 의관은 차려입어 뭘 하겠나?"

포은은 언양에만 해도 굶어죽은 사람이 그 얼마인지 모르겠다는 이야기를 한다. 거기다가 왜구들이 태화강을 거슬러 올라와 그나마 남은 양곡을 노략질해 가고 아녀자들을 납치해 가는 데에도 속수무책이니 그런 현령이 있어본들 무어 하겠느냔 것이었다.

"내 마침 여뀌 꽃이 흐드러진 이곳을 여뀌 '요'자를 써 요도라 이름하였네."

여뀌 꽃은 물가에 자라는 풀로 독성이 있다. 이 풀을 뜯어 돌에 찧은 다음 냇물에 풀면 고기들이 죽을 정도다.

"그 풀꽃이 어여쁘기는 하네만 먹으면 죽을 정도지."

익점은 잠자코 그다음 말을 기다린다. 포은은 언제나 비유를 들어 말하기를 좋아한다. 그 서두는 엉뚱한 데서부터 시작해 알기 쉬운 본론으로 들어온다.

"나 역시 여기 앉아 지독한 독을 품든지 그 독을 먹고 죽든지 할 작정인 게야."

"죽어서야 되겠나? 독을 품어야지. 그리고 그 독을 되 쏟아 부어야지."

"그런가?"

포은은 그러면서 보여줄 게 있다며 그를 끌고 커다란 바위가 있는 곳으로 간다. 바위벽에 수많은 그림들이 그려져 있는 것이 눈에 띈다. 짐승의 모습을 닮은 것도 있고 글자 같은 모양새도 있다.

"각석."

바위에 새겨진 그림글이었다.

"이게 뭐 같은가?"

포은은 신라 화랑들이 여기서 수련을 하며 새겨놓은 글이라 한다.

"신라에는 화랑오계가 있어."

젊은 낭도들이 이런 자연에 들어와 심신수련을 하는 걸 자랑으로 여겼고, 나라에서는 장차 저들을 국가의 큰 기둥으로 삼았다고 한다.

"교육이야. 올바른 교육이 문제인 게야."

교육이 바로 서야 국가기강이 선다는 이야기다. 그러고 보니 포은은 여뀌의 독을 먹고 죽으려는 패배자의 모습이 아니라 독을 품어 언젠가는 그 독을 상대에게 쏠 준비를 하고 있다는 것을 느낄 수 있었다.

그러면서 그는 냇물 바닥을 이루고 있는 너럭바위에 찍힌 무수한 발자국들을 가리키며 이것들은 저 태고시대에 짐승이 밟고 지나간 자국이라며 아직 이 땅덩어리가 굳어지기 이전의 것이라는 천문지리를 역설하기도 한다. 화석이야. 뜨거운 발자국이 굳어 화석이 된 게야. 지금 이들의 가슴에는 배소의 설움이 녹아 화석으로 굳고 있다.

"발자국이 이만큼 크다면 그 짐승의 몸뚱아리는 얼마만 했겠나?"

언양 사람들이 다 먹고도 남을 거란다.

그러면서 그는 또 강물을 따라 조금 내려간 곳에 이보다 열 배나 더 많은 바위그림이 그려져 있다며 이 일대는 과거 부족민들이 살던 곳이라는 이야기를 한다. 어떤 부족이었을까? 그때에는 자기 부족만 다스리면 되었다는 것이다. 지금처럼 많은 사람들을 한꺼번에 다스리자면 통치이념도 뚜렷해야 되지만 통솔력도 있어야 한다는 이야기다.

"바위에 그려진 그림들은 고래야."

포은은 고대 국가에서는 고래 이빨로 만든 뿔잔을 제전 의식에 사용했음을 들며 이곳이 그 신성한 고래 이빨을 채집하던 고래잡이들의 집합소임을 확인한다.

"고래를 신성시하던 족속들의 집합소인 게야."

포은은 이곳이 처용무가 시작된 신라 땅이었음을 지적한다.

익점은 포은의 박학다식함에 다시 한 번 놀란다. 문장만 뛰어난 게 아니라 천문지리와 정치에도 뚜렷한 주관을 가지고 있질 않은가? 그에 비하면 자기 자신은 어떤가? 타산지석을 삼으려 한다.

"여기 와서 많은 것을 배웠네."

적거에서는 그 외로움을 달래기 위해 공부에 정진하거나 꺾여서 죽거나 둘 중 하나다. 그런데 이들은 유유자적하게 놀고들 있다.

"어떤가? 오늘 이렇게 왔으니 망부석이나 한번 보고 가지 않겠나."

"망부석은 또 뭔가?"

말을 타고 한참을 달린 산등성이 위에 사람을 닮은 바위가 하나 서 있다. 그 형상이 흡사 먼 데를 바라보고 서 있는 사람의 모습이다.

신라 박재상은 삽랑주 사람으로 눌지왕의 명을 받아 고구려로 잡혀간 왕의 형제 복호를 구하고 다음 해 다시 일본에 건너가 볼모로 잡혀 있는 왕자 미사흔을 무사히 본국으로 돌려보내는 데 성공했지만 그 자신은 붙들려 처형되었다. 왕은 이에 대한 보답으로 둘째 딸을 미사흔과 결혼시켜 살게 하였지만 막상 그 부인은 돌아오지 않는 남편을 기다려 산등성이에 선 채 돌이 되었다는 것이다.

"우리 마누라도 망부석이 되지 않을까 걱정이야."

포은은 이렇게 쓸쓸히 웃으며 말을 몰아 산을 내려간다. 이만하면 귀양살이도 괜찮지 않느냐며 저녁엔 술도 한잔했다.

-유붕이자원방래하니 불역낙호아라.

두 사람은 학동으로 만나 귀밑머리가 하얗게 세도록 친동기처럼 지냈던 지난 세월을 반추하며 허허롭게 웃었다. 이제 어디서 무엇이 되어 만나랴? 기약도 없는 세월이었다.

11 효자리 전설

언양을 다녀온 후 얼마 안 돼 익점은 모친상을 당했다.

부음을 받고 다시 고향으로 돌아오는 길목에 목화송이들이 흐드러지게 피어 있는 것이 제일 먼저 눈에 띈다.

"목화가 벌써 여기까지?"

소문으로는 들었지만 목화가 이렇게 먼 마을까지 퍼져 있을 줄은 생각지도 못했던 일이었다. 이는 사람들이 벌써 목화의 중요성을 알았다는 증거다. 그런데 왜 여태껏 그 귀한 목화송이를 거두어들이지 않았을까? 목화를 거두어들일 여유가 없을 만한 급한 일이 있었음이 분명하다. 이 지방에 무슨 큰일이 있었을까?

그러나 그는 여러 가지 곰곰이 생각할 틈도 없이 말을 달렸다.

그래도 말이 느림보 같아 채찍질을 한다.

익점은 동구 앞에 다다르자 말에서 내려 복받치는 울음을 터뜨렸다.

"아이고……."

"아이고……."

벌써 집 안에서도 곡소리가 흘러나온다.

빈소에는 아들들과 어린 손자들이 상복을 갖춰 입고 호곡을 하고 있다가 그가 오는 것을 보고는 맨발로 뛰어나온다. 올망졸망 건(巾)들은 썼지만 아직 어린애라 바짓가랑이에 매달리는 아이들도 있다.

"아버지."

"할아버지."

배소에 유폐되어 있는 몸이라 모친상을 당해 임종도 지키지 못했다. 간신히 윤허를 받아 관복을 벗고 돌아왔을 때는 이미 장사를 치르고 난 뒤였다.

"석 달이나 삼년상을 치를 수도 있었지만……."

배소에 있는 몸이라 올 수 있을지 어쩔지 몰라 서둘러 장사를 치렀다는 가형 익겸의 말이다. 그도 그럴 수밖에 없었던 것이 왜구들의 분탕질 때문에 빈소를 차려두고 있을 수가 없었단다.

"그래서 가묘라도 쓸 수밖에 없었습니다."

"용서하세요."

동생 익부의 말이다.

"형님, 너무 억울합니다."

막내 동생 익하는 울분을 참지 못한다. 나라에 벼슬을 나갔으면 남부럽잖은 장례를 치러야 했을 텐데 이게 뭐냔 것이다. 꼭 남의 땅에 암장을 하듯 서둘러 시신만 묻고 돌아왔다는 것이다.

동생들은 형도 없는 와중에 장사를 치른 게 못내 죄스럽다. 게다가 아직 봉분도 제대로 올리지 못한 데 대한 송구함을 피력한다. 왜구들이 들이닥쳐 사람들을 마구잡이로 잡아가고 약탈을 하는 바람에 제대로 격식을 갖출 수가 없었단다.

"그렇게라도 수습을 한 게 다행이지."

형의 말이다.

"봉분이야 다시 손보면 될 일."

익점이 동생들을 위로한다.

"너무 상심하지 말거라. 언젠가는 또 좋은 날이 오지 않겠느냐?"

지금은 이렇게 죄인 아닌 죄인 취급을 받고 있지만 언젠가는 진실이 밝혀질 날이 올 거란 이야기를 한다.

"그래, 그 이야기는 나중에 하고 가서 상복이나 입고 나오너라."

"예, 형님."

익점은 대충 이렇게 형제들과 대면한 뒤 방으로 들어간다.

관혼상제에 따른 예의범절을 다 지키자면 한이 없다. 산 사람이 죽은 사람 때문에 죽어서는 안 된다. 조상을 섬기는 그 정성과 마음만 있으면 된다. 그는 말 냄새와 땀에 젖은 옷을 벗는다.

왜구들의 분탕질이 심한 바닷가에서는 시체를 도둑맞는 일도 있다. 시체를 도적질해다가 아녀자들과 맞바꾸자는 제안도 해 오는 일이 있다지 않았던가?

"어머니. 이 못난 불효자를 용서하세요."

익점은 서러움에 복받쳐 운다.

울고 또 울어도 서러움은 남는다.

"나처럼 어머님 속 썩인 불효자도 없을 것이야."

자식은 크면 어른을 모시고 가까이 살아야 한다. 부모님은 늙게 마련이고 늙으면 그 외로움을 이기지 못한다. 자식이 이 외로움을 나누지 못하면 불효자다. 익점은 이게 못내 걸린다.

이러한 남편의 서러움을 달래듯 송이가 입을 연다.

"어머님 수의는……."

친정어머니가 손수 짜 보낸 무명옷을 입혔다 한다. 마지막 가는 길에 신을 저승 버선은 아내가 손수 만들어 신겼다는 이야기도 한다.

"수고했소. 어머님도 그 옷 입고 편안하게 잠들 수 있었겠어요."

그는 이 말을 하는 순간 또다시 앵두의 모습이 떠오른다. 어떻게 면포만 생각하면 앵두가 떠오르는 것일까? 솜옷 속에 봉긋이 내밀던 가슴과는 달리 얼굴은 형체도 알아볼 수 없을 만큼 일그러져 있던 바로 그 모습이다.

"상복도 제가 만들었어요."

송이는 손수 지어 만들었다는 상복을 내민다. 위로 관에서부터 효건(孝巾), 최복(衰服) 상 · 중의(上 · 中衣), 행등(行縢)은 물론이고 요질(腰絰)과 교대(絞帶)에 이르기까지 그의 몸집에 맞는 맞춤이었다. 상복은 오복(五服)에 따라 사용하는 베나 삼을 달리함은 물론 만듦새도 조금씩 다르다. 참최는 아버지나 할아버지 상에 입는 옷으로 가장 거친 베로 짓되 아랫단을 꿰매지 않고 접는다. 재최는 그다음으로 굵은 생포, 대공은 종형제, 자매 등에 입는 것으로 가는 숙포로 옷을 만든다. 머리의 테두리인 질과 허리띠인 대는 참최는 저마, 재최는 시마, 대공은 숙마로 만들었다.

상제가 출입할 때의 복장은 방립에 포선, 포직령, 교대 등을 착용한다.

"이 출입복은……."

겉옷으로 입는 도포는 감물을 들여 그 색깔이 갈포와 비슷하게 했다 한다. 다른 건 다 흰옷을 입어도 좋지만 도포만큼은 망건이나 굴

건과 같은 색깔로 하기 위해 감물을 들였다는 것이다. 망건은 보통 삼베로 만들고 굴건은 익힌 삼 껍질을 그대로 엮어 만든 것이라 갈색을 띤다. 출입이 잦은 사람이라 출입복을 입다가도 불시에 들이닥치는 조문객을 맞이하기 위해 굴건제복해야 할 때가 있으므로 그 색깔까지 맞추려 애쓴 흔적을 보며 그는 아내의 손이라도 잡아주고 싶었지만 참는다. 상중에는 부정 탈 일을 해서는 안 된다.

"수고했어요."

그는 거추장스러우리만큼 거창한 상복을 차려입으며 앞으로 이 모든 제수용품이 면포 하나로 바뀔 날이 있을 것이라고 생각한다.

갈포는 추위를 막을 수가 없다. 그렇다고 한시적으로 입는 상복을 비싼 모시나 명주로 해 입을 수도 없는 노릇이다. 그런 옷을 입고 시묘살이를 할 수는 더더군다나 없을 일이다. 면포에다가 솜을 넣은 솜옷을 입는다면 겨울도 거뜬히 이겨낼 것이다. 이미 그는 솜옷의 위력을 잘 알고 있는 터였다.

"어머님은 그리 많은 고생을 하지 않으셨어요."

그러니 스스로 마음을 아프게 하지 말란 아내를 바라보며 그는 고개를 끄덕인다. 그러면서 속으로 말한다.

"이제 다시는 고생시키지 않겠소."

정말이지 이제 다시는 관직에 나가지 않겠다는 각오다.

상복을 갈아입고 빈소로 나오자 다시 곡소리가 울려 퍼진다.

"아이고 아이고 아이고……."

이날로 익점은 바깥세상과 인연을 끊고 오로지 어머님 전 명복을 비는 일에만 전념하겠다고 다짐한다. 아버지를 여의었을 때와는 또 다른 감정이 그를 옭아매고 있었던 것이다. 권력에 대한 무상함과 정치의 허상이 그를 현실로부터 도망치게 만들고 있다.

그는 형제자매들이 모두 자기를 바라보고 있다는 것을 은연중에 의식하지 않을 수 없다. 그도 그럴 것이 집안에서 가장 촉망받는 중앙 조정의 벼슬자리에 앉았다가 하루아침에 갑자기 배소로 밀려난 주인공이 아니던가. 그러니 집안사람들은 물론 문상 온 이웃 사람들까지도 힐금힐금 그의 눈치를 보았다.

그러한 저들을 안심시키는 일도 신경을 써야 할 문제다. 괜스레 다른 사람들의 기분까지 잡쳐놓을 필요는 없을 것이기 때문이다.

"모친이 돌아가신 것은 애석한 일이나……."

호상이란 것이다. 연세 그만 하시면 천수를 누린 셈이고 고생도 안 하고 눈 감으셨으니 이 얼마나 다행스러운 일이냔 위로 아닌 위로의 말들이다. 이런 위로의 말을 하는 이웃들을 위해서라도 인상을 펴야 한다. 상주가 웃고 다닐 수는 없는 노릇이겠지만 이웃을 위압해서는 안 될 일이다. 익점은 억지로라도 인상을 펴려고 노력한다. 그렇지만 가만히 앉아 있으면 속이 부글부글 끓어오른다.

이 알 수 없는 분노를 삭이는 방안으로 도피처를 찾은 곳이 어린 손자들이었다. 언제 왔는지 무덤 앞까지 따라온 손자 승로와 승선이 거기 있었다. 승로가 호기심에 가득 찬 눈으로 묻는다.

"할아버님, 증조할머니는 이미 돌아가셨는데 제사상은 왜 차리는 겁니까요?"

"옛 성인의 말씀에, 없는 이 섬기기를 생존해 있는 이 섬기는 것같이 하는 게 효의 지극함이라 했느니라."

"그러면 효란 무엇이옵니까?"

"선인의 뜻을 잘 계승하여 선인의 일을 발전시키는 일이라 했느니라."

"발전이 무엇이옵니까?"

그는 녀석들의 초롱초롱한 눈을 보며 아버지도 어머니도 자식을 이렇게 가르치셨을 것이란 생각을 한다. 그러므로 자식에게도 바른 도리를 가르쳐야 한다. 그게 교육이다. 이 교육을 게을리해서는 안 된다. 그는 명색이 온 나라의 교육을 책임진 대사성의 자리에 있었으면서도 정작으로 제 자식들에겐 교육을 시킬 시간을 갖질 못했었다는 생각을 한다. 가장 좋은 교육은 가정교육이다.

익점은 사람이 사람답게 살지 않으면 짐승이나 다를 바 없다고 가르친다. 언제 왔는지 늦둥이 막내 중계도 와 있다. 중계는 여기 오지 못한 형들에게도 이 말을 가르쳐줘야 하지 않느냐 묻는다.

"형아들에게도 그 말씀을 가르쳐줄까요?"

"암, 그래야지."

그런데 형들은 이미 이런 것들을 다 배워서 알고 있을 거라고 말하는 익점이다.

"그런데 형아들은 이미 다 배워 알고 있을걸?"

첫째 중용이, 둘째 중성이는 이미 가솔을 거느린 가장이 되었고 셋째 중실이는 학당 공부를 끝내가고 있는 중이다. 아래 둘만이 아직 이러고 있는데 중진은 이미 키가 훌쩍 커버려 조카들과는 잘 어울리지 않는다.

"너들도 어서 커서 학문을 익혀야 할 텐데."

"학문이 뭔데요?"

막내 중계는 아직 학문이 뭔지 모른다.

"학문이란 사람이 사는 데 필요한 지식들을 배우는 일이란다."

익점은 과연 이들도 학문을 익혀 애비와 똑같은 길을 걸어야 하나 생각해본다. 잘못하다간 식자우환이 될 수도 있다. 오히려 우문한 것이 나을 수도 있는 세상이다. 그는 지나간 세월들이 원망스럽다. 차라리 농사나 짓고 사는 농투성이였었더라면 이럴 수가 있었겠느냔 생각이다. 특히나 어머님 살아생전에 물 한 모금 떠 먹이지 못하고 마지막 임종을 지키지 못한 일이 한스러울 때는 더욱더 그렇다.

그 한을 그는 시묘로 풀려 한다.

"네 몸이 그리 쇠해가지고 감당할 수 있겠느냐?"

"형님은 걱정 말고 돌아가세요."

익점은 나라에 녹을 먹고 있는 사람이 더 지체할 수 있겠느냐며 가형을 임지로 돌려보낸다. 형 익겸은 문과에 급제하여 진중내급사로 일하고 있는 중이었다. 그러니 오래 이러고 있을 시간이 없다. 동생들에게도 각자 돌아가 그 생업에 종사하라 이른다. 그러면서 목화씨 한 줌씩을 가져가라 한다.

"시묘살이는 한 사람만으로도 충분하니까 너희들도 가서 일이나 해라. 그리고 이걸 심는 일이야말로 나라를 살리는 길임을 명심해라."

익점은 나라가 있고 백성이 있다 한다. 그동안 그릇된 간신들에 의해 입은 정신적 피해는 생각지도 않고 나라에 충성하라 이른다.

"형님은 충성이라는 말이 입에서 나오십니까?"

"나라가 있어야 내가 있질 않겠느냐? 설사 잘못된 사람들이 나라를 다스린다 할지라도."

그래도 나라 법은 따라야 한다는 익점이다.

이렇게 해서 익점은 또다시 시묘살이에 들어갔다.

아침저녁으로 호곡을 하고 상을 봐 올려 귀신들이 와 음복을 하게 하는 것은 물론이고 묘막에다가는 아예 나무판을 서안 대신 짜놓고 책을 읽었다. 일없이 무덤을 바라보고 탄식만 하는 게 시묘살이가 아니라는 것이었다.

'사람은 죽을 때까지 배우고 익혀야 해.'

그는 때때로 무덤 옆 산지를 개간하여 풀을 뽑고 목화도 재배하였다.

목화재배는 그의 형제들과 조카들 그리고 처족들에 의해 타지에까지 보급 전파가 되었다. 또 그들의 혈족과 혈족의 혈족들에 의해 보급되어 나갔다.

"의복이 날개야."

옷감으로서는 이만한 게 없다는 소리를 들을 때마다 그는 흐뭇하다. 그리고 그럴 때마다 그 공로는 앵두가 받아야 마땅하다고 생각한다. 그러면서 그는 또 생각한다. 앵두가 아니었더라면 목화에 관심을 두었을 리가 없다. 앵두는 아마도 그 일을 위해 하늘에서 내려온 선녀가 아니었을까 하는 엉뚱한 생각도 해보는 것이다.

"할아버지 무슨 생각해?"

"응? 하늘나라 선녀님을 생각했지."

그는 어린 손자 녀석들에게 하늘나라 선녀님이 내려와 목화 꽃씨를 주고 간 이야기를 한다. 사람들은 그 선녀님 덕분에 따뜻한 옷을 입게 되었다는 이야기다. 아이들은 벌써 몇 번째 듣는 이야기였지만 재미있어한다.

"사람은 무슨 일에건 관심이 있어야 하는 게야."

관심을 가지고 사물을 대해야 한다. 대학에 이르기를, 천하의 사물을 대할 때 그 이미 알고 있는 이치를 더욱 추구하여 그 궁극에 도달하는 것이 지식의 근본이라 하였다. 그는 이제야 그렁저렁 외우기만 했던 성인의 말씀이 무슨 뜻인지 그 참 이치를 깨달을 것 같았다.

모든 일을 무관심하게 봐 넘기면 그걸로 그만이다. 그렇지만 관심을 가지고 한 발짝 더 들어가 보면 그 속에 온갖 새로운 것들이 존재해 있음을 알 수 있다.

"성현은 이 깨달음에서 지식을 얻는다 했다."

이 깨달음이 끝나는 곳에 또 다른 이치가 있다. 아는 것을 써먹는 '용用'이다. 아는 것을 실행하지 않으면 아무 소용이 없다. 아는 것은 써먹어야 한다. 어디다 어떻게 써먹어야 하는가? 올바른 일에다 그 아는 것을 써먹어야 한다. 그렇다면 또 올바른 것은 무언가? 이렇게 해서 학문은 끝이 없고 그 궁구는 일평생을 갈고 닦아도 마감되지 않는 일이 되고 만다. 성현들은 이 갈고 닦는 일로 일생을 바쳤다.

그는 다시 학문의 길로 들어서야겠다는 생각을 다지고 또 다진다. 오로지 자기 수양을 쌓기 위해 학문이 필요한 것이다. 학문을 닦았다고 해서 반드시 나라를 위해 일하고 백성들을 위해 일한다는 것은 아니다. 정치란 덕을 바탕으로 하는 것이 아니라는 걸 똑똑히 체득한 바가 있질 않은가? 오로지 자신의 덕행을 위하여 하는 학문이다.

치덕이란 없다. 오로지 권모술수와 배덕만이 권세를 유지할 수 있는 수단이 된다. 거기 무슨 덕이 있을 수 있으며 학문이 소용 닿더란 말인가? 여기서 공자의 인(仁)과 예(禮)는 무용해지고 만다. 그는 차라리 이런 말에 귀를 기울인다. 천인합일(天人合一)이다. 하늘과 땅이 하나이며 물아일체(物我一體)가 된다. 사람과 자연이 하나이며 삼라만상 물체와 내가 하나이니 인간도 바람처럼 살다 바람처럼 사라지는 존재로 인식하면 그만이다. 거기 무슨 정치가 있고 나라가 있고 학문 따위가 필요할 것인가? 다만 존재할 뿐인 것이다. 삼라만상이 모여 우주가 되듯이 그냥 그렇게 우주의 한 부분으로서 존재할 뿐인 것이다. 살아 존재하는 것이 중요하다.

존재를 인식하기 위하여 더욱더 깊이 있는 학문을 해야 한다.

그러나 그는 이 몸부림이 중심에서 밀려난 패배주의라 생각한다.

"그건 패배주의에 다름 아닌 게야."

이럴 때 그는 주자를 떠올린다. 주자는 공자의 도를 비켜나 새로운 주장을 했다. 누가 바람을 보았는가? 그렇지만 바람은 있다. 누가 마음을 보았는가? 본 사람은 없지만 분명 마음은 있다. 그 바람이 머무는 곳이 어딘가? 마음이 머무는 곳은 또한 어디인가? 그 일어나는 것과 머무는 곳……. 주자는 그 머무는 곳과 일어나는 곳을 주장하여 이(理)와 기(氣)를 설파했다. 이와 기는 하나이면서 둘이고 둘이면서 하나다. 서로 나눌 수 없는 불가분의 관계를 지닌다. 인과 예처럼 애매모호한 말이긴 하지만 그게 근본이라 했다. 근본은 뿌리다. 모든 것은 이 뿌리로부터 비롯된다. 이 세상도 인간도 이 근본에서부터 비롯되고 소멸된다.

세상에는 음과 양이 있다. 다 아는 사실이다. 그처럼 선과 악도 양립해 존재한다. 이 또한 누구나 다 아는 사실이다. 그러나 인간은 때로 선할 때도 있고 악할 때도 있다. 한 사람의 마음속에 두 가지 기운이 함께 들어 있는 것이다. 어느 기운에 더 많이 의존해 살아가느냐에 따라 그 인간의 됨됨이가 결정된다.

그 됨됨이는 어떻게 나타나는가? 환경이 결정짓는다. 늘 선한 기운 속에 있을 수 있는 환경이 되면 선하게 살 수 있고 그렇지 못하면 악에 가까워질 수밖에 없다. 좋은 환경을 만들어주는 것이 군주와

스승과 부모가 할 일이다.

그는 스스로 묘막 앞에 좌선대를 만들어놓고 참선을 한다. 책을 읽는다. 명상을 한다. 일찍이 이런 평안함과 고요함이 없었다. 자아를 찾아가는 길은 여러 갈래다. 그렇지만 홀로 이렇게 가부좌를 틀고 앉아 책 읽고 명상하고 우주의 기를 들이마시는 일만큼 확실한 것은 없다.

그는 심심하면 아이들을 불러 모아놓고 이렇게도 가르친다.

"하늘은 절대 너를 버리지 않는다."

이때의 하늘이란 무엇을 뜻하는가? 하늘은 본시 선함이다. 그 선한 기운으로 사람을 만들었기 때문에 사람도 선하다. 살다가 악의 기운을 좇게 되는 까닭은 사람이 악해서가 아니라 그 주변 환경이 악하기 때문이다. 주위를 깨끗이 정리 정돈하는 것은 스스로 악한 기운을 멀리하려 함이다. 그리고 자신으로 하여금 주변을 오염시키지 않도록 항상 몸과 마음을 바르게 해야 함은 삶의 근본 도리다.

"그러면 악의 무리를 보았을 때는 어떻게 해야 합니까?"

그걸 피해야 하나 정면 대결을 해야 하나?

"저 강물을 보아라. 작은 개울물이 흘러들어 강물을 이루나 강물은 이를 물리치지 않느니……. 작은 덕은 개울물처럼 흐르지만 큰 강물은 이를 두텁게 교화시킨다 하였느니라."

"공자의 도를 말씀하시는군요."

셋째 중성의 말이다. 벌써 셋째까지는 공맹을 배워 익혔다.

"지금 제가 묻고 싶은 것은……."

나라가 온통 왜구들에게 짓밟혀 분탕질을 당하고 있는데 이러고 있어도 되겠느냐는 이야기라 하였다. 그는 문득 그 자신이 아버님한테 했었던 말을 떠올리며 다시 한 번 놀란다. 앵두가 뙤놈들한테 당하고 난 뒤 그는 길길이 뛰며 원수를 갚겠다고 외쳤었다.

그때 아버님이 뭐랬던가? 그게 어디 한두 사람 혈기로 다스려질 일이냐고 따져 물었었다. 그는 그 말이 불만스러워 대들기까지 했었다. 그는 자식들로부터 똑같은 질문을 받고 있다 생각하니 정신이 번쩍 든다. 혈기를 부렸던 자는 결국 제 명대로 살지 못했고 참았던 자는 그래도 제 명대로는 살았다. 그렇다고 두 죽음 사이에는 무슨 차이가 있을 것인가? 어떤 죽음이 더 가치 있었다라고 말 할 수 있을 것인가. 뭘 어떻게 대답할 것인가? 결국 죽음에 이르는 것이 인간이다. 그가 어떤 죽음을 맞았든 간에, 그가 어떤 값어치 있는 일을 하고 죽든 간에 그건 오로지 그가 결정할 문제가 아닌가. 스스로가 선택할 문제다.

"애비는 이래라 저래라 말할 수가 없구나."

무슨 일이건 자기 소신껏 행동하라고 말한다. 아는 것만큼, 배운 것만큼 실행하는 것이 배운 자의 도리다. 단지 지금은 문씨 일가의 상중이니까 거기 걸 맞는 행동을 해야 할 거라 말한다. 이 말 속에 깔려 있는 뜻은 무언가? 따지고 보면 그런 일에는 나서지 말라는 반대의사가 들어 있는 것 아닌가? 하는 수 없이 자식 앞에서는 보수적이 되는 것이 애비 마음이다.

"소문에 의하면 아지발도라는 여나믄 살 된 아이가 왜구의 우두머리라 합니다."

아지발도는 온 전신에 용 비늘 같은 털 비늘이 돋아 있어 칼로 베어도 들어가지 않고 화살을 맞아도 끄떡없다고 한다.

"그러한 자를 너희가 어찌하겠다는 게냐?"

"어찌하겠다는 게 아니라……."

익점은 제 스스로도 놀란다. 왜 이 아이들의 할아버지한테서 들은 말과 똑같은 말을 이들에게 하고 있는가? 보통 애비를 뛰어넘지 못하고 있다는 생각이다. 자식 생각함이 어느 부모 다를까? 그 역시 왜구들을 보면 피하라고 일러 주고 있질 않은가? 사람 마음은 참 알 수 없는 요물이다. 남들한테는 나라를 위해 싸우라 하면서 자기 자식들에게는 이를 피하라 가르친다.

며칠 지나지 않아 왜구가 출몰했다.

"왜구다."

"왜구가 쳐들어온다."

사람들은 도망가고 마을이 비었다.

그러나 익점은 무덤을 지키고 서서 여전히 곡을 하고 있다.

"당신은 왜 도망가지 않았어 해?"

왜구 하나가 홀로 무덤가에 호곡을 하고 있는 익점을 붙잡고 호령을 하였다.

"나는 부모님 무덤을 지켜야 하기 때문에 피난을 갈 수가 없는 몸이다."

"무덤은 왜 지키는가?"

왜구는 이미 죽어 땅속에 묻힌 목숨인데 지킬 게 뭐가 있느냐 따진다.

"몸은 죽었어도 그 혼백은 아직 여기 머물고 계신다. 사람은 죽어서도 살아생전의 가족들 곁에 삼년은 머무르신다."

그러니 명인을 두고 그 곁을 떠날 수 없는 것이 자식 된 자의 도리라고 말한다.

"왜 그런가?"

"그게 효도다."

"우리 왜에는 그런 풍습 없다."

"그러니 왜구란 소릴 듣는다."

왜구의 구(寇)자가 무슨 뜻인가? 도적이란 말이다. 감히 도적의 나라에 그런 미풍양속이 있을 리가 없다 말한다.

"당신은 누구인가?"

"나는 문익점이다."

왜구는 갑자기 만난 이 위풍당당한 인물에 흥미가 있는 모양이다. 몇 마디 말을 더 시키더니 가서 우두머리를 데려 온다.

"이 자가 갈수록 이상한 말을 합니다."

"이상한 말을? 그래, 무슨 이상한 말을 했소까?"

우두머리는 투구 속에 가려진 얼굴임에도 불구하고 낭랑한 목소리를 내고 있었다. 아식 미성인 걸로 보아 이 자가 바로 아지발도란 자가 틀림없을 거란 생각이 든다.

"아지발도는 아직도 모르고 있나요? 세상에는 예의범절이라는 것이 있고 그 예의범절을 지킬 때 참인간이 되는 것이오."

"어찌 내 이름을 아는가?"

"그 유명한 아지발도를 모르는 사람이 어디 있겠소?"

익점이 결연한 어조로 말한다.

"그대의 이름이 내 귀에까지 들린 것은 그대가 유명해졌기 때문이오. 사람이 유명해지는 데에는 두 가지 이유가 있소. 좋은 일을 많이 해서 유명해진 사람이 있고 나쁜 일을 많이 해서 유명해진 사람이 있소. 그중에 당신은 나쁜 일로 이름을 떨쳤으니 이 담에 반드시 무

간지옥에 떨어질 것이오."

그러나 아지발도는 목소리를 가라앉힌 침착한 어조로 이 말을 받는다.

"왜 내가 나쁜 짓만 했다고 생각하시오?"

익점은 이 자가 용맹만 있는 게 아니라 속에 든 것도 있다는 생각에 이렇게 말한다.

"당신은 남의 재산을 노략질할뿐더러 무고한 사람들을 많이 죽이고 있소. 뿐만 아니라 남의 부모님 무덤 앞에 서서도 절은 고사하고라도 그 가면 같은 것도 벗지 않고 있으니 그 무례가 이만저만이 아니오."

"그렇다면 그대의 원대로 내 이 가면을 벗겠소."

아지발도는 아직 한 번도 벗어본 일이 없다는 투구를 벗는다. 얼마나 오랫동안 철가면 속에 들어 있었는지 얼굴은 백옥같이 희고 두 눈은 화등잔만 하다. 콧대가 날카롭게 선 데다 두 귀가 당나귀 귀처럼 쫑긋한 것이 이목구비가 뚜렷하다. 한 말로 귀공자 얼굴이다. 그런데 한 군데 흠집이 있다. 왼쪽 목덜미에 이상한 점 같은 것이 있는데 비늘이 벗겨진 흉터 같았다. 투구의 손잡이가 달린 바로 그 부분이다.

그는 그 자리를 남에게 보이기 싫어 늘 가면을 쓰고 있다 했다.

"문상은 하지 않소?"

익점이 억지를 부린다. 아무리 처음 보는 사람이라도 죽은 자 앞에서는 상례를 치르는 것이 예라 한다. 게다가 아직 혼령이 하늘나라로 가기도 전인 떠도는 상태일 때는 더더욱 그래야 한다는 억설을 늘어놓는다.

"그래야 악귀가 붙지 않을 것이오."

산 사람은 죽은 사람의 복을 받아야 잘 산다. 반대로 죽은 자의 저주를 받으면 허망한 꼴을 당하게 된다. 익점은 되는 대로 주절거려 왜구의 혼을 빼놓는다.

아지발도는 긴가민가하면서도 익점이 시키는 대로 했다. 딱히 갈 곳이 있는 것도 아니고 오늘밤은 어차피 이 마을에서 묵고 갈 생각이니 이렇게 놀아보는 것도 재미있을 거라고 생각하는 것 같았다.

익점도 아지발도의 그릇 됨이 이 정도라면 비록 왜구이기는 하나 괜찮은 인물이라는 생각이 든다. 잘만 타이르면 제 발로 순순히 물러갈 것 같은 느낌이다. 어쨌거나 마을에 큰 피해를 입히지 않고 지나가 준다면야 그보다 더 다행한 일이 어디 있을 것인가?

"내 비록 상복을 입고 시묘살이를 하는 몸이지만 그대와 부하들을 위해 술 한 독을 내겠소. 마침 조문객들을 위해 술 담아놓은 것이 좀 있으니……."

마시고 가라 했다. 이렇게 해서 왜구들은 조용히 하룻밤을 묵고 물러났다.

가면서 후속 부대에게 알리는 팻말까지 써 붙여놓고 갔다.

-이곳엔 효자가 살고 있으니 침범하지 말라.

이 소문은 꼬리에 꼬리를 물고 퍼져나갔다. 왜구를 토벌하러 왔다는 어떤 토벌대장은 이 일을 곡해하여 익점이 왜구와 내통한 것이 아닌가 하는 의구심까지 품었다.

"믿을 수 없소. 왜구가 그냥 지나가다니?"

"그러면 내가 왜구와 밀통이라도 한단 말이오?"

"그렇잖았으면 왜구가 왜 이곳을 그냥 지나쳤겠소?"

"그건 왜구들한테 가서 물어보시오."

익점은 왜구를 토벌한답시고 돌아다니며 오히려 민폐를 끼치고 다니는 병사들을 그냥 두고 볼 수가 없다. 왜구들은 신출귀몰 몰려드는데 이런 자들이 어찌 백성들을 보호할 수 있을 것인가? 그것도 익점이 고려 궁궐에 있다가 밀려나 한직에 머물다가 기어코 그것조차 손 놓고 시묘살이를 하는 걸 알고서는 더욱 매몰차게 대하는 저들이었다. 약자 앞에서는 한없이 강하고 강자 앞에서는 비굴해지는 인간들이 있다. 이들이 바로 그러한 자들이었다.

"그러니 왜구 줄 술은 있고 우리 줄 술은 없다?"

"술이란……."

꼭 마시고 싶다면 새로 담그면 된다. 그렇지만 도적 쫓는 일이 더 급하지 않느냐? 누굴 위해 도적을 쫓느냐? 목숨 걸고 그래 봤자 돌아오는 것은 괄시와 가난뿐이다. 어차피 공로라는 공로는 높은 자리에 있는 자들이 다 차지하고 졸병들은 이러나저러나 마찬가지다. 그러니 뭣 때문에 목숨 걸고 싸울 필요가 있느냐?

"우리는 이러고 있으면 그만이다."

"그대들의 지휘관은 누구이신가?"

"우리는 지휘관도 없다."

"지휘관도 없으면 패잔병이란 말인가?"

이들은 본시 홍산 지역에서 패해 도주한 왜구를 쫓아 남하하던 군사들이었다는데 어디서 어떻게 본대를 잃었는지 알 수가 없다 한다.

"그렇다면 부대를 찾아가야지 언제까지 이러고 다닐 거요?"

"이제는 가도 죽고 안 가도 죽을 목숨들이니 상관 마소."

나라의 군기가 이렇게 빠져 있으니 왜구의 준동이 심할 수밖에. 어쩌다가 세상이 이렇게 되었을까? 익점은 어이가 없어 할 말을 잃는다. 정규군이 이 정도로 문란해졌다면 더 할 말이 없겠다.

익점은 이들을 잘 달래 밥을 해 먹여 보낸다.

"군율을 어기고 산속에 들어가 비적이 되는 것보다는 가서 잘못을 빌고 다시 싸움터로 나가는 것이 떳떳한 일이 될 것이오."

그런데 한 가지 이상한 일이 생겼다. 며칠 지나자 이들은 처음 올 때와는 달리 퍽 고분고분하게 말을 잘 듣는다. 갈 때는 인사까지 하고 간다.

"우리도 그리 나쁜 사람들은 아니니 너무 고깝게 생각 마소."

묘막 앞에 새가 한 쌍 날아와 집을 짓더니 알을 까고 새끼를 부화했다. 이놈들은 사람이 가까이 가는 데도 겁 없이 날아다니고 심지어는 묘막의 문설주 위에까지 내려와 앉기도 한다. 이름은 모르겠지만 익점은 이를 상서로운 징조라 여기고 먹이도 준다.

그런데 하루는 커다란 뱀이 새 둥지를 향하여 슬슬 기어가는 것이 눈에 띄었다.

"예, 이놈. 고이언놈 같으니라구……."

작대기를 들어 치려는데 얼핏 상주라는 생각이 들어 들었던 손을 내린다. 어린 새 새끼들은 나 살려라 울부짖는데 다시 작대기를 들어 뱀을 치려니까 작대기가 없다. 설상가상으로 이번에는 뱀의 날름거리는 혀가 이쪽을 향하여 쏜살같이 달려드는 게 아닌가? 놀라 깨니 꿈이었다. 어찌나 놀랐던지 하마터면 큰소리를 지를 뻔하였다.

이런 일이 있고 난 후 익점은 새들이 한 마리씩 둥지를 떠나는 것을 목격했다. 언제 날갯짓을 배웠는지 꽁지를 깝죽거리며 날아오르는 것이 어디 가서 뱀한테 잡혀 먹히지는 않을 것 같다는 생각이다.

그런데 왜 그런 악몽을 꾸었는지 모르겠다.

벌써 시묘를 끝낼 때가 다가오고 있다.

그런 어느 날 익점은 손님 한 분을 맞았다.

"저를 기억하실는지요?"

"기억하다마다요."

포은이 늘 떠오르는 샛별이라던 이성계였다. 그는 형형한 눈빛으로 주변을 둘러보고는 여유롭게 말한다.

"내 이곳을 지나는데 문공 같은 분을 그냥 지나칠 수 있겠소이까?"

일부러 부하 장졸들을 다 떼어놓고 혼자 왔다며 부관 한 사람만을 거느린 이성계는 예를 갖추어 무덤 앞에 재배하였다.

"내 이곳을 탐문해 간 정보원들한테 다 들었습니다. 저들의 말이 문공처럼 강직한 충정을 가진 자가 없다 합디다."

"그 패잔병이라 속인 자들이오?"

"그랬던가요? 저들이 버릇없이 문공한테 거짓 죄를 지었군요?"

이성계는 저들을 통해 먼저 적의 동태를 살피게 하고 지방 토호들의 기강을 함께 살핀다고 했다. 적의 동태를 살피는 것까지는 이해가 가는데 토호들의 기강을 살핀다는 것은 또 무슨 말인가. 이 자에게도 또 다른 무슨 꿍꿍이속이 있었단 말인가?

"이번에 소장이 양광, 전라, 경상도 순찰사가 되었습니다."

이성계는 뚜렷이 자기소개를 하였다. 그러니 지방민들의 일거수일투족을 살필 권리가 있질 않겠느냔 은근한 과시조의 말투다. 고려 팔도 동북면, 서북면, 해서도, 경기도, 교주도, 양광도, 전라도, 경상도 중 남부지역 삼도 순찰사가 되었으면 뻐길 만도 하다.

"하여 삼도 방위책을 맡았지요."

"경하드립니다."

익점은 이성계에 대해서 익히 알고 있다. 무장 중에서는 가장 야심만만한 인물이다. 눈에 총기가 번쩍거린다. 신진사류들 중 무인이 문신과 어울리는 폭넓은 사교를 하는 자이기도 하다. 그러한 그가 무엇 때문에 이 초막까지 왕림한 것일까?

"지금 왜구들은 이 두류산을 근거로 몰려들고 있다는 정보라……."

이 지역을 순시하러 나오는 길에 일부러 들렀는데 혹시라도 폐가 되지 않았나 모르겠다는 이성계의 말이다. 말만이라도 고마운 인사다.

"순찰사께서 이런 묘막까지 왕림해주시니 더 없는 광영이지요."

"아니올시다. 문공은 이미 왜구를 나가떨어지게 했다던데요."

익점은 이성계가 활달하다는 점은 이전에 알았었지만 이렇게 사람을 휘어잡는 구석이 있을 줄은 몰랐다.

"내 평소 문공의 인품은 흠모하고 있던 바입니다."

그런데 어떻게 해서 맨손으로 왜구를 물리쳤는지 알 수 없다고 한다. 도무지 이 왜구를 붙잡아 매달 방도가 떠오르지 않는다는 것이다. 왜구들은 이제 소규모 좀도둑이 아니라 전쟁 아닌 전쟁을 선포하고 있는 실정이라 한다.

"놈들은 진포를 통해 금강을 거슬러 올라갈 작정으로 함선 5백척을 거느리고 들어왔지요. 이 남강을 통해서도 끊임없이 밀고 들어와요."

금강 입구로 들어온 왜구들을 맞은 최무선은 화포로 적의 기선을 제압하였다. 마침내 최무선이 화약을 발명하여 대포를 만들어 쏘는

데 성공하였다. 이 위력 앞에 굴복한 적 패잔병들은 남원 운봉을 거쳐 두류산으로 들어가 노략질을 일시 멈추고 소강상태를 보이고 있다. 이와 때를 같이하여 진주 남강과 섬진강을 통해 올라오는 왜구들의 숫자가 점점 불어나고 있다. 저들을 지원하기 위해서다. 그러니 이들을 단순한 좀도둑으로 봐선 안 된다. 이는 나라와 나라 간의 선전포고 없는 전쟁이다. 고려가 원에게 길을 내준 보복으로 고려를 치려는 수작이라는 것이다.

"이들이 집결하는 장소가 바로 남원이지요."

남원에서는 전주를 거쳐 개경으로 올라가기가 쉽다.

"그렇게 전면전을 펼칠 것으로 보십니까?"

"조정에서는 일단 그렇게 보는 겁니다."

그러니 이 문제는 보통 심각한 문제가 아니라는 것이다.

"그런데 더욱 중요한 문제는 왜구 중에 선봉장인 아지발도란 소년장수가 있는데 그는 보통 사람이 아니라는 겁니다."

이 소년장수가 나타나는 곳마다 아군은 기가 꺾이고 전의를 상실한다. 지금까지 실패한 모든 작전이 그 소년장수의 전설 때문이란다.

"불사신이라는 칭호를 받고 있다지요?"

"그를 아십니까?"

익점은 이거야말로 천우신조라는 생각이 들어 이렇게 말한다.

"그를 죽일 수 있는 방법은 한 가지 방법밖에는 없습니다."

익점은 아지발도의 왼쪽 목에 벗겨진 비늘이 있다는 것을 알려준다. 그리고 바로 그 부분을 투구 끈으로 가리고 있음도 자세히 일러준다.

"투구의 손잡이 부분을 맞추어야 한단 이 말씀이군요?"

그런 일이라면 걱정을 하지 않아도 된단다. 저번에 패잔병을 가장하고 왔었던 그가 바로 신궁 이지란이라는 자인데 백 보 밖에서 파리 눈을 맞추는 자라 한다. 이지란은 쿠란투란 티무르라는 이름을 가진 여진 사람으로 공민왕 때 제 스스로 백호를 거느리고 귀화를 해 이성계 휘하에 들어온 자다.

"그러니 투구 끈을 맞추는 일 정도야 누워 떡먹기지요."

"그렇다면 다행이겠습니다만……."

이성계는 문익점보다 여섯 살이나 아래였지만 익점은 그에게 깍듯이 대한다. 내 집에 찾아온 손님이기도 했지만 무언지 모를 위엄 같은 게 느껴져 저절로 조심스럽다. 사람에게는 사람 나름대로의 기품과 체취가 있는 법이다.

그러한 이성계가 뜻밖의 말을 꺼낸다.

"옛 성인께서 나이 마흔이면 불혹이라 하셨다는데, 저는 아직도 미혹됨이 많아……."

그 경지에 들자면 멀었다 하며 말끝을 흐린다. 무슨 말을 하고 싶어서였을까? 흔들림이 없는 것은 무어고 흔들림이 있다는 것은 무언가? 미혹된다는 것은 세웠던 뜻이 흔들린다는 것일 텐데?

그가 떠나고 나자 익점은 그 말이 안고 있는 숨은 뜻을 곰곰이 생각해본다. 흔들린다는 것은 그게 흔들리지 않기를 바란다는 뜻일 텐데, 그 속내가 무엇이었을까? 그는 부친의 시묘살이를 하고 있을 때 삼봉이 다녀간 때를 기억해낸다. 그때도 지금과 유사한 분위기였다. 삼봉은 알 듯 모를 듯한 말들을 했었고 결과적으로는 신돈이 죽었고 왕도 죽었다. 왜 두 사람의 뜻밖의 출현이 흡사하다고 생각되는

지 모르겠다.

그 이야기를 하기 전에 이성계는 남해 보광산 이야기를 했었다.

"내 거기 대장봉에 올라가 기도를 했지요."

보광산은 남해 바다를 향해 솟은 암봉이다. 기암괴석들로 가득 찬 이 산의 정상에 문장봉과 대장봉이 있다. 그 바위들 아래 신라 원효 대사가 세운 보리암이 있다.

"그 산에 이상한 글씨가 새겨진 '글씽이바위'가 있습니다. 진시황제가 보낸 사신들이 적어놓은 글이라는데……."

진시황제는 중원 천지를 통일했다. 그러고는 천년 만년 살고자 불로초를 구하러 동방으로 사신들을 보냈다. 사신들은 동방의 끝머리쯤인 남해에까지 와서도 불로초를 구하지 못하자 보광산 바위에다가 그 사연을 적어놓고 어딘가로 사라졌다 한다.

"그들이 뭘 생각했을까요?"

황제의 명령인 불로초를 구하지 못했으니까 돌아가도 죽고 안 가도 죽는다. 그럴 바에야 차라리 변복을 해서 어디론가 잠적을 해버렸다는 것이다.

"그 자가 서시라 했든가요?"

"맞습니다. 그가 쓴 글씨가 '서시과차'지요."

이성계가 무슨 뜻으로 진시황제의 이야기를 꺼냈을까? 그저 단순한 이야깃거리로 말했을 것인가? 한강 이남 삼도라면 한강 이북의 오도와 맞먹으니 고려 땅의 절반이다. 이러한 국토의 방위를 맡은 책임자가 무슨 할 일이 없어서 남의 묘막을 찾아와 실없는 소리를 하고 있었을 것인가?

"문공께서 이렇게 시묘를 하시는 걸 보니까 떠오르는 생각이 있습니다. 그 요승이 말입니다."

요승이라면 신돈을 일컬음이 아닌가?

"고려를 말아먹으려 들었지요."

그래서 요승을 물리치긴 했지만 아직도 그 잔재가 남아 있다는 것이었다. 그 잔재라면 우왕을 말함이 아닌가? 그렇다면 우왕까지도 마음에 들지 않는다는 이야기 아닌가? 어떻게 요승의 아들이 나라를 다스릴 수 있을 것인가? 이성계는 공공연히 그 점을 지탄했다. 똑같이 반대를 하던 경복흥은 유배를 보냈는데 이성계는 무사하다. 항상 외직으로 나도는 무장이기 때문에 이인임의 힘 정도로는 함부로 건드릴 수 없어서였다는 게 중론이다.

이성계는 보광산에 올라 기도를 하던 중 계시를 받았다고 했다.

"보광이 뭡니까? 광명정대한 빛이라는 뜻 아닌가요?"

온 누리를 비추는 빛은 광명정대해야 한다. 이성계는 그 특유의 달변으로 군주의 자격에 대해 말했다.

"진시황제는 힘이 있었지요. 그래서 황제란 칭호를 얻는 데 모자람이 없었던 게지요."

익점은 두서없이 말한 이성계의 이야기들을 다시 정리해 맞춰본다. 결론은 하나다. 힘 있는 자가 나라를 다스려야 한다. 지금의 군주는 힘이 없다. 그러니 무슨 변화가 있을 것이다. 이 무슨 야무진 꿈인가?

그러면서 그는 은근슬쩍 지나가는 말투로 삼봉 정도전이 이곳을 들렀다 갔던 이야기를 꺼냈다.

"그때는 부친상을 당해 시묘를 할 때였지요?"

부친 시묘를 하고 또 모친 시묘살이를 겹쳐서 한다는 것은 여간 일이 아니라며 몸조심을 당부하였다. 그래야만 좋은 세상 만나 다시 함께 일할 수 있으리란 여운을 남겼다.

익점은 또다시 무슨 변혁이 뒤따를 것임을 예견한다.

그러나 이제 그 모든 일들이 다 남의 일처럼만 느껴진다. 이제는 세상이 어떻게 돌아간다 해도 상관없다. 어제의 동지가 오늘의 적이 되고 오늘의 친구가 내일의 적이 되는 권력의 세계에 대해서 그는 깨끗이 잊기로 한다.

얼마 뒤 이성계는 황산전투에서 왜구를 섬멸시키는 혁혁한 전공을 세웠다. 들리는 바에 의하면 이성계가 활을 쏘아 아지발도의 투구를 벗겨내자마자 이지란이 왼쪽 목덜미를 명중시켰다는 것이었다. 이로써 자칫 전쟁으로까지 치달을 뻔했던 나라의 골칫덩어리 왜구는 완전소탕이 되었다.

이 공로로 이성계는 찬성사로서 동북면도 지휘사가 되었다. 그야말로 승승장구다. 그는 또 함경도로 침입한 호바투를 격퇴한 공으로 동북면 도원수 문하찬성사로 고속 승진하였다. 이제 이성계의 세상이 열리게 된 것이다. 이 무렵 익점은 시묘살이를 끝냈다.

그러나 익점에게는 이 모든 나라 일들이 세속의 일처럼만 느껴지는 것이었다.

그에게는 오로지 자연과 가족들이 있을 뿐이었다.

12

삼우당 실기

익점은 이제 머리가 희끗희끗해진 모습으로 대청마루에 앉았다.

마당에는 하얀 솜뭉치들이 수북수북 쌓여 있고 씨아를 돌려 씨를 빼는 사람, 솜을 타는 사람, 물레를 돌리는 사람, 실을 매는 시람, 구석구석 일하는 사람들로 분주하다.

벌써 목화씨를 들여온 지가 이십 년도 더 된 것 같다.

그동안 많은 곳에서 면화경작을 했고 의복에 일대 혁신을 일으켰다. 그런데도 익점은 아직 성이 차지 않는다. 보다 많은 사람들, 일반 서민들이 이를 가꾸고 베를 짜 따뜻하게 입어야 할 터인데도 일은 저들이 하고 돈벌이는 지주들이 하는 꼬락서니를 차마 볼 수가 없다.

그는 몇 번이고 이래서는 안 된다고 말했지만 언로가 없다. 시골 구석에 농사나 짓는 그로서는 도무지 역부족이다. 도대체가 누구 한 사람 귀 기울여 들어주는 자가 없다. 언로가 막혀버린 곳에 무슨 수가 있을 것인가? 나만 잘 먹고 잘 산다면 상관이 없다. 그도 먹고 살 만큼은 있는 지주다. 그렇지만 과다한 조세에 시달리는 농민들을 보면 농민들의 생활 보장이 시급함을 통감한다.

그때 마침 익점은 왕의 부름을 받았다.

이성계는 우왕을 내쫓고 그의 아들 창왕을 내세웠는데 나이 이제 겨우 열 살이었다. 그러니 왕은 허수아비에 불과하였고 실권은 이성계가 쥐고 있었다.

"내 다시는 벼슬길에 오르지 않으려 했건만……."

이번만큼은 특별히 올라가 농민들이 농사를 지을 수 있는 길을 마련하겠다고 벼른다. 십 년 넘게 처박혀 있던 시골 생활이 아니던가? 이제 실제로 이 나라 이 백성들에게 뭘 어떻게 해줘야 잘 살 수 있는지를 몸소 체득한 뒤다. 이제 다시 기회가 주어진다면 올라가, 땀 흘려 일하는 농민들을 위한 농민들의 나라를 만들 것을 굳게 다짐하는 그였다.

집안 식솔들도 익점의 이러한 결정에 희색이 만면이다. 그동안 주변 사람들의 눈총이 이만저만 따가운 게 아니었다. 벼슬길에 있던 사람이 농사일이나 하고 있으니 무지렁이로 취급하는 것은 물론이고 나라에 큰 불충을 하고 쫓겨난 죄인인 줄 아는 사람들도 있었던 것이다. 그중에서도 지방 관아에 있는 관리들의 괄시가 이만저만이 아니었다.

익점이 다시 환로에 오른다 하니 이들이 먼저 달려와 말구종을 잡는 부산을 떨었다.

"영감 감축드리옵니다."

"다시 환로가 트였소이다."

개성에 당도한 익점은 뜻밖에도 삼봉의 마중을 먼저 받았다.

삼봉은 이제부터 할 일이 많다는 이야기를 함으로써 은근히 그 자신이 익점을 천거하였음을 내비친다.

"이제부터 할 일이 많을 테니 오늘은 푹 쉬시고."

내일부터 당장 직무에 임하라는 지시 아닌 지시였다. 삼봉도 이제 옛날의 삼봉이 아니었다. 조정의 실권자였다.

익점은 좌사의대부 우문관제학 서연동지사를 제수받았다.

다음 날 익점은 목은과 포은을 찾아 인사를 나누었다.

포은은 언양에서 만난 후 처음인지라 얼싸안고 그를 반겼고, 목은은 무언가 약간 불안해하는 눈치다. 그러면서도 궐내 소식을 전한다.

"그동안 무슨 일이 있었는지 알아?"

"촌사람이 뭘 알겠어?"

목은은 이성계가 위화도에서 회군을 해 온 이야기를 한다.

"자네 없는 동안 고려 궁궐은 친원파에서 친명파로 넘어갔다가 다시 친원파로 돌아서는 우여곡절을 겪었지."

때를 같이하여 명나라에서는 쌍성총관부를 영유하기 위하여 철령위를 설치하려 했다. 이를 저지하기 위하여 조정에서는 요동정벌을 하기로 결정했다. 찬반양론이 있었지만 최영을 팔도도통사로 삼고 이성계를 우도도통사, 조민수를 좌도도통사로 삼아 출병을 강행시켰다.

그러나 요동정벌 자체를 반대했던 이성계는 압록강 하류인 위화도에 이르러 진군을 멈추었다.

"도저히 불가한 일이야."

이성계는 좌도도통사 조민수를 불러 군사를 돌려 되돌아갈 것을 종용하였다. 그는 다섯 가지 불가론을 제시한다. 그 첫째는 작은 나라가 큰 나라를 거스르는 것은 옳지 않다. 둘째, 여름철이라 군사동

원에 부적절한 시기다. 셋째, 요동을 공격하는 사이에 남쪽으로 왜구가 쳐들어올 염려가 있다. 넷째, 비가 와 활에 칠한 아교가 녹아내려 활을 무기로 쓸 수가 없다. 다섯째, 병사들에게 전염병이 돌 우려가 크다.

이들은 곧 상소문을 작성하여 파발마를 띄웠다. 장계를 받아 본 조정에서는 이를 무시하고 진격을 강요하였다.

이성계는 말머리를 돌렸다.

이 소식에 놀란 최영은 이를 저지하려다가 오히려 붙잡힌 바, 되레 귀양살이를 가 목숨을 잃었다.

"그래서 왕을 갈아 치운 건가?"

"우왕은 혈통이 다르다는 것이지."

"그렇다면 창왕은 적통인가?"

창왕은 우왕의 아들로 시중 이림의 딸을 근비로 맞고 있는 열 살짜리 아이다. 이래 치나 저래 치나 적법한 혈통은 아니다.

목은은 그 입을 바짝 익점의 귀에 갖다 대고 이렇게 속삭인다.

"이제 창왕의 날도 머잖았다네."

이성계는 또다시 다른 꿍꿍이속을 대고 있다는 것이었다. 모든 실권을 다 쥐고 있으면서도 권력 이상의 것을 바라고 있다. 권력 이상의 것이라면? 직접 왕좌에 오르고 싶어 한다는 뜻일 터였다. 익점은 여막을 찾아왔던 이성계를 떠올리곤 능히 그러고도 남을 위인이라는 생각을 한다.

"이성계의 오른팔이 누군지 알아?"

목은이 익점의 팔을 끌고 한적한 곳으로 가며 말한다.

"조준과 정도전이야."

삼봉은 익히 아는 인물지만 조준은 누구인가? 우왕 즉위 당시 문과에 급제하여 환로에 올랐다. 허금과 함께 우왕을 폐위하려는 모사를 꾸며 이성계 일파로 하여금 밀직사지사사 겸 대사헌의 자리에 껑충 뛰어올랐다.

"자네를 부른 자가 정도전이니……."

모르긴 몰라도 틀림없이 저들과 함께 일을 해야 할 것이라는 목은의 우려였다.

"내가 올라온 목적은 단 하나뿐일세."

익점은 가난한 농민들에게 일할 기회를 주어야 한다는 이야기를 한다. 그러기 위해서는 농민이 농토를 가져야 한다는 것이다. 그 일만 끝나면 다시 내려가 농사를 짓겠다는 소박한 꿈을 펼쳐 보이는 익점을 포은은 안타깝다는 듯 바라본다.

"이 사람아. 앞으로 어떤 회오리가 몰아닥칠지 모르는데 그런 안일한 생각이나 하고 있자는 겐가?"

"안일하다니?"

익점은 나라가 잘되려면 백성들이 마음 놓고 자기 일을 할 수 있어야 한다는 주장을 편다. 그러기 위해선 농토가 골고루 배분되어 실제로 일하는 사람들에게 주어져야 한다고 한다. 지금 실정으로선 아무리 일을 해도 세금으로 다 빼앗기고 남는 것이 하나도 없다는 이야기다. 조세율이 칠 할이 넘는 경우도 있다 한다.

"그걸 누가 모르나? 그게 골고루 분배가 안 되니까 탈이지."

그게 왜 그런가? 법이 없어 안 되나? 이미 수차례에 걸친 전제개혁이 있었고 그때마다 법이 만들어졌었다.

"권문세도가가 그걸 안 내놓으니 문제 아닌가?"

그건 그렇다. 법 위에 앉아 있는 세도가들이 땅을 안 내놓으니 법이 무슨 소용인가? 그걸 결행할 힘이 필요한 것이다. 신돈이 이를 실행하는 듯했으나 비운의 주인공이 되고 말았다.

"이제 그 일을 다시 결행할 인재를 찾는 게야."

그 일에 동참할 인물로 지목돼 올라왔으니 처신을 잘하라는 목은의 당부인 것이다. 그 일 자체는 좋은데 저들의 하는 짓들이 너무 과격하고 급진적이란 게 목은의 우려였다.

"그럼 내가 어떻게 처신했으면 좋겠나?"

익점은 오랜 친구로서 또는 동료로서 묻는다.

"인륜에 어긋나지만 않으면 된다 생각하네."

인륜이란 가장 평범한 진리다. 사람이 이 가장 평범한 진리에 입각해 살기가 그렇게 어려운가? 사람이 사람답게 살 수 없는 게 정치판이다. 이들은 둘 다 이 현실을 너무나 잘 알고 있다. 그래서 두려운 것이다. 인륜에 어긋나지 않게 살고 싶은 것이다. 정치에는 이기느냐 지느냐, 죽느냐 사느냐가 있을 뿐이다. 수구적인 자세는 살아남지 못한다. 오로지 공격만이 있을 뿐인 것이다. 이 경우 문신은 무인보다 약하다. 이것저것 생각하다 보면 언제나 무인이 먼저 치고 들어온다.

익점은 목은이 예상했던 대로 이 급진파들과 일을 함께하기는 했지만 뜻대로 되는 건 하나도 없었다. 명색이 전제개혁인데 이건 얼토당토않은 개혁이다. 벌써 옛날에도 시도했던 문제다.

"권문세가가 독점한 농장들을 빼앗아 토지를 재분배해야 한다."

이 말은 맞다. 권문세도가들이 가진 땅은 산천을 경계로 할 만큼 방대해졌다. 아무리 녹봉 대신 받은 땅이라 하지만 이렇게 비대해질 수는 없는 것이다. 나라에서 땅을 배분해주는 경우는 여러 가지 갈래가 있다. 국가에 큰 공을 세운 공신들에게 주는 공신전, 중앙관아의 관리들에게 주는 공해전, 지방 관아에 내려지는 능전, 교육기관에 내려지는 학전, 절에 내려진 사원전 등이 그것이다.

그런데 이는 명목뿐, 대부분의 토지는 절이나 몇 사람 권문세도가들 손으로 넘어가 독과점품목이 돼버린 상태다. 그러니 나라는 궁핍할 수밖에 없고 백성들은 굶주릴 수밖에 없게 되었다. 이러한 문제의 발단은 그 장본인의 사망 시 반환하기로 돼 있는 땅이 제대로 환수 되지 않고 멋대로 매매가 되기 때문이기도 했다. 사망 시 반환하지 않아도 되는 땅으로 과부들에게 주어진 수신전과 고아들에게 주어진 휼양전 같은 것들이 있었는데 이들 땅 대부분은 이들이 지키지 못하고 권문세도가들 손으로 넘어가게 돼 있었다.

누구의 토지를 빼앗아 누구에게 배분하는가가 문제다. 일단 그 빼앗아야 할 대상자를 보자. 조정 벼슬을 안 하고 있는 자와 군문에 입대 하지 않은 자가 그 첫째 대상이다. 그러니까 윗대 선조가 벼슬을 할 때 얻은 토지 소유자가 현재도 그걸 이어받아 사용하고 있는 자들을 말함이다. 이는 벼슬을 그만두었거나 잃은 자들이다. 여기에는 상당수 귀양을 가거나 극형을 당한 자들의 후손들이 포함되어 있다. 다시 말하자면 정권이 바뀔 때마다 쫓겨난 후손들이 이에 해당된다.

군문에 입대하지 않은 자란 무엇인가? 권문세가들의 자제들이 무슨 핑계를 대든지 간에 병역의 임무를 회피한 경우가 많았으므로 이들의 재산을 몰수하자는 것이다.

일단 빼앗는 자들에 대한 대상 선정은 이의가 없을 일이다. 그런데 그 토지를 다시 배분받아야 할 사람들은 누구인가? 여기에서 익점은 벽에 부딪친다.

저들이 내세운 계획은 이렇다.

첫째는 국가정책을 보호하는 데 이 농토들이 사용되어야 한다. 이는 누가 들어도 옳은 일이다. 수확물의 일부를 조세로 거둬들여 국가재정에 사용한다. 누가 이를 반대할 것인가? 사사로이 소유했던 사전을 압류해 국가재산으로 삼는다는 데에는 이의가 있을 수 없다.

그러나 그다음을 보자. 신진관료 생활 보장, 농사 생활 보장, 군량미 조달, 국가지급 토지 매매금지, 십 분의 일 공조율 실시 등등 말은 좋다. 그동안 농사를 지은 농민들에게 턱없이 많이 거둬들이던 조세율을 열에 하나로 균등하게 정한다면 실제 소작꾼들의 불만이 없어질 것이요, 그 돈으로 국방비를 충당하면 억지로 내놓아야 하던 군량미 조달 같은 공출도 없을 것이며 나라가 준 땅을 사사로이 팔아먹지 못하게 하면 이 또한 전부 나라재산이니 나라가 부강해질 것은 틀림없는 사실이다.

그런데 그 땅으로 신진관료 생활 보장이란 건 무언가? 우선 신진관료란 누구를 뜻하는 것인가? 새로운 힘을 업고 입신한 현직 관리들을 뜻하는 말이 아닌가? 더 쉽게 말하면 지금 현재 나라의 녹을 받아먹고 사는 관리들의 임금을 높여주자는 뜻이 아닌가? 이 말을 더 쉽게 풀이하면 이전의 관리들 손아귀에 있는 농지를 빼앗아 지금 관리들이 나눠 먹자는 이야기에 다름 아닌 것이다.

"이건 눈 감고 아웅하기야."

익점은 저들의 이 교묘한 수법에 놀라지 않을 수 없었다.

그는 포은을 만났다.

"이게 어찌 되는 판국인가?"

“적수공권이니 무엇으로 채우든지 빈손을 채워야 하지 않겠나?”

누구나 권세를 잡으면 사리사욕을 먼저 차리게 된다는 이야기다. 신진사대부들은 대개가 가진 게 없다.

“그러니 나도 먹고 살아야 한다?”

“그렇게 나쁜 뜻으로 단정 지을 수는 없지.”

그래도 점진적 개혁을 통하여 평정을 되찾을 수 있다고 믿었다.

그러나 신진사대부들 중에서도 급진파들은 하루아침에 일을 개혁하지 않으면 안 된다는 혈기들을 가졌다. 그러다 보니 자신들 역시 재력이 필요하단 걸 인식하기에 이른다. 그러니 일단은 필요한 만큼 긁어모으자. 그러면 무슨 개혁이냐? 이전의 썩어빠진 정치인들하고 다를 바 없다.

포은은 이를 반대하고 나섰다.

익점의 생각도 마찬가지다.

“그러니 저들이 뭐라 한 줄 아나? 우물쭈물 용맹 없는 훈구파라는 게야.”

포은은 그래서 저들에게 밀려났다.

신진사류들이 훈구파와 급진파로 나누어진 연유다.

이미 이런 판국에 뛰어든 익점은 또다시 앞이 캄캄하다. 역시 못 올 곳을 온 것이다.

“저들이 왜 재력이 필요하지?”

“새로운 왕국을 꿈꾸는 게지 뭐.”

새로운 왕국이라면? 이성계의 역성혁명을 예언하는 표현이다. 포은의 표정은 깊은 어둠에 가려져 있다.

익점은 처음 목은에게서 발견했던 불안, 초조감 같은 것이 포은에게는 어둠 같은 것으로 느껴진다는 생각을 해본다.

"새로운 왕국이라면?"

"역성혁명인 게지."

포은은 이성계와 함께 황산전투에 종사관으로 참여했던 이야기를 한다.

"황산벌 전투에서 아지발도를 꺼꾸러뜨린 이성계는……."

전주에 이르러 큰 잔치를 베풀었다. 전주는 본시 이성계의 본관인지라 혈족들이 전부 나서 환영을 하였다. 여기 오목대에 올라 그는 큰 소리로 대풍가를 불렀다.

대풍이 일어나니 구름이 날리도다
위력이 해내에 더하여 고향에 돌아오다
어쩌든지 맹사를 얻어 사방을 지키리라

이 시가 누구의 어떤 시인가? 한나라 고조 유방이 왕이 되기 전에 자기 고향을 지나치다가 동네 사람들을 불러놓고 부른 노래다. 사방은 국경을 지키는 일이라 일개 장수가 할 일이 아니라 나라 임금이 해야 할 걱정인 것이다. 일개 장수가 임금이 해야 할 걱정을 한다는 것은 역성을 의미하는 것으로 이 시는 그러한 뜻을 내포하고 있다.

포은은 이 노래를 듣고 야심에 찬 이성계의 속셈을 꿰뚫어보고 그 길로 말을 달려 만경대에 올라 눈물을 뿌리며 홀로 우국시를 지었다.

천길 높은 산에 비낀 돌길을
홀로 다다르니 가슴에는 시름이여

청산에 깊이 잠겨 맹세턴 부여국은
누른잎 휘휘 말려 백제성에 쌓였네
9월 바람은 높아 나그네 시름 깊고
백년의 호탕한 기상 서생은 그르쳤네
하늘가 해는 기울고 뜬구름 마주치는데
하염없이 고개 돌려 옥경만 바라보네

포은은 고려의 앞날이 걱정이라며 언제 한번 옛 벗들 불러 모아 술이나 한잔하자고 한다.

"그런데 그 이야기를 왜 이제야 하는가?"

진즉 이야기를 했던들 무슨 소용이 있었겠는가? 국운이 다하면 역성혁명이 일어나기 마련인 것을. 이제는 어디다 붙들고 하소연을 할 데도 없는 지경이다. 산이 있어야 기댈 언덕이 생기질 않겠는가.

"이미 늦은 게야."

속수무책이란 말을 이럴 때 두고 하는 말이라는 포은이 뼈 있는 말을 남긴다.

"그래도 사람들을 한번 모아봅시다."

"그럴 테요? 하기야 노른자위에 앉은 사람이니까……."

이건 또 무슨 말인가? 익점을 노른자위에 앉은 사람이라니? 포은도 익점을 급진파에 속한다고 생각하는 것인가? 그래서 다시 중용되었다고 생각하는가? 하기는 그 속에서 저들과 함께 일을 하고 있긴 하다. 그렇지만 익점의 생각과 저들의 속셈은 전혀 다른 것들이었다. 익점은 농민의 땅을 농민들에게 나눠줄 것을 주장했고, 저들은 그러자 하면서도 딴전을 피우며 그런 일은 있을 수 없다고 코웃음이다. 농민들이 뭘 알 것이냐? 저들은 영원히 일하는 노동자에 불과한 존재라는 불변의 신분을 내세웠다.

그날 밤이었다.

아직까지도 같은 주제의 논쟁이 계속되고 있다.

"어디까지나 나라의 주인은 백성들이오."

"그건 차후의 문제요. 지금은 자금이 필요한 때요."

"자금은 무슨 자금?"

"새 나라를 건설해야 한단 말이외다."

삼봉은 대의를 품어야 한다고 말한다. 드넓은 천지로 나아가야 한다고 역설한다. 새 술은 새 부대에 담아야 한다. 구태의연한 의지로는 새로운 세상을 만들 수 없다 한다. 삼봉은 전제개혁의 목적을 새 세상에 두었다. 새 세상이란 백성들이 아니라 새 세상을 만든 자의 몫이라는 이야기였다.

"내 동지사의 말뜻을 모르는 바 아니오."

농사짓는 농민들에게 땅이 골고루 돌아가 저들이 마음 놓고 농사를 지어 평화로운 나라를 만들자는 뜻은 알겠지만 우선 급선무가 있다. 그러자면 먼저 굳건한 반석 위에 올라앉은 나라가 있어야 한다. 그러한 나라를 만들자면 그 터전부터 다시 다져야 한다. 그러기 위해서는 압류한 땅이 우선적으로 필요하다. 그 땅을 팔아 새로운 도성을 건설해야 한다.

"이미 이 땅의 기운은 쇠약할 대로 쇠약해져서 버려야 합니다."

삼봉은 도선의 비기를 내세운다. 이제는 개성시대가 끝났다는 것이다.

"새로운 기가 필요합니다."

포은의 짐작이 맞았다. 이성계는 역성혁명을 꿈꾸고 있는 것이 확실했고 정도전 같은 이가 그 초석을 놓고 있는 게 분명하다. 아무도 이를 말릴 사람이 없다. 이미 안팎의 권력을 다 장악한 이들을 누가 말릴 것인가.

익점은 일이 뜻대로 되지 않음을 깨달았다.

"이대로 가다간 역사에 천추의 한을 남기고 말 게야."

길이 역사에 오점을 남길 게 자명한 일이다.

익점은 일이 잘못되어가고 있음을 호소하는 상소문을 올렸다. 삼봉은 너무 앞서가서 그렇다 치더라도 다른 조정 대신들 중에는 그래도 정신 똑바로 박힌 이가 있으리라고 믿었기 때문이었다. 또 아무리 섭정을 받는 어린 왕이라 할지라도 그만한 분별력이 없을까?

그러나 익점은 조준의 탄핵을 받았다.

"뭣이라? 겨우 불러올려놨더니 이 따위 상소를?"

조정이 이미 저들 급진 세력의 손아귀에 들어가 있었고 훈구파로 몰린 익점은 어찌할 도리가 없음을 깨달았다.

까마귀 우는 곳에 백로야 가지마라.

익점은 아무런 미련 없이 낙향했다.

"이상적인 정치란 없는 게야."

그는 집안 식솔들을 불러놓고 이렇게 말한다.

"사람이 사람답게 사는 일은 그 벼슬의 높낮이에 있는 것이 아니라……."

사람의 도리를 다 하는 것이다. 사람의 도리란 무엇인가? 인륜을 저버리지 않고 자연과 더불어 사는 일이다. 자연은 누가 시키지도 않았는데도 사철을 알려주고 심은 대로 거두는 수확의 보람을 준다.

이 순리에 따르면 거짓됨을 뿌리칠 수 있다.

그는 이순의 나이임에도 불구하고 들에 나가 일하고 그 틈틈이 책을 읽고 때로 명상에 잠겨 시를 읊조리는 나날을 보낸다.

그 사이 또 왕위가 바뀌었다.

이성계는 창왕을 몰아내고 공양왕을 내세웠다.

이제는 아주 당당하게 그 자신이 드러내놓고 표면에 나섰다.

공양왕은 이름을 요라 했다. 신종의 7대손으로 정원부원군 균의 아들로 비는 창성군 진의 딸 순비 노씨였다.

이성계는 이제 천하에 두려울 것도 감출 것도 없는 자리에 올랐다. 그 스스로 수시중 도총중외제군사가 되어 군수권과 행정권을 한손에 잡았다. 이제 대내외적으로 합당한 명분이 서는 구실을 붙여 왕위를 찬탈하는 일만 남았다.

이성계가 다시 익점을 불렀다.

익점은 부름에 사양의 뜻을 표하였다.

이성계는 이제 지지 않고 왕명으로 그를 불러올렸다.

익점은 하는 수 없이 명을 받들 수밖에 없었다. 그에게는 좌사의대부 우문관제학 서연동지사 겸 성균관대사성이라는 기나긴 관직이 제수되었다.

"내 일찍이 공의 힘을 입어 왜구를 토벌한 기억이 아직도 생생하오. 그러니 이제는 공과 같이 더불어 나랏일을 상론하고 싶소."

익점은 간곡히 청한다.

"이제 저 같은 늙은이는 더 할 일이 없을 줄 압니다."

젊은 인재를 등용하라는 말을 한다.

"구관이 명관이란 말이 있잖습니까? 어찌 제 권유를 뿌리치려고만

하십니까?"

이성계는 이제야말로 새 세상이 올 테니까 그날을 함께 만들어보자고 한다. 익점은 하는 수 없이 이를 수락하고 말았다. 마지막으로 다시 한 번 나라를 위해 일해보겠다는 새로운 각오를 다지면서.

그는 목화의 중요성과 그 보급에 대한 대책을 세워달라고 건의를 하였다. 이로써 목화의 재배면적을 넓히고 이에 대한 조세부담을 줄이는 등 국가적인 지원책이 논의되었다. 목화를 재배하는 농가에 대해서는 특별지원을 하고 짠 베는 나라에서 전량수매를 한다는 것 등이다.

그러나 이러한 일들은 크나큰 새 나라를 꿈꾸는 저들에게는 아직은 실현단계가 아닌 저 먼 나라의 허상이었다. 실제로 실행된 일은 하나도 없다.

"일에는 우선순위란 게 있질 않겠습니까?"

삼봉은 머잖아 온 강토에 목화송이가 필 것이고 솜으로 누빈 옷을 입는 날이 올 테니까 기다려보라 한다. 그날이 오면 익점을 목화대신으로 추대해 올리겠다는 농담까지 한다.

"기다려보세요. 그 일이 뭐가 그리 급하신가요? 그보다 더 좋은 일이 얼마든지 있을 텐데요?"

삼봉은 이제 대놓고 한양천도를 논했다. 벌써부터 계획된 일이라 했다. 이미 무학을 보내 궁궐터를 알아보고 있는 중이란다.

"자손대대로 번영할 일일 겝니다. 두고 보세요."

그러나 익점은 다시 환멸을 느끼기 시작한다. 모든 건 그대로였고 무슨 일이건 저들 마음대로였다. 무엇이 새 세상이고 무엇이 바뀌었단 말인가? 아무것도 바뀐 건 없다. 오히려 혼란만 가중될 뿐, 권세

잡기에 급급한 세상이 되었다.

"아, 세상이 어찌 이리 돌아가나?"

익점은 혼자 궐문을 빠져나가 보제사에 들렀다. 꼭 할 일이 있었던 건 아니지만 지나간 날들이 주마등처럼 떠오를 땐 가끔씩 들러 마음의 위안을 삼곤 하는 곳이다. 그동안 세월을 말해주듯 팽나무 한 그루가 넓은 팔을 벌리고 그를 맞아준다. 처음 이곳에 들렀을 때는 아직 자그마한 나무였었는데 지금은 아름드리 큰 고목이 되었다.

송악산이 저 멀리 보인다. 그 위에 올라 청운의 큰 뜻을 품던 때가 엊그제 같은데 벌써 이순이다. 공자는 사람 나이 예순이면 귀가 순해진다 하여 나이 육십을 이순이라 하였다. 모든 듣는 것을 바람처럼 흘려버리라는 이야기다. 그럼으로써 남의 말을 함부로 하지 말라는 경고의 뜻도 담겨 있을 것이다.

귀를 순하게 해야 될 이순의 나이에 뭘 더 바랄 것인가? 그간 온갖 오욕의 세월이 한갓지다는 생각이다. 절이 싫으면 중이 떠난다고, 떠나버리면 그만인 것이다. 떠나서 조용히 살자. 이제야말로 벼슬살이를 마지막 정리할 때라 작정하는 그였다. 벌써 몇 번이나 시도했던 낙향이었다.

그러한 그의 눈에 한 여인이 들어온다. 언젠가 젊어 한 때 그 뒷모습만 보고 따라갔던 만두집 여인이다.

"아직도 살아 있을까?"

뒤이어 저 운남 땅 로구호 여인천하 여인도 떠오르고 목화의 모습도 눈에 삼삼 어려온다. 이런 날은 이렇게 그냥 지나치는 게 아니다. 저들을 위해서 염불이라도 외고 가는 게 도리다.

그는 뜰을 올라 대웅전 안으로 들어간다.

"관세음보살 나무아미타불……."

그는 초를 켜고 절을 올린다. 먼저 앵두의 극락왕생을 빌고 어디서 어떻게 되었는지도 모를 목화를 위해서도 복을 빈다. 인생은 서로 얽히고설킨 인연의 끈으로 묶여 있다. 이 실타래를 잘 풀어야 마음의 평정을 얻는다. 이 평정이야말로 축복이다. 마음이 어지러우면 똑바로 살 수가 없다.

"저는 이제 다시는 개경에 올라오지 않을 것입니다."

그는 나직이 혼자 소리를 내어 부처님 전에 고한다. 이것으로 끝이라는 이야기다. 모든 공직생활을 청산한다. 이제는 정말이지 농사나 짓고 살리라는 각오를 부처님 전에 약속하는 그였다.

익점은 다시 궁으로 돌아가 사직서를 올렸다. 건강이 좋지 못하다는 이유를 내세웠다. 잡는 이도 없었다. 그를 불러준 이성계를 만나지 않은 채 낙향하는 게 마음에 걸렸지만 그대로 뒤돌아섰다.

"이제는 저세상에서나 보려나?"

포은과 목은은 옛정을 잊지 못하여 눈에 눈물이 그렁그렁하다. 돌아가 쉴 곳이 있으니 부럽다고 하는 이들도 있다.

"우리도 언젠가는 돌아가리."

집으로 돌아온 익점은 초옥을 지어 들어앉으며 당호를 삼우당이라 하였다. 삼우(三憂)란 세 가지 근심 걱정이란 뜻으로, 국운의 쇠약함과 학문이 제대로 전해지지 못함과 자신의 도의 미 확립에 대한 자탄이다.

그는 식솔들을 불러놓고 이렇게 말한다.

"내 일찍이 나라를 위해 큰일을 해보려 했으나 이루지 못했다. 국운이 너무 쇠했다. 이는 학문이 바로 서지 않았기 때문인데 그 일을 맡았던 나의 불찰이 크다. 기회가 있을 때 바로잡았어야 했는데 시기를 놓쳐버린 것이다. 이 모든 일이 내 도가 확립되지 못한 소치이니라."

지금부터라도 그 도를 확립하기 위하여 학문에 정진하려 하니 그리 알라는 것이었다.

이날로 익점은 주야로 글 읽고 묵상하고 하늘과 바람을 벗 삼아 홀로 거닐었다.

"할아버지."

그는 가끔씩 찾아오는 손자들과 어울려 이런저런 이야기들을 나누기를 즐겼다.

"이 세상은 어떻게 생겼어요?"

"그놈 참 맹랑한 질문을 하는구나?"

세상이 어떻게 생겼냐고? 이 세상은 알 수 없는 기운으로 가득하다. 그 알 수 없는 기운이 흘러 이성을 만든다. 마치 마음이 있되 그 마음을 볼 수 없는 것처럼 그 이성이란 것은 만질 수도 볼 수도 없다. 그렇지만 엄연히 존재한다.

"사람은 이 이성이란 놈하고 함께 사는 게야."

그런데 이 이성이란 놈은 심술궂어서 때로는 선했다가 또 때로는 악해진다. 그래서 사람은 선할 때도 있고 악해질 때도 있다.

"그러면 그 이성이란 놈은 어디 사는데요?"

"이성이란 놈이 어디 사느냐 하면 사람 몸속에 살지."

그는 갑자기 아이를 간지럽히면서 그 몸속에 이성이 존재한다고 가르친다. 아이가 까르르 웃는다.

"거 봐, 즐거워서 웃지?"

그 웃는 웃음은 선이라 한다. 반대로 짓궂게 화를 낸다거나 남에게 모진 일을 하는 것을 악이라 한다.

"그럼 웃는 게 좋아, 화내는 게 좋아?"

아이는 물론 웃는 게 좋다고 한다. 그는 그렇게 살아야 한다고 가르친다. 사람은 항상 웃는 낯으로 살아야 한다. 그게 선이다. 웃음은 어디서 오는가? 선행을 했을 때 찾아온다. 선행은 무언가? 실천이다. 무엇에 대한 실천인가? 양심이 시키는 대로 하는 것이다. 양심은 어디 있는가? 마음속에 있다. 그 마음은 무엇으로 알 수 있는가? 그리고 양심과 비양심은 어떻게 구분 짓는가?

"양심이 시키는 대로 하면 마음이 편안해져. 반대로 양심이 허락하지 않은 일을 하면 불안함이 생긴다."

그런데 양심이 무뎌지면 그 불안함을 못 느낀다. 불안함조차도 못 느낄 정도로 양심이 불량해지면 더 이상 인간이 아니다.

"인간과 짐승이 다른 점이 여기 있단다."

인간에게는 양심이 있어, 할 일과 하지 말아야 할 일을 구분 짓게 하지만 짐승에게는 그게 없다. 제 하고 싶은 대로 한다. 그래서 먹고 자고 싸운다.

그는 이 모든 걸 움직이는 기운이라는 게 있다는 이야기를 한다.

"사람의 마음속에 이라는 것이 있지? 그 이를 불러일으키는 기란 놈이 또 있다 이 말씀이야."

기는 만물을 생성시키는 근원이다. 봄이 오면 죽었던 뿌리에서 새순이 돋고 새 잎이 피듯이 만물을 일깨우는 기운이 존재한다. 이 기운은 우주만물을 생성시킬뿐더러 사람의 마음속에 있는 이까지도 일깨우는 역할을 한다.

"아이들이 그런 말을 알아들어요?"

귀밑머리에 하얀 서리가 내려앉은 할머니 송이다.

"임자도 이리 와 앉아보구려."

"나한테도 더 가르치실 게 남아 있어요?"

"임자가 알아야 할 게 한 가지 있소."

익점은 여태껏 말하지 못했던 한 가지 비밀이 있었다며 운남 땅에서 있었던 일들을 하나씩 이야기한다. 그리고 목화 이야기를 한다.

"그런 일이 있었어요?"

송이는 무덤덤하다. 무덤덤한 게 오히려 이상스러워 익점이 한마디 더 덧붙인다.

"거기 우리 문씨 문중의 후손들이 있을지도 모르는데?"

"거 재미있구랴? 할아비 찾아 건너오지 않으려나?"

"그런 세상이 올지도 모르지."

익점은 목화 이야기를 하며 언젠가는 무역상이 되어 다시 교지로 가려 했던 꿈을 그려본다. 이제 그럴 나이가 아닌 게 안타깝다.

"세상사 어디 뜻대로 되는 거 봤어요?"

이렇듯 한가로이 두 내외분이 앉아 한담을 나누고 있는데 갑작스런 비보가 하나 날아든다. 포은이 선죽교에서 피살당하였다는 소문이다.

"세상에 이런 일이."

익점은 자기도 거기 그대로 있었다간 무슨 일을 당했을지 모른다는 생각으로 앞이 캄캄하다. 이 무슨 날벼락이란 말인가?

"이방원이 먼저 '하여가'라는 시를 지어 읊었는데 그 답가로 포은이 '단심가'를 지어 자신의 심정을 토로했답니다."

소식을 전해 듣고 온 현리의 말이다.

이방원이 지어 부른 노래는 이렇다.

이런들 어떠하리 저런들 어떠하리
봉래산 드렁칡이 얽힌들 어떠하리
우리도 이같이 얽어져 백년까지 누리리라

바람 부는 대로 물결치는 대로 잘 먹고 잘 살면 될 것 아닌가? 그러니 우리 함께 한 패가 되어 잘살아보자는 뜻이다. 이로써 포은이 새 왕을 옹립하는 데 한 패가 될 것인가 아닌가를 은근히 떠본 것이었는데 포은은 이런 노래를 불렀다.

이몸이 죽고죽어 일백번 고쳐죽어
백골이 진토되어 넋이야 있고 없고
님 향한 일편단심이야 가실 줄이 있으랴

천번 만번 죽는다 할지라도 안 된다. 천번 만번 죽고 백골이 다 썩어 없어져도 안 된다. 뿐만 아니라 사람의 혼령인 넋조차 없어진다 해도 안 된다. 안 되는 것은 안 된다. 어찌 나라에 두 임금이 있을 수 있을 것인가?

포은의 거절은 처절하도록 단호하다.

이방원이 누구인가? 이성계의 아들이다. 그는 한번 성질을 내면 참을 줄 모르는 멧돼지 같은 성격의 소유자다. 그는 포은을 집으로 불러 술을 권하며 은근히 마음을 떠보았다. 우리 아버지 이성계를 왕위에 올리자는 데 이의가 있는가? 그는 직설적으로가 아니라, 시인 행세를 해가며 시로써 물어보았다. 포은 역시 단시로써 답했다. 수가 틀리자 이방원은 부하를 시켜 포은을 무참히도 포살하였다. 포은의 피가 물든 곳이 선지교라는 말에 익점은 몸을 부르르 떨었다. 이렇듯 무참한 살육으로 끝날 줄은 몰랐다. 선지교라면 포은을 처음 만났던 그 다리다. 말을 함께 타고 가자던 우정의 다리다.

그는 찬물을 떠오게 하여 상에 올려놓고 북향재배를 올린다.

"포은! 부디 명운을 비네."

그리고는 입을 다물었다.

내가 거기 있었더라면 나는 과연 어떻게 되었을 것인가?

익점은 이날 이후 문을 걸어 잠그고 두문불출했다.

1392년 7월 16일.

고려궁궐 수창궁에서 선양 형식으로 왕위를 계승한 이성계는 국호를 바꾸어 조선이라 하였다. 조선은 맑고 밝은 아침의 나라라는 뜻이다. 예로부터 단군조선, 고조선, 위만조선 같은 국호들이 있어 왔으므로 거기서 따온 이름이다.

저들은 수도를 한양으로 옮기고 이를 한양천도라 했다.

삼봉 정도전이 함께 만들어가자고 했던 새로운 왕국이었다.

조선을 개국한 이성계는 수차례 사람을 보내어 익점이 다시 국정을 돌볼 것을 청하였지만 그는 이에 응하지 않았다. 이미 수많은 사람들이 죽어나갔고 역성의 나라가 이루어지고 있었다. 오히려 그는 아들들에게 '이군불사'를 당부하였다.

"하늘의 이치를 따라 살아라."

배양골 효자리는 목화향이 있어 그윽하였고 삼우당 문익점이 있어 그득하였다.

사람들이 몰려와 그에게 참됨이 무엇인가를 배우려 하였다. 그는 기꺼이 사람들을 가르쳤다. 가르침이란 따로 없다. 사람이 사람답게 사는 길이 무엇인지를 보여주면 되는 일이었다. 그러자면 자신이 먼저 본을 보여주는 길을 걸어야 한다. 사람은 죽도록 일하고 일해서 먹을 걸 마련한다. 그리고 이웃을 돌본다. 함께 살아야 할 일인 것이다.

그는 오랜만에 들녘을 향해 휘적휘적 걸었다. 손에는 지팡이 삼아 들고 다니는 괭이가 들려 있었다. 이제 그가 심은 목화꽃은 온 나라를 뒤덮고도 남을 만큼 아름답게 피어 사람들로 하여금 따뜻한 옷을 지어 입게 하였다.

"목화!"

그는 나직이 목화를 부르며 노을 진 들녘 한가운데로 걸어나간다. 이 한 송이의 목화꽃을 피우기 위해 얼마나 지난한 세월을 보내 왔던가? 등 뒤로 붉은 노을이 얼비쳐 백발이 성성한 노인네의 어깨를 비스듬히 내려 비추고 있다.

작가의 말

세상에는 영웅호걸도 많다. 천재도 많고 기이한 사람들도 많다. 그러한 이들을 일컬어 위인이라고 한다. 그러나 문익점은 이러한 부류에 속하지 않는다. 그러면서도 위인의 반열에 오른다. 무엇 때문일까? 이 소설을 쓰면서 내내 그게 궁금했다. 그게 궁금한 게 아니라 그걸 써내야 했다. 그걸 입증해내는 게 이 작품이다.

그는 보통의 벼슬아치들과 별다를 바 없는 통상적인 삶을 살았다. 그렇지만 누구나 겪을 수 없는 체험을 한다. 원나라에 사신으로 갔다가 교지(월남)로 귀양을 갔다는 이야기다. 거기서 목화씨를 구해 왔다고 전해지는데 그 근거가 세세하게 남아 있지 않다. 이 소설의 핵심부분은 그 복원작업에 있다.

문익점은 정치적 권력가도 전쟁을 이끈 무장도 예술가도 아니다. 다만 국운이 다해가는 고려 말에 태어나 물거품 같은 역사의 소용돌이 속에 서 있긴 했었지만 결코 중심적 인물은 아니다. 기록된 바로는 '중국에 사신으로 갔다가 붓 대롱 속에 목화씨 몇 알을 넣어 와 장인 정천익으로 하여금 그 보급에 힘썼다'는 사실 하나만 남아 있다. 유일한 기록인 〈운남 풍토기〉라는 저술을 남겼다지만 현존하지 않는다.

목화씨 몇 알을 가지고 온 게 뭐 그리 대수로운 일인가? 요즘 세상 같았으면 아무 일도 아닐 수 있을 것이다. 그렇지만 당시의 시대상을 다시 정리하다 보니 그처럼 큰일이 없었을 것이라는 점을 새삼 깨닫게 되었다. 의복의 일대혁명이었던 것이다. 갈포나 삼베 혹은 짐승 가죽을 걸치던 시절에 따뜻한 솜옷을 입게 한 것은 더할 수 없는 쾌거다. 사람이 사는 일 중 가장 중요한 세 가지가 있다면 먹고 입고 자는 일, 즉 의식주다. 그는 그중 하나인 의복 문제를 해결한 실질적 해결사였다.

그런데 그는 죽을지 살지도 모르는 머나먼 유배 길에서 무엇 때문에 그 목화씨를 가져올 생각을 했을까? 그게 이 소설의 테마다. 나라 사랑과 백성 사랑은 말로만 되는 것이 아니라 함께 더불어 살기를 원할 때 생기는 것이다. 원할뿐더러 그걸 실천하는 행동력이 필요하다. 옛 성인의 말씀에는 알고도 행하시 않으면 그 앎은 아무 소용없다 하였다……. 뭐 이런 식의 전기는 누구나 쉽게 쓸 수 있다. 소설은 이런 교과서적인 해석으로 써져서는 안 된다. 때문에 문익점에 대한 소설이 없다.

문익점이 우리나라를 대표하는 위인의 반열에 오른 단 한 가지 이유는 이 사랑의 실천에 있다. 헐벗어 추위에 떠는 민초들을 위해 목숨을 걸고 목화씨를 숨겨 들여오는 이 실천력이야말로 진정한 사랑 아닌가?

이 소설은 그 사랑의 이야기다. 그렇다면 그러한 사랑은 어디서 오는가? 작품의 완성을 위하여 소설적인 여러 장치들을 했다. 이 허구적인 장치야말로 소설의 본질이다. 여기엔 숙명적인 만남과 헤어짐이 있어야 한다. 이는 사실과는 다소 다를 수도 있다.

이게 역사소설의 한계인 동시에 묘미다.

이 소설이 나오기까지 우여곡절이 많았다.

어쨌거나 한국역사 인물 중 103인의 위인에 뽑힌 문익점을 소설화했다는 점에서, 오랜 기다림 끝에 출간을 한다는 점에서 보람과 긍지를 느낀다. 어려운 시기에 책을 내는 산지니 출판사 여러분들께도 고맙단 인사드린다.

2014년 3월

풀과나무의집에서 저자 씀